Nané Lénard

KurzKrimis

und andere SchattenSeiten

*Im Verlag CW Niemeyer sind bereits folgende Bücher der Autorin erschienen:*

SchattenHaut
SchattenWolf
SchattenGift
SchattenTod

*Bibliografische Information der Deutschen Nationalbibliothek*
Die Deutsche Nationalbibliothek verzeichnet diese Publikation in der Deutschen Nationalbibliografie; detaillierte bibliografische Daten sind im Internet abrufbar über http://dnb.ddb.de


www.niemeyer-buch.de

Der Umschlag verwendet Motive von shutterstock.com,
Alone woman sitting on… Dudarev Mikhail 2012 /
young woman suffering… Robnroll 2012
Druck und Bindung: AALEXX Buchproduktion GmbH, Großburgwedel
Printed in Germany
ISBN 978-3-8271-9419-0

Nané Lénard

# KurzKrimis und andere SchattenSeiten

CW Niemeyer N

*Die Kurzkrimis und -geschichten spielen hauptsächlich in allseits bekannten Städten des Weserberglands, doch bleiben die Geschehnisse reine Fiktion. Sämtliche Handlungen und Charaktere sind frei erfunden.*

*Über die Autorin:*

Nané Lénard wurde 1965 in Bückeburg geboren und ist Mutter von zwei erwachsenen Kindern. Nach dem Abitur und einer Ausbildung im medizinischen Bereich studierte sie später Rechts- und Sozialwissenschaften sowie Neue deutsche Literaturwissenschaften.

Von 1998 an war sie als Freie Journalistin für die regionale Presse tätig. Derzeit arbeitet sie im Bereich Marketing und Redaktion in einem Unternehmen, dessen Schwerpunkt in der Erzeugung von Wärme und Energie durch erneuerbare Energien liegt.

Von ihr wurden bereits mehrere Gedichte und Kurzgeschichten veröffentlicht.

Beim Literaturwettbewerb von Niedersachsen und Bremen belegte sie mit "Helmut" den zweiten Platz. Platz 3 und 10 erlangte sie beim Wettbewerb "Bückeburg mordet".

Mehr über Nané Lénard und ihre Aktivitäten erfahren Sie unter www.nanelenard.de

*Meinen Freundinnen gewidmet,*
*für die mir zu wenig Zeit bleibt.*

# Inhaltsverzeichnis

## Das Monster

Das Monster war wieder da. Es hatte sich für die Dauer des Glücks in einen Kokon eingesponnen. Jetzt schlüpfte es unter der Schädeldecke und sandte sein lähmendes Gift voraus. Sie hatte gehofft, dass es tot war. Aber es existierte noch. Versteckt hatte es überlebt. Nun begann es zu wachsen und sich auszubreiten.

Der Schmerz überschwemmte sie wie eine Welle aus Lava. Die Lähmung war nur das Vorbeben gewesen. Sie kannte das. Und obwohl sie auf ihn vorbereitet war, traf sie der Schmerz mit einer Kraft, die ihr die Luft nahm. Das Monster hatte zu fressen begonnen. Es weidete sich an ihren Eingeweiden und hinterließ ein Brennen im Nichts zwischen Hals und Magen, dort, wo die Seele ist.

Die Seele hatte nicht genug Zeit gehabt, sich in Sicherheit zu bringen. Leichtsinnig hatte das Glück sie gemacht, wie eine Motte, die im Licht der Kerze deren Wärme zu sehr genießt. Sie hatte Tanzen gelernt. Darum hatte sie sich ganz herausgewagt. Weit, weit, viel zu weit, wie sie nun wusste. Doch es war zu spät. Brandmale überzogen die dünne Haut. Nicht einmal jetzt konnte sie fliehen. Die Lähmung war zu stark, die Wunden zu groß. Aber sie konnte nicht sterben. Die Seele war an den Körper gebunden.

Elke hasste ihren Körper. Er war unversehrt. Sie gehörte zu den Behinderten, denen man ihr Handicap nicht ansah, weil sie es in sich trugen. Das Monster hatte ihre Seele zu einem grotesken Gebilde verstümmelt. Narben unterschiedlichen Alters waren verblichene Zeitzeugen der Vergangenheit. Sie hatten die Seele schwer und unflexibel gemacht. Als ob ihr die Luft ausgegangen war, lag ihr Gewebe schlaff zwischen den Rippen. Nur ab und zu leuchtete bleich ein Stückchen unversehrte Seelenhaut wie ein Versprechen hervor.

Elke konnte den inneren Schmerz nicht aushalten. Der Tanz um die Wärme des Lichts war unglaublich gewesen. Wichtiger für sie als alles zuvor in ihrem Leben. Doch dann hatte die Flamme auf einmal zu flackern begonnen und das Monster geweckt.

Es tat gut, wie das Blut an ihrem Oberschenkel herabrann. Wie Perlen reihten sich immer neue Tropfen aus den Schnitten in eine rote Schlange, die sich um Elkes Bein schmiegte und sich langsam hinabwand. Elke hatte ihr eigenes Monster heraufbeschworen. Den Körper musste sie ins Gleichgewicht bringen mit ihrer Seele. Endlich spürte sie sich wieder. Es tat so weh und gleichzeitig so gut, sich mit dem Messer zu quälen.

Wäre das Unnennbare nur ihr selbst geschehen – wieder einmal – das Unfassbare, das Unsägliche, sie hätte das Monster in ihrem Kopf bezwingen können. Sie wäre gewappnet gewesen. Gegen falsch verstandene Liebe. Fehlgedeutete Zeichen. Doch das Tier hatte gewonnen. Die Flamme hatte für einen Moment der Verlockung geflackert und alles zerstört.

Als Elke sich im Schein der Kerze schnitt, betrachtete sie zufrieden die symmetrische Anordnung auf beiden Oberschenkeln. Sie hatte es in der Hand, die Narben dort anzulegen, wo sie sie haben wollte. Ihr Körper war nicht fremdbestimmt. Das sollte er niemals mehr sein.

Der äußere Schmerz war jetzt fast so stark wie der innere. Die Flamme vor ihren Augen zitterte klein und blau, als hätte sie die Hitze in sich eingefroren, aus Angst, sie könnte ausgeblasen werden. Doch Elke liebte das Licht trotz seines Schattens. Einmal noch wollte sie die Wärme so ganz nah spüren, die Nähe zulassen, noch näher, als je zuvor.

Der Flamme blieb keine Wahl, als Elke den Unterarm ganz dicht über ihre Spitze hielt, obwohl sie sich wegduckte. Die Hitze brannte ein ebenmäßiges Loch ins Fleisch. Und endlich tat es so weh, dass Elke nichts Inneres mehr spürte. Es war geschafft. Jetzt konnten beide heilen. Die Seele kroch in ihr Versteck und hinterließ mit dem Brandgeruch eine Spur aus Wundsekret. Nur Elke wusste, wo sie hinging und wo man sie jemals wieder finden konnte.

Vorsichtig stellte sie das Licht in eine Laterne. Es war sanft und schrecklich zugleich. Aber sie wollte es bewahren vor dem eigenen Flackern und vor der Zerstörungskraft des Atems. Denn die Flamme hatte Elke zugleich das Sehen und Tanzen gelehrt - und sie gebrandmarkt.

Das Monster jedoch war satt. Zufrieden zog es sich zurück in seinen Kokon aus gesponnenen Gedankenfäden.

## Blutsekt

Der Schmerz brannte auf der Haut. Sie war aufgerissen und blutig. Kratzer überzogen ihre Brüste wie ein Schienennetz. Denn Ralf war stark und empfand nur Lust, wenn er die Qual in ihren Augen sah. Heute hatte er ihr wie immer den Sekt von der Brust geleckt. Rosafarben war er jetzt in die Grube des Bauchnabels geflossen, nachdem er sich mit ihrem Blut vermischt hatte. Er liebte diesen Hauch von Eisen auf seiner Zunge. Gerade wollte er den Blutsekt aus ihrem Nabel schlürfen, so wie immer. Doch nichts war wie immer. Seine Zunge war plötzlich schwer. Er konnte nur lallen. Die Hände lagen reglos auf ihrem wunden Fleisch, obwohl er sie bewegen wollte. Ein Mittel - gut verborgen im prickelnd-süßen Getränk - machte seine Muskeln unbrauchbar. Er starrte hilflos durch das Fenster in den sanft fallenden Schnee und konnte keine Worte formen.

Angewidert stieß sie ihn von sich aus dem Bett und schleppte ihn ins Bad. Wie schwer er war. Es kostete sie Mühe, den Körper über den Rand der Wanne zu hieven und ins Wasser gleiten zu lassen. Die Wunden auf ihr brannten, während das Wasser immer höher stieg. Als sie sich auf ihn setzte und sich an ihm rieb, erreichte es bereits das Kinn. Die Angst war jetzt in seinen Augen. Sie versuchte, so zu fühlen, wie er sich gefühlt haben musste. Doch sie empfand keine Lust, nur Abscheu und verließ seine Wohnung an diesem Weihnachtsabend ein letztes Mal - bargeldlos - mit dem Lohn der Vergeltung.

# Der Wohner

Wilfried war introvertiert. Er lebte für sich. Teilte eine Einzimmerwohnung im fünften Stock mit seinen Gedanken. Die Fenster gingen nach hinten. Kein reizvoller Anblick störte den Feierabend. Nur die rote Backsteinmauer türmte sich vor ihm auf, das Firmengebäude hinter einem Brachgrundstück. Einen Balkon gab es nicht. Von links lärmte die Podbi, rechts lag die Eilenriede. Doch in die ging er kaum. Für ihn gab es nur Musik und das Alleinsein mit ihr. Die Podbielskistraße brauchte er. Sie brachte ihn heim.

Im Haus war es anonym. Er kannte keinen. Keiner kannte ihn. Nur ein Nicken zwischen Gesichtern, die mehr oder weniger unbekannt waren. Seine Wohnung im obersten Stock war seine Fluchtburg. Den Alltag brachte er irgendwie hinter sich, nahm die 3 oder 7 Richtung Lahe, ließ „Vier Grenzen" hinter sich und stieg an der Haltestelle Pelikan aus. Fast genau vor dem Torbogen zur Thomastraße hielt die Bahn. Er musste nur an dem Griechen vorbei, der dort seinen Imbiss hatte. Dann hastete er die Treppen zum fünften Stock hinauf, schloss die Tür auf und verschwand meist ungesehen. Hier begann sein Ritual jenseits von Schal und Mantel. Im Schaukelstuhl setzte er sich seine Kopfhörer auf und entfloh den Geräuschen der Nachbarwohnung. An diesem Abend hatte er die Unvollendete von Schubert eingelegt. Nur einen Knopfdruck war er von ihr entfernt und von der Ruhe, die aus diesen Noten zu ihm sprach.

Aber Wilfried drückte nicht. Er hörte Schreien und Wimmern. Und obwohl er nichts hören wollte, drückte er nicht. Er wusste selbst nicht warum. Hielt es für einen Rest von Interesse an der Menschheit. Ein letztes soziales Aufflackern oder eine Erinnerung. Ein Flashback sozusagen. Er hatte lautlos geschrien, hatte als Kind den Rückzug in sich selbst gelernt.

Dann war Stille. Als ob nichts gewesen wäre. Wilfried drückte endlich und verschwand in der Musik.

Von da an lauschte er jeden Abend mit der Fernbedienung in der Hand. Nicht immer konnte er die Laute einordnen. Er war froh, wenn er nichts hörte. Töne wollten ihn zum Beteiligten machen, außerhalb von Fugen und Sinfonien. Das war neu und fremd. Er wollte es nicht.

Auch an dem Abend, als er Jule traf. Sie lag auf dem obersten Treppenabsatz und schlief. Er hätte über sie hinwegsteigen müssen. Für seine Beine kein Problem. Doch er schaffte es nicht. Sie war ein Hindernis auf seinem Weg zur Fluchtburg. Er rüttelte den kleinen Körper, aber sie erwachte kaum. Sie musste das Kind aus der Nachbarwohnung sein. Er klingelte, obwohl das Kontakt bedeutete. Kontakt mit Menschen, die er nicht kennen wollte. Er kannte sie durch die Wand. Mehr, als ihm lieb war. Doch niemand öffnete.

Im Treppenhaus war es kalt. Die Pfützen, die seine Schuhe verursacht hatten, waren im zweiten Stock immer kleiner geworden und schließlich ganz versiegt. Kurz vor Winter sollte man in Wohnungen schlafen, dachte er. Das Mädchen zitterte. Die Lippe war aufgeschlagen. Eine Weile überlegte er, sie einfach auf dem Podest zuzudecken, aber wenn jemand Fremdes ins Haus kam? Vielleicht hatte sie sich ausgesperrt. Es nutzte nichts. Er schrieb einen Zettel, falls jemand zurückkam, der sie vermisste und nahm sie mit in seine Wohnung. Den Fremdkörper.

Jule merkte nichts. Sie blinzelte nicht einmal. Wilfried zog das Klappsofa aus und deckte sie mit seinem Oberbett zu. Er selbst war verstört, fühlte sich unwohl in seinen eigenen vier Wänden und suchte Zuflucht zwischen den Kopfhörern. Spät schlief er im Schaukelstuhl ein.

Noch vor dem Weckerklingeln zupfte etwas an seinem Hosenbein. Das kleine Mädchen war vor ihm aufgewacht. Niemand hatte sich darum gekümmert, wo sie geblieben war oder er hatte nichts gehört. Jule sagte kein Wort. Sie weinte nur leise. Er nahm sie an die Hand, schloss die Wohnungstür hinter sich und klingelte gegenüber. Nur durch einen Spalt kam ein Arm, der zupackte. Die Zweijährige wurde hineingezogen. Keine Frage, kein Danken, keine Erleichterung. Noch bevor er Luft geholt hatte, war die Tür wieder zu.

Wilfried taumelte zurück. Verrichtete im Bad die nötigsten Dinge und floh dann aus der entweihten Wohnung. Er hatte dort so gerne Zeit verbracht. Er war ein Wohner. Leben konnte er nicht. Nicht mit Menschen. Sie machten ihm Angst.

Während er in der U-Bahn zum Lister Platz fuhr, musste er an das zerknüllte Bett denken, in dem Jule geschlafen hatte. Es gehörte nicht mehr ihm allein. Entwohnt war es, wie seine Räume durch die Töne. Er würde umziehen müssen. In eine neue Einsamkeit. Sie war der Segen großer Städte...

Jule ließ ihn nicht mehr los. Sie lebte in seinen Gedanken. Abends versuchte er die Schrecken jenseits der Wand zu überhören. Sie gingen ihn nichts an. Jule ging ihn nichts an. Das blasse Kind mit der verletzten Lippe...

Eine neue Wohnung hatte er bereits in der Walderseestraße. Da würde er alles vergessen können.

An seinem letzten Abend in der Thomastraße war es nebenan seltsam still. Nur wenn er sich anstrengte, konnte er ein Wimmern vermuten. Seine Möbel und Habseligkeiten hatte er bereits aus der Wohnung geschafft. Aber das Bett war dageblieben, das Julebett. Er hatte es an den Nachmieter verkauft. Dinge konnten Erinnerung sein. Er brauchte keine.

Als er kurz vor dem Gehen sein Namensschild von der Tür kratzen wollte, lag Jule auf seiner Schwelle. Klein, zerbrechlich und schluchzend gekrümmt mit Farbe an Händen, Körper und Schuhen. Die Farbe war unter der Nachbartür hindurch auf das Podest gelaufen. Sie roch süßlich. Wilfried wusste sofort, dass es Blut war. Weg, nur weg, sagte sein Instinkt. Rette das Kind, schrie das kleine bisschen Leben aus seiner Seele. Wilfried hob Jule auf, trug sie die Treppen hinab durch den Torbogen zur Podbi. Immer schneller wurde er. Auf der Treppe zur Polizeiwache setzte er das Mädchen ab und floh in Richtung Norden zum Mittellandkanal. Von dort rief er die Wache an. Meldete das Blut und Jule, die vor der Tür fror.

Auf der Brücke riss er sich den Mantel vom Leib. Er war voll von Jule und fremdem Blut, von dem er nicht einmal wusste, wem es gehört hatte. Das Kleidungsstück flatterte hinab. Es entledigte sich seiner Spuren im Wasser selbst. Aber Wilfried hatte auch Haut. Die konnte er nicht ausziehen. Hände, die ihn erinnern würden. Wo immer er wohnte.

Die Beamten, die seine Leiche später bargen, fanden das Handy in seiner Hosentasche. Sie identifizierten es als das Mobilteil, von dem aus die Polizei verständigt worden war. Der Mord in der Thomastraße galt damit als aufgeklärt. Den Täter hatte die Last der Schuld in den Tod getrieben, kaum dass die Tat verübt worden war, stand im Polizeibericht. Weitere Spuren hatte das Wasser vernichtet.

Der Freund von Jules Mutter blieb unbehelligt. Er verschwand in der Anonymität der Großstadt.

## Die Spur

Es war einmal ein Mann, der nach anfänglichem Unwohlsein darüber nachdachte, dass vielleicht etwas mit ihm nicht stimmte. Wenn um ihn Stille war, horchte er in sich hinein. Vor allem im Dunklen war er sich selber nah und ging in sich hinein.

Ja, hier drückte etwas, grübelte er, dort fühlte es sich möglicherweise anders an als sonst. Angst überkam ihn, nackte Angst. Es konnte sein, dass er krank war. Fast spürte er die Anwesenheit von etwas Unausweichlichem, aber er konnte es nicht greifen, nicht fassen, was es sein konnte.

Heimlich ging er an dem Tag zum Arzt, als er bemerkte, dass auch seine Hautfarbe blass geworden war. Nun war es nicht länger eine Vermutung. Er war offensichtlich erkrankt. Nur woran? Das konnte er nicht sagen. Wo es ihm weh täte, fragte der Doktor, doch er vermochte nur sein diffuses Unwohlsein und das gelegentliche Zwicken im Bauchraum nennen.

Beim Ultraschall nickte der Arzt und sagte, dass er einen Verdacht habe. Die Blutuntersuchung müsse aber noch abgewartet werden.

Müde ging der Mann nach Hause. Das alles war zu viel für ihn. Vor allem, dass sich der Mediziner so in Schweigen gehüllt hatte, konnte nichts Gutes bedeuten. Wahrscheinlich wollte er ihn einfach noch nicht mit der Wahrheit konfrontieren. Mit der grausigen Wahrheit, dass er nach einer Reihe von entwürdigenden Behandlungsversuchen sterben würde.

Fast vierzehn Tage lang gelang es ihm nicht, nach seinen Blutergebnissen zu fragen. Er war wie gelähmt. In dieser Zeit war er noch blasser geworden, Müdigkeit und Unwohlsein hatten zugenommen. Nachts horchte er in sich hinein, hielt Zwiesprache mit seinem Innersten und wusste, dass ihm im Grunde nichts anderes übrig blieb, als endlich die Wahrheit zu wissen.

Da kam ihm der Zufall in Form eines Umschlags zur Hilfe, den er eines Morgens in seinem Briefkasten fand. Er trug ihn nach oben, nahm die Brille zur Hand und erschrak. Der Arzt hatte ihm geschrieben.

Weitere drei Stunden brauchte er, bis er sich überwinden konnte, den Brief zu öffnen. Dann las er, dass er schwanger war.

Ungläubig starrte er aufs Papier, las noch „11. Woche", dann glitt es ihm aus den Händen. Er setzte sich. Dabei blieb sein Blick an seinem Bauch hängen. Jetzt erklärte sich auch, warum er den Gürtel hatte ein Loch weiter schnallen müssen. Er erwartete ein Kind. Mühsam stand er auf und ging zum Spiegel. Dort zog er das Hemd aus der Hose und schob diese etwas weiter nach unten. Tatsächlich war dort schon ein kleiner Bauch zu sehen. Aber wie sollte er das erklären? Er wusste nicht einmal, wie das hatte geschehen können.

Er zog sich wieder an, ging zum Tisch und bückte sich nach dem Brief, von dem er nur die ersten Zeilen gelesen hatte. Nun wollte er auch den Rest wissen, denn das Schlimmste kannte er bereits. Doch es sollte ihn noch härter treffen.

Eine Männerschwangerschaft sei selten und ungewöhnlich, hieß es weiter unten, denn hier entstünde keinesfalls ein Kind. Er stutzte. Kein Kind, was dann?

Man könne den Ausgang der Schwangerschaft nicht eindeutig bestimmen, schrieb der Arzt, aber es gäbe nur zwei Möglichkeiten: Entweder würde er von einem Engel oder einem Teufel entbunden. Niemand könne dies allerdings vorhersagen. Genaues wisse man erst am Tag der Geburt. Abschließend empfahl ihm der Doktor noch, dass eine Hebamme Schwangerschaft und Geburt begleiten solle, die bereits Erfahrung in diesen Dingen habe. Er selbst könne ihm nicht weiterhelfen, sei aber an seine Schweigepflicht gebunden.

Dem Mann wurde heiß und kalt. Was um Himmels willen trug er da in sich? Sollte er es hassen oder lieben? Konnte er es loswerden, ohne dass es geboren wurde? Fragen über Fragen, die er sich nicht beantworten konnte, aber wer konnte das überhaupt?

Als er den Brief in den Umschlag zurückstecken wollte, sah er, dass dort noch ein kleiner Zettel mit einer Adresse haftete von einer gewissen Haga Zussa, wohnhaft am Herrnacker. Das kannte er überhaupt nicht. Es war auch keine Telefonnummer dabei. Er hatte keine Ahnung, wie er Frau Zussa erreichen sollte, fühlte aber, dass es wichtig war. Vielleicht war sie die Hebamme, an die er sich wenden sollte, nur wie? Er wusste, dass er nicht mehr viel Zeit haben würde, wenn er abtreiben wollte, falls dies überhaupt möglich war.

Fast eine Woche brauchte er, bis er endlich von einem alten Bauern erfuhr, dass mit Herrnacker das Gelände des alten Friedhofes gemeint war. Dort standen noch einige alte Häuser in direkter Nachbarschaft. Im Dunklen schlich er sich in die Hauseingänge, um nach den Namen zu schauen. Als er schon dachte, auf einer falschen Spur zu sein, öffnete sich die Tür des letzten Hauses, noch bevor er das Schild lesen konnte.

Vor ihm stand eine sehr alte Frau, die fortwährend mit dem Kopf wackelte, als ob sie nickte, aber sie sagte nichts, zeigte nur mit ihrer Hand ins Innere des Hauses. Er zögerte kaum merklich, trat dann aber ein und blieb im Flur stehen. Da nahm sie seine Hand und führte ihn den Gang entlang. Nachdem sie zehn Minuten immer geradeaus gegangen waren, hatte er das Gefühl, dass sie gewachsen war, aber sie hatte sich auch verjüngt. Als sie den Raum endlich erreichten, der am Ende des Flures lag, schätzte er sie auf Mitte dreißig. Ihr Kopf hatte aufgehört zu wackeln. Sie war auf eine zeitlose Art und Weise schön und dabei gleichzeitig anziehend und unnahbar. Leise legte sie den Finger auf die Lippen und trat hinter ihn. Dabei legte sie die Hände auf seinen Bauch und summte. Das Etwas in ihm bewegte sich, und es war das erste Mal, dass er es fühlte.

„Ich sehe, du trägst schwer an deiner Nachkommenschaft?", fragte sie.

„Ja, gibt es eine Möglichkeit, die Sache zu beenden?"

„Viele, aber keine, die du überleben würdest."

Er zuckte zusammen. „Denkst du, dass es einfach ist, den Teufel im Leib zu haben?", fragte er.

„Woher weißt du, dass es der Teufel ist? Bist du nie auf die Idee gekommen, es könnte auch ein Engel sein?", gab sie zu bedenken.

„Wie meinst du das?", fragte er.

„Es wechselt", sagte sie.

„Ein Wechselbalg?"

„In gewisser Weise", antwortete sie. „Es ist mal das eine und mal das andere, aber man weiß nie genau, wann es was ist."

„Das ist ja schrecklich", stöhnte der Mann und wollte es gerne loswerden.

„Daran solltest du nicht mal denken!", sagte sie, die seine Gedanken gelesen hatte. „Es auszutragen ist das kleinere Übel, glaub mir, denn was du tötest, bringt dich um."

Der Mann ließ seinen Kopf resigniert hängen und sagte: „Ich hatte Hilfe von dir erwartet..."

„Nein, du wolltest, dass ich es ungeschehen mache, das ist ein Unterschied. Das kann ich nicht, aber ich kann dir helfen, es zu erwarten."

Der Mann zitterte und dachte an die Metamorphose, die sich dauernd in ihm vollziehen würde, ohne dass er wusste, woran er war, oder mit wem er es gerade zu tun hatte.

„Ich verspreche dir, dass du überleben wirst!", sagte sie und riss ihn aus seinen Gedanken.

„Ich verspreche es dir, wenn du es schaffst, die Schwangerschaft als etwas für dich Lebenswichtiges zu begreifen."

„Wie soll ich das schaffen?", fragte er und fühlte Angst.

„Du hast genug Zeit! Am Tag der Geburt werde ich bei dir sein."

Er nickte und folgte ihr durch den ellenlangen Gang zurück zur Haustür. Dort sagte sie kein weiteres Wort, nickte nur unablässig mit dem Kopf und sah ihm nur aus ihren greisen Augen nach, die kein Alter zu haben schienen.

Der Mann war ratlos. Er haderte mit seinem Schicksal. Warum nur hatte ihn diese Schwangerschaft getroffen? Er wusste nicht einmal, wie er dazu gekommen war. In den Nächten sprach er mit sich selbst und dem Etwas, das in ihm wuchs.

„Im Grunde weiß ich selbst nicht, mit wem ich es in mir zu tun habe. Nach wie vor habe ich den drängenden Wunsch, diesen Teil von mir loszuwerden."

So verging die Zeit. Der Mann zog sich immer mehr in sich zurück und empfand auf einmal eine Ruhe, die er schon lange nicht mehr gekannt hatte. Sicher, die Angst war noch da, aber er hatte sich angewöhnt, mit dem Wechselbalg zu sprechen.

„Entwickle dich zum Guten!“, sprach er, oder er sagte zu sich, dass das Böse keinen Raum in ihm habe.

Während sein Bauch ins Unermessliche wuchs, gewöhnte er sich nach und nach an das Ungewisse.

Als die Wehen einsetzten dachte er, Frau Zussa habe gelogen. Wie sollte er den Tag mit diesen Schmerzen überleben? War es ein Anzeichen dafür, dass er den Teufel gebären würde, wenn es so wehtat? Nein, beruhigte er sich und presste. Wie die Frauen das nur aushielten?

Es war nach Mitternacht, als mit der letzten Presswehe eine durchscheinende Gestalt seinem Bauchnabel entstieg und mit ihrem Schwanz hängenblieb. Er starrte den Engel an und sah entsetzt, dass der dunkle Schwanz wohl ein Überbleibsel der Verwandlung gewesen sein musste. Doch der Engel lachte vergnügt, warf den Schwanz wie eine Eidechse ab und entschwebte. Da lag der Mann, völlig erschöpft und leer - nur mit dem Rest des Bösen auf sich, das zischend verglühte. Er hatte überhaupt nicht bemerkt, dass die alte Frau Zussa das Zimmer betreten hatte und ganz vorsichtig seine Brandwunde kühlte. Erst als sie sprach, kehrte er in die Wirklichkeit zurück.

„Siehst du, es ist, wie ich gesagt habe!“ Ihr Kopf wackelte zustimmend.

„Ja, aber der Schwanz?“, fragte er.

„Das war der Rest deiner Angst, aber du hast sie ganz gut in den Griff bekommen, sonst hätte das Gute vielleicht auch noch einen Huf gehabt. Glückwunsch!“

Er starrte sie ungläubig an.

„Ja, du hast richtig gehört", sagte sie, „die Verwandlung wurde nur durch dein Denken bestimmt. Zum Schluss war es dir gelungen, die Angst vor dem Bösen fast ganz zu besiegen. Die Narbe der Brandwunde wird dich immer daran erinnern."

Noch während sie dies sagte, wurde sie immer blasser und verschwand schließlich im Weiß der Tapete. Er sah ihr nach und fühlte sich allein. Unter ihrer Hand hatte sich auch die Spur des Bösen beruhigt und würde heilen.

# Finitrio

Der Nebel, der über die grüne Fläche kroch, musste sich seinen Weg um Zweige und Äste suchen, die aus dem Wasser ragten. Wie bizarre Skulpturen auf einem grünen Teppich lagen sie scheinbar unberührt. Der Grund blieb verborgen. Was unter der Oberfläche lag, entzog sich dem Blick der Wanderer, die dann und wann hier vorbeikamen. Wie die Hand, die sich in eine Kulisse aus Dickicht und Nebel einfügte, als ob sie dorthin gehörte.

Er war noch jung, der Morgen, der Elisabeths letzter werden sollte. Eine frühe Sonne umspielte zaghaft forschend die Mittsommerbäume. Die Bühne war bereit. Musik drang aus Schnäbeln in die Harmonie der Natur. Ein Gleichgewicht, das heute gestört werden sollte. Gestört von einem unglaublichen Akt des Bösen.

Sie fiel.

Der Eintritt ins Wasser nahm ihr Atem und Besinnung. Sie sank beinahe schwerelos, bis modernde Stämme sie aufhielten, wie die Arme eines Liebhabers. Vielleicht war es die Temperatur des Wassers, die Elisabeths Sinne abrupt zurückkehren ließen. Und mit ihnen das Gefühl, Luft holen zu müssen. Sie hätte gestrampelt, wären da nicht die Kabelbinder um Arme und Beine gewesen. So zuckte sie nur wie ein Spermium - kurz vor der Entstehung eines neuen Lebens. Ihres würde bald zu Ende sein, wenn nicht ein Wunder passierte. Doch das Wunder blieb aus.

Schmerz. Alles tat weh. Sie wehrte sich, atmete nicht.

Als die Not zu groß wurde, ließ sie das Wasser durch den Knebel in ihre Lunge strömen und wollte es sofort wieder loswerden. Mit dem Husten steigerte sich die Panik. Die Gewissheit der Ausweglosigkeit wurde so übermächtig wie der Schmerz, der ihr das Bewusstsein nahm und ihre Gedanken in einem glücklichen Moment explodieren ließ. Vielleicht war das das Wunder, doch sie spürte es nicht mehr. Sie war tot.

Polizeihauptkommissar Wolf Hetzer hätte die Hand, die aus der Entengrütze ragte, niemals bemerkt. Er joggte mit seinem Kollegen Hasso oberhalb der Klippen des Hexenteiches. Ein dünnes Drahtseil – falls man es sah – ließ vermuten, dass man sich lieber nicht jenseits desselben befand. Hasso war weder ängstlich noch risikofreudig. Normalerweise hielt er sich vom Abgrund fern. Doch heute lief er unruhig, blieb häufig stehen, hielt die Nase in die Luft und knurrte. Besonders an einer Stelle schnüffelte der Rüde intensiv. Hetzer dachte an ein Eichhörnchen und setzte seinen Weg fort. An der Einmündung zum Hexenteich, die beide sonst unbeachtet links liegen ließen, drehte Hasso plötzlich ab. Hetzer rief ihn, doch der sonst so zuverlässige Rüde war längst nicht mehr zu sehen. Dafür hallte sein Bellen in der Schlucht wider. Und es klang eindeutig nach dem Anzeigen eines Fundes.

Als Hetzer seinen Hund erreicht hatte, konnte er in dem Wirrwarr aus altem, bemoostem Holz nichts Besonderes entdecken. Doch Hasso ließ sich nicht abrufen. Beharrlich verbellte er die wassergefüllte Schlucht. Hetzer ging am Ufer entlang und starrte angestrengt in die Richtung, die sein Hund vorgab. Da sah er sie, die Hand, die nie mehr geben noch nehmen würde.

„Gut gemacht, Hasso!", sagte er und dachte: So ein Mist, das war mein Sonntag! Wie üblich hatte er kein Handy dabei. Hasso musste die Leiche, obwohl sie im Wasser lag, schon von oben gerochen haben. An diesen penetranten Gestank würde er sich nie gewöhnen können. Aber noch blieb Wolfs Nase verschont.

Der Schäferhund folgte ihm nun endlich. Die beiden setzten ihre Runde nicht wie sonst über den Idaturm fort, sondern liefen auf schnellstem Weg bergab. Hetzer rief die Kollegen an, sprang unter die Dusche und anschließend in den Streifenwagen, der auf ihn vor dem Haus wartete.

Elisabeths Körper hatte zu anderen Zeiten besser ausgesehen. Man hätte sie fast schön nennen können, als ihre Augen noch nicht gebrochen waren, doch die seifige, aufgedunsene Hautfläche hatte alles verwischt. Nur eine Hand sah aus, als ob sie zu einer normalen Leiche gehörte, die zu viel Zeit in der Sommersonne verbracht hatte. Die Haut hatte sich eng an die Knochen gelegt.

Inzwischen hatte der Gerichtsmediziner Dr. Walter Althaus die Kabelbinder durchtrennt. Er ließ sich nicht dazu hinreißen, ein Wort über den Todeszeitpunkt zu verlieren. Nur dass sie wohl von der Klippe gestoßen worden war. Und dass es aussah, als habe jemand an ihr die Wasserprobe vollzogen, bemerkte er mit einem Schmunzeln. Hetzer war schon geflüchtet, bevor er die Phrase „alles Weitere im Bericht" hören musste.

Er wollte die Stelle untersuchen, an der Hasso zum ersten Mal angeschlagen hatte und nahm Seppi von der Spurensicherung mit. Sie fanden die Stelle, an der

Elisabeths Körper gelegen haben musste, bevor er vom Steilufer in den Hexenteich gestoßen worden war. Wasserprobe, grübelte Hetzer, ... im Mittelalter ein beliebtes Mittel, um Frauen aus dem Weg zu räumen. Wer also wollte Elisabeth loswerden? Er hatte auf jeden Fall wenig Ahnung von lokaler Geschichte. Dieser Tümpel hieß zwar so, aber dort hatte niemals ein Gottesgericht stattgefunden.

Dass Elisabeth nicht die einzige Tote bleiben sollte, war für die ansonsten ruhige Gegend im Schaumburger Land eine Katastrophe. Hätte Wolf Hetzer an jenem Morgen seine übliche Runde zurückgelegt und hätte er - vielleicht dank Hassos feiner Nase - etwas aufmerksamer am Idaturm emporgeblickt, dann hätte er den unnatürlich verrenkten Frauenleib gesehen, der auf halber Höhe im Wind schaukelte.

Es war nicht schwer gewesen, die Tür des alten Sandsteinturmes aufzubrechen. Nachts waren keine Menschen auf der Kuppe des Harrls. Die Gaststätte lag verschlafen am Fuße des ehemaligen Landvermessungspunktes, den Georg zu Schaumburg-Lippe hatte bauen und nach seiner Frau benennen lassen.

Widerwillig ließ sie sich die 128 Stufen emportreiben. Es gab keinen Ausweg. Fast voll war der Mond, der die endgültige Szene beleuchtete. Als sie fiel, breitete sich ihr Schrei in Wellenkreisen über die Baumkronen des Schaumburger Landes aus, wo er ungehört verhallte oder vom üppigen Sommerlaub verschluckt wurde. Vielleicht war sie schon bewusstlos gewesen, als ihr Kopf gegen den Sandstein schlug, dabei knackte wie eine Nuss und einen roten Fleck hinterließ. Entlang der Haare floss das Blut bis zu den Spitzen und zeichnete ein Muster auf dem Boden, der mehr als zehn Meter unter ihr lag. Sie selbst wurde von einem weißen Band gehalten, das um ihren Fuß geschlungen war. Alles andere hing nach unten - das Nachthemd, die Arme und das andere Bein, weswegen sie wirkte wie eine Ballerina, die Himmel und Erde verwechselt hatte.

Der Turmwirt Stefan Dunst, der seine Gaststätte für die Sonntagsausflügler und Kurgäste aus Bad Eilsen vorbereiten wollte, wunderte sich zunächst über die aufgebrochene Tür und wäre dann beim Umrunden des Turms fast in die rotbraune Lache getreten. Er bückte sich arglos der süßlichen Pfütze entgegen, die seine Eingeweide spontan rumoren ließ. Doch erst nachdem er sich himmelwärts versichert hatte, dass diese eine natürliche Ursache hatte, schleppte er sich ins Gebüsch und befreite sich von seinem belastenden Mageninhalt.

Wolf Hetzer hatte währenddessen Elisabeths Mann aufgesucht und ihm die schlimme Botschaft überbracht. Rudi Mertens war zunächst geschockt, humpelte mit seinem verbundenen Knöchel zum Sofa zurück und wirkte verloren in seiner großen Wohnung mit den drei Meter fünfzig hohen Decken. Dann gingen ihm merkwürdige Dinge durch den Kopf. Wer konnte ein Interesse daran haben, seiner mittlerweile eher unattraktiven, moppeligen Frau etwas anzutun? Nun würde er sein Essen selbst kochen müssen oder sich von Becky verwöhnen lassen. Ob er Elisabeths Schmuck wohl verkaufen konnte. Er hatte immer noch Verbindungen von damals.

Hetzer fragte zum zweiten Mal, ob Rudi Mertens eine Ahnung habe, wer seine Frau auf dem Gewissen haben könne. Doch der schüttelte nur den Kopf und schnäuzte sich in sein Taschentuch. Auch für die Tatzeit hatte er kein Alibi. Ob er seine Frau denn nicht vermisst hätte, wollte Hetzer wissen, doch Rudi war bereits wieder abwesend und Hetzer beschloss, es für heute gut sein zu lassen. Im Gehen bückte er sich nach seinem Schlüssel. Dabei konnte er das Taschentuch zwischen Rudis Füßen greifen und ungesehen in die Tasche stecken.

Rudi Mertens stellte fest, dass er eigentlich nicht besonders traurig war. Seine Frau hatte ihn nicht sonderlich gestört, ließ ihn meist in Ruhe und meckerte schon lange nicht mehr. Er wusste nicht, was sie den ganzen Tag so tat, aber es interessierte ihn auch nicht. Solange er machen konnte, was er wollte, lebte er mit ihr in Harmonie. Sie ließ sich auch vögeln, wenn ihm danach war und Becky keine Zeit hatte. Die Weiber taten alles für einen Mann, wenn sie liebten. An Frauen hatte es ihm nie gemangelt.

Experte Seppi – mit vollem Namen Clemens Josef von der Lancken und daher nach eigenem Willen nur mit Spitznamen genannt – hatte zu gleicher Zeit die Spuren oberhalb des Hexenteiches untersucht und rieb sich seinen roten Bart, der mittlerweile entschieden üppiger war, als der Flaum auf seinem Kopf. Das Resultat war ein kurioses DNA-Sammelsurium mit immer demselben genetischen Fingerabdruck. Haare, Schamhaare, ein abgebrochener Fingernagel und ein Halstuch, das sich in einem Zweig verfangen hatte und über dem Abgrund schwebte. Doch der Abgleich mit der Kartei musste warten. Es gab eine zweite Leiche im Harrl. Sie hing vom Idaturm und er konnte sein Köfferchen gleich wieder ins Auto laden, nachdem er es neu bestückt hatte.

Rebekka Friedrichsen musste den ganzen Weg durch den Wald zu Fuß getrieben worden sein. Ihre Füße waren alles andere als sauber und boten einen eindeutigen Kontrast zu dem weißen Spitzennachthemd. Hetzer und Kollegen hatten sie hängen lassen, denn Seppi bestand immer darauf, den Tatort möglichst einmal unverfälscht zu sehen, bevor die Leiche entfernt wurde. Mehrmals wetzte er die Turmstufen auf und ab, spähte durch die schießschartenartigen Fenster und gab schließlich grünes Licht, Rebekka herabzulassen. Leider hatte die Leichenstarre noch nicht nachgelassen, weswegen sie in ihrer grotesken Form auf dem Waldboden zu liegen kam. Gerichtsmediziner Dr. Althaus strich sich über seinen Bauch und verkündete, dass der Todeszeitpunkt hier viel besser einzugrenzen sei. Da sie ganz vollständig steif sei - auch in den großen Gelenken -, könne sie höchstens zwölf, mindestens aber sechs Stunden tot sein. Auf Fremdverschulden ließen die Striemen an Armen und Beinen sowie die Würgemale am Hals schließen, dozierte er und ging ein Liedchen trällernd den Waldweg hinab.

Im Grunde genommen und wenn man von seinem Frauenbild absah, war Rudi Mertens ein netter Kerl. Unglückliche Umstände hatten damals dazu geführt, dass er mit ein paar Kumpels überrascht worden war, als er Computer in einen gestohlenen Wagen verlud. Eine Jugendsünde quasi, für die er bitter im Knast an der Ahnser Straße bezahlt hatte. Damals hatte er geschworen, dass er sich lieber aufhängen würde, als jemals wieder Zeit hinter Schwedischen Gardinen verbringen zu müssen. Und das meinte er auch ganz ernst. Darum erstarrte er innerlich, als vor seiner Tür nur wenige Stunden später erneut Wolf Hetzer stand, – mit zwei Streifenpolizisten.

An beiden Tatorten im Harrl habe man seine DNA gefunden, hieß es und da er kein Alibi hatte, bat man ihn zum Verhör auf die Polizeiwache an der Ulmenallee.

*Verhör Mertens, Protokollauszug*

*Der Verdächtige Rudi Mertens, 46 Jahre alt, wohnhaft in Bückeburg-Röcke, hat im Verhör zugegeben, auch die andere tote Frau gekannt zu haben. Mit ihr hatte er eine sexuelle Beziehung. Er bestreitet jedoch die Taten. Er bestreitet weiterhin, dass es möglich sei, dass sich die Frauen gekannt hätten. Zu den fraglichen Tatzeiten gibt er an, sich während der Ermordung seiner Frau bei Rebekka Friedrichsen in Rinteln befunden zu haben. Dafür gibt es nach dem Ableben der Frau keine Zeugen. Für den Mord an der Toten Friedrichsen kann Mertens ebenfalls kein Alibi vorweisen.*

*Am Tatort von Elisabeth Mertens hat die Spurensicherung mehrfach DNA von Rudi Mertens sichergestellt. Die fehlenden Reifenspuren lassen darauf schließen, dass Mertens zunächst mit seiner Frau unter einem Vorwand in den Wald gegangen sein muss. Erst dort kann er sie überwältigt, geknebelt und zunächst mit Kabelbindern an den Händen gefesselt haben, bevor er die Handgelenke mit den Füßen zusammengebunden und die Ermordete von den Klippen gestoßen hat. Am Tatort zeigte sich jedoch, dass zuerst die Füße und dann die Hände gebunden gewesen sein mussten, da der zweite Kabelbinder um die Fußfessel geschlungen war. Rudi Mertens schweigt zum mutmaßlichen Tathergang.*

*Am Tatort von Rebekka Friedrichsen haben die Beamten der KTU eine weiße, elastische Binde sichergestellt. Sie ist um das Fußgelenk der Toten geschlungen worden. Hierbei handelt es sich um ein Verbandmittel, in dem Hautschuppen des Verdächtigen gefunden worden sind. Mittels dieser Binde hat die Ermordete am Idaturm gehangen. Das Endstück ist an einer Metallstrebe auf der Turmplattform befestigt gewesen. Nach Angaben der Pathologie ist Rebekka Friedrichsen mit großer Wucht vom Turm gestoßen worden. Das Band hat in Folge dafür gesorgt, dass der Fall jedoch abrupt gebremst worden ist. Durch den Aufprall ist der Kopf des Opfers an der Turmwand zerschmettert worden. Die zahlreichen Schädelfrakturen lassen darauf schließen, dass der Tod sofort eingetreten ist.*

*Der Verdächtige wird in Untersuchungshaft genommen und dem Haftrichter vorgeführt.*

*Ende des Protokolls*

Für Rudi Mertens war eine Welt zusammengebrochen. Gebeugt saß er auf der harten Liege, die für die nächsten Tage sein Bett sein sollte. Er hatte nichts getan. Was wollten sie alle von ihm? Er verstand nichts. Er hatte Angst. Wer tat ihm das an?

Ein tiefer Kopfschmerz hatte sich hinter seine Augen gebohrt. Es war, als hielte jemand seinen Kopf in Eisenzangen und drückte zu. Die Stimmen lachten wieder. Sie lachten über ihn. Schmeichelten ihm, was er doch für einen niedlich kleinen, festen Po hätte.

Mit der Angst kam das Zittern. Die Unruhe, die Rastlosigkeit. Er wollte fliehen. Nicht noch einmal. Doch die Stimmen lachten ihre Gewissheit in den Raum. Sie hallte aus allen Ecken zurück und hämmerte auf ihn ein.

Er wusste nicht wohin mit sich, wohin mit seinen Händen. Der Pullover war warm – ihm heißkalt. Den Pullover hatte noch Elisabeth für ihn gestrickt. Elisabeth... Sein Leben war aus den Fugen geraten. Alles kaputt, sogar der Pullover, denn durch sein fahriges Fummeln zeigte sich ein langer Faden am Saum. Er zog, er zog mit immer mehr Wut, denn die vertrieb die Angst, dann riss er an den losen Enden, bis ein Knäuel aus Beige zu seinen Füßen lag.

Stille.

Nichts mehr zu reißen - Leere - die Angst kroch aus den Ecken zurück und umarmte ihn. Hielt ihn fest, gab ihm Sicherheit und die Erkenntnis, dass die Stimmen recht hatten. Sie würden ihn kriegen.

Inzwischen waren die Computer der Eheleute Mertens und der von Rebekka Friedrichsen beschlagnahmt worden. Man suchte Beweise für Rudis Schuld.

Wolf Hetzer saß in seinem Büro und grübelte, als sein Kollege Siggi von der KTU mit Schwung die Tür aufstieß, einen Ausdruck auf seinen Schreibtisch warf und mit dem Finger darauf tippte. Man müsse sofort handeln.

*„Geliebte Schwester, die Sache muss ein Ende nehmen. Wir werden ihn umbringen. Er hat dich und mich betrogen. Aber es wird so aussehen, als töte er sich selbst. Wir werden ihn verlassen. Vor ihm aus dem Leben gehen, wie wir es besprochen haben, aber er wird dafür bezahlen, weil er nicht anders kann. Das ist unsere Rache."*

Hetzer griff sofort zum Telefon, verständigte den diensthabenden Justizbeamten und sprang in den Wagen. Doch es war zu spät. Die Stimmen hatten Rudi gezeigt, wie er aus den hellen Fäden ein Seil knüpfen konnte, das ihn trug.

## Gesicht zeigen

Unter dem Verband war Schmerz. Dumpfer Schmerz, der in mein Dämmern pochte. Er machte das Denken fühlbar. Nicht schwerer, nur bewusster, weil das Denken weh tat und die Gedanken unter dem zerschlagenen Gesicht voller Traurigkeit waren.

Wie es wohl aussah? Mein Flachshaar hatten sie mir gekürzt. Es stach jetzt unförmig aus den Mullbinden hervor. Ich war schon vorher keine Schönheit gewesen. War bleich, wie der Septembermond. Wo jetzt noch Haut zu sehen war, hob sie sich kaum vom Verband ab. Ein Jedermann war ich. Ein Irgendwer.

Rajaa jedoch fiel auf. So wunderschön war sie. Ihr Haar fiel wie schwarze Seide auf warme Haut. Und wenn wir uns im Arm hielten, tankten wir Sonne aus unseren Augen.

Gleich kam die Visite. Mein Bein würde noch lange brauchen. Doch heute sollte zum ersten Mal der Verband vom Gesicht genommen werden. Ich hatte Angst. Keine Angst vor dem, was ich im Spiegel sehen würde... Nur Furcht vor dem Mitleid aus den Augen anderer.

Rajaa war reizend gewesen. Sie strahlte Zufriedenheit aus, weil sie glücklich war. Das reizte, als wir lachend mit unseren Einkaufstaschen an der Bushaltestelle vorbeischlenderten. Der Tag war sonnig und der Geruch warmen Bieres zog uns in die Nase.

„Ey Negerfotze, halt die Klappe!“ rief einer der vier polierten Schädel grölend.

„Dir wird das Lachen gleich vergehen!“ pöbelte ein Zweiter und rülpste laut.

„Kümmert euch um euren eigenen Scheiß, ihr versoffenen Nazis", schrie ich möglichst laut, damit mich jemand hörte, als ich Rajaas erschrockenes Gesicht sah, die sich gerade wieder aufrappeln wollte. Einer hatte ihr ein Bein gestellt. Dann ging alles ganz schnell.

Wo blieb nur die Visite? Der Verband juckte auf der Nasenhaut, die einmal hinter meinem Ohr gewachsen war. Immer noch pochten die heilenden Knochen in Kiefer und Jochbein. Jede Mumie hätte ich in den Schatten gestellt. Doch ich wollte endlich mein Gesicht sehen, - egal, wie es aussah. Es würde sein, als gäbe man mich mir zurück.

Für Rajaa würde es kein Zurück geben. Passanten mischten sich nicht gerne ein. Vielleicht riefen sie mit dem Handy nach Hilfe, wenn man Glück hatte.

Die Männer hatten uns in die Büsche hinter der Haltestelle gezerrt. Kein Fremder war nah genug. Unser Schreien wurde zum Wimmern, als sie uns mit den Absätzen ins Gesicht traten. Wer kann sich vorstellen, wie Knochen knirschen? Wer hat je gefühlt, wie es ist, wenn die eigenen Ohren das hören müssen, - ganz dicht? Das Bewusstsein bleibt lange wach. Es staunt.

Ich konnte Rajaa nicht helfen. Einer war mit seinen Stiefeln auf mein Bein gesprungen, mit beiden Füßen. Er trat mich, wohin auch immer ich mich wand. Mein Gesicht war eine Masse aus Fleischbrei, und bevor meine Augen zuschwollen, musste ich Rajaas Blick sehen, - ihr Weinen, weil zwei Männer sie hielten und ein dritter ihren blutenden Leib bezwang. Sie könne dankbar sein, für ein paar reindeutsche Gene, falls sie angebufft würde, waren sie sich einig.

Wie konnten sie wissen, dass in Rajaas Bauch bereits ein kleines Leben zu wachsen begonnen hatte, dachte ich, als sich meine Sinne im Nebel verirrten.

Der Spiegel zeigte ein Gesicht, dass ich von früher kannte. Doch das musste Jahre her sein. Rote Würmer hatten sich hineingefressen. Die Narben würden noch blasser, sagten die Ärzte mit einer Mischung aus Stolz und Mitleid. Mag sein, dachte ich, dann werde ich sie eben mit Kajal nachzeichnen. Damit jeder sie sieht. Damit sie zum Zeichen werden. Für Rajaa und ihr Kind, dass niemals geboren werden konnte. Für alle, die anderen ein Dorn im Auge waren, weil sie anders waren. Wie ich es sein würde - hässlich - und unübersehbar. Denn bei mir würden sie nicht wegsehen können.

## Hinnerk, der Moorbold

Nebelschwaden lagen immer noch über dem Morast und der seichten Bucht, in die ein alter Ast ragte. Das Wasser unter dem toten Holz schrieb kleine Kreise, die von Tropfen herrühren konnten. Oder den Beinen früher Wasserläufer. Doch diese Frage stellte sich niemand. Niemand verirrte sich zu solch geheimnisvoller Stunde an die Grenze zwischen Land und See. Wäre jemand vorbeigekommen, so hätte er eine merkwürdige Erscheinung gehabt und wohl seinen Augen nicht getraut. Denn bei genauerem Hinsehen entpuppten sich die Wasserkreise als Zehenspiel. Hinnerk versuchte verschiedene Muster mit jedem der zehn zu malen, ja, die Wellenringe ineinanderfließen zu lassen. Doch sie irritierten sich gegenseitig und Hinnerk platschte ungeduldig mit dem ganzen Fuß aufs Wasser, als sein Kunstwerk nicht gelang. Das machte mehr Spaß, denn die Tropfen schossen in alle Himmelsrichtungen, spritzten in sein Gesicht und rannen an seinen Haaren herab, die nirgends so üppig sprossen wie um die Körpermitte, sodass sie bis fast auf die Füße hingen. Seine Arme und sein Kopf waren von wuscheligem Flaum bedeckt. Nur die Nase stach seltsam unbehaart aus dem Gesicht hervor. Aber sie war nicht groß genug, dass sie im Dickicht auffiel und das war gut so. Denn Hinnerk wollte nicht auffallen. Er war ein Moorbold und liebte darum das Dunkel, den torfigen Boden, aber auch Pflanzen aller Art. Und Wasser natürlich, wie alles Feuchte, denn das Moor lebte davon.

Menschen mied Hinnerk im Allgemeinen. Sie waren ihm etwas suspekt, auch wenn er sie lustig fand. Sie trugen ein komisches Haarkleid, mal struppig, mal so lang, wie er es um den Bauch herum trug, andere zwirbelten sie sich wie Seile auf den Kopf oder sie waren dort sogar nackt. Ihre Körper versteckten sie in verrückt bunten Fetzen. Er wusste nicht, ob sie darunter behaart waren. Manchmal waren sie laut und traten meist in Horden auf. Das störte ihn und es beunruhigte das Moor, denn beide lebten in einer Art von Stille, die nur an bestimmte Geräusche gewöhnt war. Zum Beispiel an das Quaken der Frösche, die ihr Konzert in Sommernächten mehr dem Mond widmeten. Sie waren auch mit dem Balzen von Vögeln aller Art vertraut oder mit Wassergeräuschen. Die waren Hinnerk das Liebste. Ihr Blubbern, Platschen, Zischen, Fließen, Wabern, Gluckern und Plätschern verzückte ihn. Das Tröpfeln des Regens auf der Oberfläche eines Sees war wie eine betörende Melodie für ihn. Doch auch die Stille des Wassers berührte ihn. Er wusste nicht, was er lieber mochte - einen kräftigen Regenguss mit aufpeitschendem Staccato im Wind der Böen oder die glatte Zunge des Sees, die satt in ihrem Bett lag. Dann beobachtete er sie, wie sie sich kaum sichtbar bewegte und gelegentlich über den Rand leckte, während kleine Symphen mit ihren Laternen durch die Dämmerung schwebten und sich am Spiegelbild der Sterne erfreuten, das sie für das ihre hielten.

Symphen waren wunderbare Geschöpfe. Ihr Kleid aus Meeresschaum strahlte durch den Flaumschleier der Möwen, den sie wie einen Überwurf trugen. Er hielt sie in der Luft, einem Flügelpaar gleich, und ihre Zöpfe aus Spinnweben flatterten im Wind. Aus dem Schaum ragten winzige Hände und Füße, so zierlich, dass Hinnerk sich nie satt sehen konnte. Denn zwischen seinen Zehen und Fingern spannten sich Häute, die er zum Schwimmen brauchte. Überhaupt war seine Haut von besonderer Beschaffenheit. Derb und dick trug er sie unter den langen Haaren, damit die Säure des Moorwassers ihm nichts anhaben konnte. Symphen durften dort nicht hineinfallen. Das war ihr Tod, denn ihre zarte Beschaffenheit war für die Luft gemacht. Aber sie liebten das Moor und den Sumpf wegen des Duftes, der daraus hervorstieg. Deshalb wagten sie sich bisweilen hinein und brachten sich in die Gefahr. Tagsüber dösten sie zumeist auf einem Ast in der Sonne am Ufer des Steinhuder Meeres. Und zwischendurch kitzelten sie das Wasser mit ihren Füßchen, wenn sie über den See schwebten - hüpf, hüpf, schnell mit den Zehenspitzen einen Wellenkreis gemalt - oder sie schöpften ein paar Tropfen als köstliches Getränk mit Moorgeschmack. Hier war es nicht schlimm, wenn sie hineinfielen. Auch wenn der Flaum nass wurde, so trieben sie doch mit dem Meeresschaum ans Ufer, schüttelten sich, ließen sich in der Sonne oder dem Wind trocknen und begannen ihr Spiel von Neuem. Hinnerk hatte sie im Verdacht, dass sie manchmal mit Absicht ins Wasser plumpsten, denn sie kicherten dabei. Ihre Laternen, die ihnen zu dunkler Stunde den Weg wiesen, hängten sie immer schon nach der Morgendämmerung in einen ufernahen Strauch. Sie störten in den wachen Tagstunden und wurden mit dem Aufgang der Sonne ausgeblasen, die durch die vielen kleinen Feuer bald hell am Himmel erstrahlte. Erst am Abend forderten die Symphen ihre Flamme zurück. Sie entfachten aus glutrotem Himmel den Docht mit einem Hauch aufs Neue.

Manche Menschen hielten die Symphen für Irrlichter. Unzählige Geschichten berichteten von tragischen Wanderungen ins Moor, von denen niemand zurückkam. Dabei tat man ihnen unrecht. Sie versuchten vielmehr, Verirrte aus dem sumpfigen Gebiet hinauszugeleiten, indem sie ihnen leuchteten. Doch die Wege waren tückisch und die Menschen hatten kein natürliches Gespür für den Untergrund. Auch dies unterschied sie von den Moorbolden, die aus dem Federn des Bodens dessen Beschaffenheit erkannten und mit den Schwimmhautzehen fühlten, ob der Morast feuchter wurde.

Auch Hinnerk hatte schon oft versucht, Menschen zu retten, die sich zu weit auf das östliche Landgebiet am Rande des Meeres gewagt hatten. Fast unsichtbar mit seinem schwarzbraunen Haarkleid ahmte er den Ruf der Wiesenweihe nach, um deren Wegrichtung zu ändern. Doch manch einer war eigensinnig und bezahlte dies mit seinem Leben im sauren Schlamm.

Neuerdings hatte Hinnerk ein wenig die Lust verloren, auf diese seltsamen Geschöpfe aufzupassen, denn sie hatten seinen schönen See verunstaltet. Wie eine Beule lag jetzt diese Insel im Südwesten und störte das Bild der einheitlichen Oberfläche.

Wo sich vorher eine seichte Sandbank aus dem Wasser erhob, auf der Hinnerk manchmal des Nachts den Symphen ein Moorlied gesungen hatte, hatte eines Tages gegen Winterende ein geschäftiges Treiben begonnen. Fischerboote fuhren zwischen Ufer und Sandbank hin und her, ohne ihre Netze auszuwerfen. Sie mussten beladen sein, so tief lagen sie im Wasser, doch er wollte sich nicht in die Nähe wagen.

Im Schutz der wolkenverhangenen Mitternachtsstunde war Hinnerk am Rande des Meeres entlang in den Hagenburger Kanal geschwommen. Er staunte nicht schlecht, als er auf der einen Uferseite mächtige Stämme liegen sah, hoch wie ein Mast und fast so dick wie sein behaarter Bauch. Auf der anderen Seite erhoben sich Berge aus Sand und Kies. Ein Stück weiter lag ein großer Haufen mit Reisigbündeln. Nachdem er eine Weile auf den Stämmen balanciert hatte, schwamm er durch den Kanal und rutschte den Sandhügel hinab, wieder und wieder. Am besten ging es auf dem Bauch, weil dann die Haare nicht bremsten. Hui, das war ein feiner Spaß, den er am liebsten mit den Symphen geteilt hätte. Doch hierher kamen sie nie. Sie blieben lieber am Rand des Moores. In den folgenden Wochen musste er mit ansehen, wie Eichenpfähle rund um sein kleines Eiland eingerammt wurden, zwischen denen die Bündel aus Reisig verschnürt wurden. Was sollte ein Zaun im Wasser, fragte er sich. Wie ein Bienenvolk brachten Tag für Tag und bei jedem Wetter immer neue Fischerboote Leinensäcke, gefüllt mit Sand und Kies (Hinnerk hatte seine Finger hineingebohrt und wusste es daher genau). Diese versanken mit Hilfe der Menschen zunächst zwischen Sandbank und Zaun, aber nach und nach wurde die Fläche größer, auf der Hinnerk trockenen Fußes über das Steinhuder Meer hüpfen konnte. Er wusste zuerst nicht, was er davon halten sollte. Um seine Insel herum hatten sie außerdem 16 weitere kleine Eilande neu geschaffen. Doch als später dort ein von Menschen bewohntes Gemäuer entstanden war, fühlte sich Hinnerk gekränkt. Was bauten sie plötzlich Häuser in sein Meer? Reichten ihnen die Ufer nicht mehr aus? Vielleicht würde bald kaum mehr Wasser zu sehen sein, wenn sie auf die Idee kämen, das Meer nach und nach in Besitz zu nehmen.

Nun waren viele Sommer und Winter vergangen. Hinnerk hatte sich seitdem ferngehalten und auch die Symphen beschworen, vorsichtig zu sein. Wer konnte wissen, ob es den Menschen nicht auch noch einfiel, das Moor bewohnen zu wollen. In diesem Fall sollte sie das allgegenwärtige Morff verschlingen, mit jedem seiner vielen hundert Mäuler. Aber die Menschen hatten keine weiteren Behausungen gebaut und mit der Zeit beruhigte sich Hinnerk und mit ihm das Symphenvolk.

Eines Tages siegte Hinnerks Neugier nach zähem Ringen mit sich selbst. Er war ein Moorbold und musste doch wieder einmal den Kanal entlang in Richtung Schloss schwimmen und sehen, ob wenigstens dort noch alles so war wie früher. In den ersten Stunden einer lauen Frühlingsnacht erreichte er das Ufer und sah im letzten Atemzug der Dämmerung von fern ein Kerzenlicht flackern. Welche Symphe mochte sich hierher verirrt haben? Langsam kroch er näher, um sie nicht zu erschrecken. Wie seltsam. Umhüllt von weißem Flaum saß eine viel zu große Symphe im Schein einer Laterne und schrieb. Hinnerk hatte gar nicht gewusst, dass sie schreiben konnten. Sie waren Wesen voller Geheimnisse und diese glich den anderen in ihrer Anmut, ja, sie war noch schöner, noch zarter und zerbrechlicher als alle, die er zuvor gesehen hatte. Von Weitem sah er ihr zu, wie ihre Haut in dem Zusammenspiel von Kerzen- und Mondlicht der stillen Wasseroberfläche glich, die ihm so viel bedeutete. „Maria", rief es plötzlich von fern und das zauberhafte Wesen eilte mit Feder und Buch in Richtung Schloss davon. Vielleicht gab es größere Symphen außerhalb des Moores.

Viele Nächte wartete er darauf, dass sie wieder zu ihm schwebte, in seine Nähe, damit er sie betrachten konnte. Doch als nichts geschah, machte er sich auf, sie zu suchen. Eines Morgens vor Tagesanbruch - er hatte die ganze Nacht am Schlossgraben in Hagenburg gewacht - sah er sie wieder. Klein, blass und flüchtig wie Meeresschaum wurde sie von Menschen in eine Kutsche getragen. Sie wollten sie fortschaffen. Den einen von ihnen hatte er damals oft gesehen. Seine Kleidung war stets unerhört bunt und prächtig gewesen. Andere Menschen hörten auf ihn. Hinnerk hatte ihn im Verdacht, für die Entstehung der Wohninsel verantwortlich zu sein. Jetzt wollte er auch noch eine Symphe entführen. Hinnerk rannte geschützt durch das Buschwerk voraus und sprang, als die Räder an ihm vorbei waren, auf den hinteren Holm des Gefährtes. Er dachte schon, dass die Fahrt niemals enden würde, als die Kutsche schließlich an einem kleinen See vorbeifuhr und langsamer wurde, bis sie an einem länglichen Gemäuer mit vielen Fenstern zum Stehen kam. Hinnerk sprang ab, noch bevor sie hielt und verschwand zwischen den Sträuchern. Von dort sah er, wie die Symphe auf der Freitreppe nach oben getragen wurde, als ob sie selbst das Schweben verlernt hatte.

Jetzt konnte er nichts unternehmen. Er wollte den Tag dazu nutzen, ein wenig zu schlummern und sich später umsehen. Nachdem er sich ausgeruht hatte, stellte er erleichtert fest, dass es hier nicht nur Wasser, sondern auch Sumpf und Moor gab. Das beruhigte ihn. Wenigstens hatten, sie die Symphe an einen Ort gebracht, wo sie sich wohlfühlen konnte. Als die Sonne untergegangen war, fand er heraus, dass Maria hinter dem rechten Fenster in einer Art Holzgestell lag, das aussah, als sei es mit Schaum und Flaum gefüllt. Sie schlief wohl, denn ihre Augen waren geschlossen, doch ab und zu warf sie den Kopf hin und her und wurde von einem heftigen Husten geschüttelt. Die Symphe war krank. Vielleicht hatte sie aus einer Pfütze mit Morffwasser getrunken. Die Menschen schienen sich um sie zu kümmern, denn als der Husten nicht aufhören wollte, kam eine Frau herbeigeeilt. Sie nahm die Symphe in den Arm, hob sie an und hielt ihr ein Tuch vor den Mund. Ihr Haar aus Spinnweben hatte jeden Glanz verloren. Wie blass sie war und wie rot sich der Stoff mit einem Mal färbte. Da wusste Hinnerk, dass sie sich bald auflösen und vergehen würde. Er konnte nichts mehr für sie tun.

Traurig kletterte er mit seinen behaarten Schwimmhautfüßen am Mauerwerk herab und ließ das Jagdschloss Baum hinter sich. Am Ufer des verlandeten Teiches, wo ihn niemand mehr sehen konnte, schimpfte er auf das Morff, das die Symphe auf dem Gewissen haben musste. Mit den Menschen war er ein wenig ausgesöhnt. Ihnen schien Marias Schicksal nicht egal gewesen zu sein.

Das Morff schwappte und zischte unterdessen beleidigt in Ufernähe aus einem seiner Münder. Es war sein Wesen, alles zu verschlingen, außer Moorbolden, die es wieder ausspie, wo immer es ihm gefiel, weil sie haarig und unverdaulich waren.

Doch Hinnerk blieb keine Wahl. Er wollte zurück an sein Meer mit der Insel und stürzte sich darum in das Maul aus torfigem Schlamm bis tief in den Magen des Ungeheuers. An würgenden Schlunden vorbei grub er sich. Denn das Morff wollte ihn loswerden. Aber Hinnerk überwand die Schlote, die ihn herauskatapultieren wollten, bis plötzlich der Duft der Heimat in seine Poren drang. Da ließ er sich nach oben tragen und auf festen Grund schwappen. Erschöpft rieb er die Augen.

In Sichtweite lag es, das Steinhuder Meer. Hinnerk atmete tief durch und schleppte sich ans Ufer. Im warmen Sonnenlicht dösten die Symphen. Wie viel kleiner sie waren als Maria, dachte Hinnerk und wusste, dass ihr keine jemals gleichen würde.

Epilog:

Maria zur Lippe-Biesterfeld war anmutig wie eine Symphe. Sie starb an ihrem zweiunddreißigsten Geburtstag auf Schloss Baum. Ihr gräflicher Gemahl Wilhelm zu Schaumburg-Lippe hat ihr ein Mausoleum im Schaumburger Wald errichten lassen, in dem sie Anfang September 1776 ihre letzte Ruhestätte fand. Tochter Emilie, die zwei Jahre zuvor kurz vor ihrem dritten Geburtstag verstorben war, wurde später ebenfalls in einem schwarzen Marmorsarg neben ihre Mutter gebettet. Nur ein Jahr später folgte der Graf seiner Frau ins Mausoleum. Er hatte sich bei der Pflege Marias ebenfalls mit Tuberkulose infiziert.

# Locus tranquillus

Das stille Örtchen erhielt seinen Namen nicht, weil es dort stets so leise vor sich geht, sondern dem Umstand, dass man es dort sehr gerne einsam hätte. Still also im Sinne einer eher heimlichen Verrichtung - jenseits anderer Menschen. Das war nicht immer so.

Unsere Vorfahren aus der Steinzeit hockten oder standen einfach dort, wo es sie überkam, was schädliches Drücken überflüssig machte und sie wohl dadurch weniger anfällig für Hämorrhoiden waren. Allerdings brachte es gewisse Gefahren mit sich, hinter der Gruppe zurückzubleiben, denn ohne Schutz war man wilden Tieren ausgesetzt. Später, im frühen Mittelalter, suchte man sich in unseren Breiten bereits ein verschwiegenes Plätzchen in freier Natur. Doch irgendwann kam der Mensch auf die Idee, sich bei seiner Notdurft wenigstens ein Dach über dem Kopf zu wünschen, auch wenn der Ort bis in das vergangene Jahrhundert im Winter kalt und ungemütlich blieb. Die Häufung der Ausscheidungen am selben Platz hatte einen Vorteil. Sie konnte als Dünger auf die Felder ausgebracht werden.

Viele werden es aus eigener Erfahrung noch kennen, das Loch im Holzbrett, den kleinen Verschlag, der oft nur durch den Stall zu erreichen war, aber auf jeden Fall fern vom Wohnhaus, jenseits des Hofes lag.

Jetzt konnte man sich an einen sicheren, stillen Ort zurückziehen. Doch Dauerhocker kamen kaum auf ihre Kosten. Wenn nicht alles einfror, hielten zumindest eine Schar von Fliegen und der bestialische Gestank die Menschen mit solchen Neigungen davon ab, sich allzu lange dort aufzuhalten. Nur ganz Hartgesottene konnten ihre Nasen ausschalten und zum Beispiel die Tageszeitung lesen, bevor sie sich mit den aktuellen Nachrichten aus Wirtschaft und Politik den Allerwertesten zu reinigen versuchten.

Schon der Weg durch den Stall war bisweilen ein Abenteuer, wenn neugierige Ziegen den Eiligen traktierten und in dessen Hosentaschen nach Essbarem suchten. Er rettete sich also durch die Schwaden des Stallmistes in die seiner eigenen Ausdünstungen und wieder zurück.

Nachts jedoch bevorzugte man eine andere Variante des Sicherleichterns, falls es notwendig wurde. Da es sich meist um eher sehr junge oder ältere Mitmenschen handelte, deren Blasen weniger durchhaltefähig waren, erfand der Mensch den Nachttopf. Ein praktisches Utensil, das von einem oder von mehreren Familienmitgliedern im Dunklen genutzt werden konnte, ohne dass man das Haus verlassen musste. Des Morgens wurde er – manchmal zum Ärgernis von Passanten – aus den Fenstern des oberen Stockwerkes auf die Straße geleert. Bei Kleinkindern hat sich das „Töpfchen" als Vorstufe der großen Toilette bis heute in den Familien gehalten. Bemühungen, den Stuhlgang der Jüngsten zu kontrollieren und gleichzuschalten gab es seinerzeit mit der Topfbank in der DDR. Dort mussten die Krippen-Kinder zu vorgeschriebenen Zeiten im Kollektiv hocken, nicht immer mit durchschlagendem Erfolg.

Im letzten Jahrhundert machte das stille Örtchen eine unglaubliche Revolution durch. Als Neuerung zum noch immer weit verbreiteten Plumpsklo, erfand der Mensch die manuelle Spülung mit Wasser, wobei er zunächst mittels einer Kanne und einer Handkurbel für das Entschwinden seiner Machenschaften sorgen musste. Recht fortschrittlich zeigt sich im Vergleich die Wasserspülung aus einem deckenhohen Kasten mittels Kette und Handgriff, so - als ob man einen Diener zum Entfernen der Hinterlassenschaften rufen würde. Mit der Kraft des fallenden Wassers erledigte sich die Sache der Entledigung wie von Zauberhand in eine Sickergrube oder bereits in die Kanalisation. Der Weg war bereit für immer modernere Ausführungen der Toilette, wobei die Methode im Prinzip gleich blieb - das Wasser spülte alles weg...

Seit einiger Zeit jedoch gibt es gewisse Gegenströmungen. Aufgrund von Wasserknappheit und gestiegenen Energiekosten erfand der Mensch des ausgehenden 20. Jahrhunderts die Spartaste für das kleine Geschäft. Durch nochmaliges Drücken der Spültaste entladen sich vier Liter weniger Wasser in den Orcus. Man kann also zweieinhalbmal Pipi zum selben Preis eines unverkürzten Spülgangs machen.

Manchem ist dieses noch nicht genug. Der sparsame Neuzeitmensch sammelt sein Brauchwasser. Waschmaschinen werden auf Podeste gestellt, damit das kostbare Nass nicht einfach so in die Kanalisation entrinnt. Denn dieses Wasser kann in Kannen noch gut zum Spülen der Toilette verwendet werden. Immerhin rund 50 Liter, was acht kleinen Verrichtungen entspricht. In meiner Verwandtschaft gibt es sogar eine weitere Form der vorteilhaften Mehrfachnutzung. Nachdem so ein Vollbad locker zwei Personen nacheinander gereinigt hat, wird es einfach in der Wanne belassen und toilettennah weiterverwendet. Nur hinsichtlich des Badetages musste man sich in diesem Vier-Personenhaushalt etwas umstellen. Zwei Wannenfüllungen hintereinander sind pure Verschwendung, denn eine verschwindet sonst komplett durch den Abfluss. Bei einem gesplitteten Badetag, wechselweise samstags und mittwochs, wo jeweils zwei Personen nacheinander baden, wird es kaum noch notwendig, sich der Toilettenspülung mittels Frischwassers zu bedienen.

Gestern jedoch glaubte ich meinen Augen nicht zu trauen. Genüsslich streckte ich mich kurz nach dem Aufstehen auf meinem Balkon im ersten Geschoss, als ich sah, wie meine Nachbarn in den Garten schlichen und sich zwischen die Büsche hockten…

# Nachtmilch

*11. November 1799 – Brief von Dr. Bernhard Christoph Faust, Bückeburg, an den Geistlichen Johann Caspar Lavater, Zürich*

Hochverehrter Pastor Lavater,

anbei sende ich Ihnen ein brisantes Dokument, welches nicht in die Hände mancher Menschen gelangen sollte. Es ist von Vorteil, wenn es schleunigst unsere Residenzstadt, ja ganz Schaumburg-Lippe und am liebsten die Teutschen Lande verließe. Ich gebe es daher dem Musikus mit, den Juliane Euch zur Genesung nach Zürich sendet. Er wird alsbald aufbrechen.

Bitte haltet diese Zeilen unter Verschluss. Wiewohl der Inhalt - würde er denn öffentlich - für einigen Tumult sorgen würde, so habe ich dennoch ebenso andere gewichtige Gründe, dem Wunsche unserer verblichenen Landesherrin nachzukommen und Ihnen dieses Erbe zuzusenden.

Schon vor einigen Monaten keimte ein schrecklicher Verdacht in mir, dass es Kräfte im Schlosse geben könnte, die es durchaus als vorteilhaft empfänden, wenn Juliane zu Schaumburg-Lippe nicht länger regierte. Einesteils ihres bestimmenden Wesens und des Einflusses wegen, den sie in starkem Maße auf ihren unmündigen Sohn Georg ausübte, andererseits ihrer inakzeptablen Liaison wegen, die sie noch immer und bis zum Tode mit dem Oberforstmeister Clemens August von Kaas verband. Es wurde gar befürchtet, sie könne zum katholischen Glauben konvertieren und eine morganatische Ehe mit von Kaas eingehen.

Diese Stimmen wurden immer lauter. Sie schwärten in meinen Ohren, während ich unsere Fürstin mit wachen Augen beobachtete und eine stetige Verschlechterung ihres Gesundheitszustandes dokumentieren musste. Beim Aderlass musste ich konstatieren, dass ihr das Blut viel zu dick aus den Adern rann. Ihr Haupthaar wurde nicht nur aufgrund des fortgeschrittenen Alters lichter, es zeigten sich auch bräunliche Flecken auf ihrer sonst so schneeweißen Haut. Ebenso klagte sie des Öfteren über diffuse Schmerzen in ihrem Leib, die mit Benommenheit und Schlafstörungen einhergingen. Manchmal neigte sie gar zur Schwermütigkeit... Als ihre Hände und Füße von Zeit zu Zeit die Tricolore zeigten, ja gänzlich blau, dann weiß wie Leichenteile und später rote Farbe annahmen, sah ich meinen Verdacht durchaus als begründet an. Da sie jedoch dieselben Speisen zu sich nahm wie ihre Kinder, die sich nach wie vor bester Gesundheit erfreuen, ahnte ich lange nicht, wie eine möglicherweise giftige Substanz in ihren Körper gelangt sein könnte. Erst später erfuhr ich, dass sie des Nächtens noch eine Milch mit Honig zu sich nahm, in der beispielsweise ein geschmackloses Mittel durchaus enthalten gewesen sein könnte...

*Herbsttage, Tagebuchbriefe von Juliane zu Schaumburg-Lippe an Johann C. Lavater*

*Freitag, 25. Oktober*

Verehrter Herr Lavater, lieber Freund, der Tag war kühl und kaum für einen Spaziergang geeignet. Allein die Sehnsucht nach frischer Luft - vor allem wegen meines schmerzenden Kopfes - zog uns ins Freie. Als meine Töchter und mein Sohn mit mir durch den Park wandelten, ereilten uns die Tropfen, noch bevor wir das Schloss wieder erreichten. Vielleicht wäre es besser gewesen, wir hätten in der Orangerie Zuflucht gesucht oder im Ballhaus. Nun denn, wir waren ganz vom schnellen Gang erhitzt und mussten unsere Kleider wechseln, die obendrein der Herbstregen verdorben hatte. Meine Mutter hätte den Kopf geschüttelt über soviel Unvernunft, aber die schlechte Witterung hatte uns seit Tagen in den Mauern gefangen gehalten. Dabei hatte Dr. Faust uns dazu angehalten, dass wir uns in frischer Luft reichlich bewegen sollten. Und als sich vorhin kurz die Sonne zeigte, wies ich die jungen Damen und ihren Bruder an, sich umgehend mit einem wärmenden Überwurf zum Tor zu begeben. Wir hatten soeben nach den letzten Rosen Ausschau gehalten, als bleiern von Westen eine neue Wolkenwand herantrieb. Eilig traten wir den Rückzug an, wie Soldaten, die vor dem übermächtigen Feind Reißaus nehmen. Der Schirm, den ich mehr aus modischen Gründen bei mir trug, hätte wohl der Sonne getrotzt, aber nicht dem Inferno, das sich entlud, als wir die Schlossbrücke passierten.

Später übte ich noch ein wenig auf dem Pianoforte, das ich näher zum Feuer schieben ließ, weil es mich immer noch fröstelte. Auch jetzt hat Petrus noch kein Einsehen gehabt, verehrter Freund. Während ich Ihnen schreibe, pfeift der Sturm sein Lied durch die Fenster im Trommelwirbel der Tropfen. Ich begleite ihn und denke voller Wehmut an die Stunden zurück, in denen mich Bach so trefflich auf dem Instrument forderte.

*Sonnabend, 26. Oktober*

Verehrter Herr Lavater, heute ist mir nicht wohl. Das Schlucken ist beschwerlich, es schmerzt ungemein und ein inneres Feuer will mich verbrennen. Mir scheint, die Witterung und das Spazieren in derselben haben ihre Wirkung hinterlassen. Seit Kurzem fühle ich auch ein böses Reißen in den Knochen, als ob diese von jemandem grob behandelt worden wären.

Es ist so schade. Wie lange habe ich an der Rolle geübt, die ich heute am Abend spielen wollte, aber ich bin nicht in der Lage, vor die Menschen zu treten. Meine Stimme ist ohnehin nur ein Krächzen und kann wohl niemandem gefallen. So lasse ich anderen den Vortritt.

Fast hätte ich geschrieben: Passen Sie auf sich auf, dass Sie nicht so leichtsinnig wie ich der Jahreszeit zu trotzen versuchen. Aber Sie hüten wohl nach Ihrer schweren Verletzung noch immer das Bett. Ich wünsche Ihnen baldige Genesung.

*Sonntag, 27. Oktober*

Heute habe ich mein Frühstück im Zimmer eingenommen. Mehr als ein paar Löffelchen Haferbrei wollte mein Körper nicht zu sich nehmen. Jeder Bissen blieb mir im Halse stecken, der – vollkommen wund – alles ablehnt, was ihn passieren will. Aber ich will nicht jeden Tag klagen. Meine Töchter Wilhelmine und Karoline haben später bei mir gesessen und an ihren Wappen gestickt. Die Kleinere hat geschickte Finger, aber sie ist ein wenig schwermütig. Wilma gehen die Stiche schwer von der Hand. Dafür fühlt sie sich schon jetzt dem Tanz und dem Rollenspiel sehr verbunden. Sie sind so sehr verschieden, meine Mädchen, aber beide blieben, bis das Tageslicht keine Handarbeiten mehr zuließ.

Später hat Georg mir bei Kerzenschein noch ein wenig vorgelesen, aber ich konnte nicht richtig folgen und war alsbald eingeschlafen. Als ich aufwachte, stand bereits der Mond am Firmament, der nur noch eine ganz schmale Sichel zeigt.

Jetzt schreibe ich Ihnen schnell ein paar Zeilen, verehrter Freund, bevor ich wieder zu Bett gehe. Ich hörte, dass Sie ebenfalls mit großen Schmerzen an Ihre Liegestatt gefesselt sind. Warum hat der Schuss des Feindes Sie nur nicht verfehlt? Sie wollten doch nur den Verletzten helfen. Meine Gedanken sind bei Ihnen. Hoffentlich haben Sie es warm. Dort in Zürich sind Sie ganz anderen Temperaturen zu dieser Jahreszeit ausgesetzt.

Bei mir ist es eisig kalt im Zimmer, obwohl ein munteres Feuer im Kamin brennt. Ach, würde doch nur ein bisschen von dessen Lebendigkeit und Wärme auf mich abfärben.

*Montag, 28. Oktober*

Verehrter Freund, nun werde ich doch Dr. Faust rufen lassen müssen. Die Schwäche, die mit der körperlichen Unpässlichkeit einhergeht, hält mich gefangen. Ich fühle mich unwohl und wage es nicht, unter Menschen zu gehen. Faust wacht schon längere Zeit mit Argusaugen über mein Wohlbefinden.

Auch Clemens ist in großer Sorge. Ich hatte ihm eine kurze Botschaft zustellen lassen. So war er vorhin unter einem Vorwand bei mir. Ich habe ihm gesagt, dass er nach dem zehnten Glockenschlag wieder zu mir kommen soll. Es tut mir gut, den Geliebten um mich zu wissen, auch wenn es im Schloss nur heimlich und in der Dunkelheit sein darf. Es ist ein Labsal für mich, wenn er mir von unseren beiden Söhnen erzählt, die den Wald vor allem deswegen lieben, weil er ihnen eine Kulisse für ihre Räuberspiele bietet. So haben sie etwas von beiden Eltern. Die Liebe zur Natur und zum Theaterspiel. Clemens und August sind noch so jung. Ich wünschte, ich könnte viel mehr Zeit mit ihnen verbringen. Ach, verehrter Freund, Sie müssen mich für selbstsüchtig halten. Bestimmt gibt es vieles, auf dass Sie verzichten müssen und ich klage Ihnen mein Leid. Bitte verzeihen Sie mir.

*Dienstag, 29. Oktober*

Verehrter Herr Lavater, Dr. Faust hat gesagt, dass ich erst einmal der Ruhe bedarf und viel liegen soll. Eine heimtückische Brustschwäche hält mich in ihrem Griff. Die Kehle scheint nun besser, aber ich kämpfe mit Kopfschmerzen und Fieber. Nur durch den Mund bekomme ich etwas Luft. Faust lässt mehrmals am Tag die Fenster weit aufreißen. Der Herbst dringt dann noch dichter ins Zimmer und erinnert mich an meine eigene Vergänglichkeit.

Hoffentlich heilt Ihre Verletzung bald, die Sie aus der Flinte des Feindes davongetragen haben. Denken Sie nur, morgen kommt der Lautenspieler zu mir, der mir bereits in Frankreich aufgespielt hat. Ich glaube mich zu erinnern, dass auch Sie seine Kunst einmal in der Schweiz vernommen haben, – vielleicht war es auch am Rhein oder in Bremen an der Weser. Sie erzählten bei unserem letzten Besuch davon. Sein Name ist Franco del Campo. Der Klang seiner Laute ist so einzigartig wie sein Spiel auf dem alten Instrument. Er hatte sich vor meiner Krankheit angesagt. Mein Plan war es, ihn zu einem Duett mit dem Pianoforte zu verleiten. Nun hoffe ich auf den Balsam seiner Musik und will dabei ganz brav in den Kissen bleiben. Vielleicht haben Sie auch jemanden, der Ihnen aufspielen kann und damit Ihre Genesung fördert. Ansonsten schicke ich Franco alsbald zu Ihnen nach Zürich.

*Mittwoch, 30. Oktober*

Verehrter Freund, noch immer bin ich vollkommen verzaubert. Gerade erst ist er fort. Irgendetwas Besonderes ist an diesem Musikus, der so eindringliche, überirdische Töne den Saiten zu entlocken vermag. Ich fühlte mich alsbald gänzlich entrückt - den Kissen, dem Bett, dem Zimmer, ja dem ganzen Schloss - in Sphären, die ohne Zeit und Raum sind. Und siehe da, nichts plagte mich länger. Für einen Moment war ich frei von dem bösen Fieber und dem Druck in meiner Brust.

Jetzt jedoch kehren die Schatten zurück, doch ich wollte es nicht verabsäumen, Ihnen von dem wunderbaren Nachmittag zu berichten und Sie meiner besten Wünsche zu versichern. Sie mögen mir verzeihen, dass ich aufgrund meines Befindens etwas eigennützig handle, denn ich habe Musikus gebeten, noch eine Weile hier am Hof zu bleiben, bis ich genesen bin. Dafür mag er in ein paar Tagen die Zeilen, die ich für

Sie geschrieben habe, an sich nehmen und gen Süden wandern. Bitte betrachten Sie seinen Besuch als mein von Herzen kommendes Geschenk.

*Donnerstag, 31. Oktober*

Der heutige Tag muss manchem Katholiken quer im Magen liegen, lieber Lavater, ist er doch der Tag der Reformation, die die Papsttreuen niemals gewollt haben. Mehr denn je hielten sie an ihrem katholischen Glauben fest, hörte ich, den wir hier schon seit Ottos Zeiten am Hof nicht mehr praktizieren. Zudem schimpfen sie auf die Andersgläubigen. Doch ich bin zu schwach, um die Menschen wegen ihrer geringen Weitsicht in diesen Dingen zu schelten. Sie können doch meinethalben an ihrem Marienkult und an der Beichte festhalten. Wenn ich mich recht erinnere, stehen auch Sie der Mutter Gottes nahe, obwohl Sie ein reformierter Geistlicher sind. Mich betrübt es nicht, wenn Menschen anderen Glaubens sind als wir. Selbst die Juden, die ich vor einiger Zeit hier ansiedeln ließ, mögen mit ihren religiösen Gewohnheiten glücklich werden.

*Freitag, 1. November*

Jetzt ist es richtig Herbst geworden, verehrter, ferner Freund. Der Wind schüttelt die Bäume so, wie mich das Fieber zittern lässt. Die Blätter, die er hereinweht, zeigen alle Farben der Künstlerpalette und tragen doch ein Grau in sich. Sie werden denken, ich sei ein wenig trübsinnig und bestimmt haben Sie recht. Doch ich mache mir langsam Sorgen. Die hohen Temperaturen wollen nur zeitweise und niemals gänzlich von mir weichen, am Tag bisweilen für ein, zwei Stunden, um des Abends umso heftiger zurückzukehren. Auch fühle ich vermehrt, dass die Luftnot mir nur kurze Sequenzen am Sekretär gestattet.

Soeben bin ich aus einem tiefen Schlummer erwacht. Der Albdruck lastet noch jetzt auf mir. Mir träumte, dass ich in einem Keller mit bleichen Gestalten gefangen war. Sie hatten kein Antlitz, nur knochendürre Hände - und griffen nach mir. Ich muss wohl ohne Ton geschrien haben, denn niemand war bei mir, als ich im Halbdunkel erwachte und immer noch vor Angst keuchte. Das Kissen werde ich neu beziehen lassen müssen. Es ist klamm und ist überzogen mit meinen Haaren. Ohne Perücke werde ich mich alsbald niemandem mehr zeigen können.

Der Nachtmahr, der mir mit seinem bösen Traum wie ein Mahlstein auf der Brust gelegen hat, hat mir das Atmen schwer gemacht. Ich habe Angst. Vielleicht habe ich zu sehr daran gedacht, dass heute und morgen vielerorts der Heiligen und Toten gedacht wird. Sicher leuchten bei Ihnen in der Schweiz die Gräber um diese Uhrzeit schon, lieber Freund, und ich frage mich, ob mir die Traumbilder zu sagen versuchten, dass ich mich auch auf mein eigenes Sterben besinnen sollte. Nun, ich hoffe doch, dies möge noch in weiter Ferne liegen, auch wenn die vergangene Woche mich hohlwangig und schmal gemacht hat.

*Sonnabend, 2. November*

Verehrter Freund, gestern Abend hat sich Clemens mit den beiden Jungen ins Schloss gewagt. Ich wollte sie so gerne sehen. „Tante Juliane“ riefen sie schon an der Tür und stürmten auf mich zu. Das schmerzt und macht froh zugleich.

Es fiel den Lausbuben schwer, an meinem Bett still zu sitzen und alsbald schlichen sie sich zum Piano, um dem Instrument grausliche Töne abzutrotzen, die zu meinem Albtraum eine würdige Untermalung gewesen wären.

Ist es nicht wunderbar, dass die beiden zwar vornehm, aber doch naturverbunden und ohne belastende Pflichten aufwachsen können? Mein Georg ist schon viel zu früh zum Manne geworden – er hat es werden müssen, wo doch sein Vater ihm nicht lange geblieben war. Nur eine vage Erinnerung hat er noch. Und obwohl Wallmoden-Gimborn und ich uns redlich mühten, ihn die Bürde der Regentschaft nicht zu früh spüren zu lassen, blieb er doch von manchem nicht verschont.

Verzeihen Sie, wenn ich mich heute kürzer fasse. Der Besuch der Jungen war wunderbar erheiternd und zugleich anstrengend.

*Sonntag, 3. November*

Heute fühle ich mich ein wenig besser. Das Fieber hat mich aus seinen Fängen gleiten lassen. Endlich, verehrter Freund, denn ich erkenne mich kaum im Bild, das mir der Spiegel zeigt. Eine bleiche, fleckige und ausgezehrte Frau sieht mir da aus meinen Augen entgegen, die zudem noch in tiefen Höhlen liegen. Wenn nur der Husten nicht wäre und die Atemnot, dann könnte ich wieder fröhlich durch den Tag wandeln und vielleicht sogar den letzten Blüten im Park Lebewohl sagen für dieses Jahr. Nur bei bestem Wetter und Sonnenschein, seien Sie gewiss. Ich sehe Ihren warnenden Finger wohl, verehrter Lavater. Sie werden Bedenken haben, dass mich der Übermut zu unklugen Taten verleiten könnte, aber Sie sollten mich besser kennen.

*Montag, 4. November*

Ach, lieber Freund, ein schweres, neues Fieber hält mich wieder im Bett gefangen. Ich war so guten Mutes, der Brustkrankheit entronnen zu sein, doch jetzt sind der Schmerz und das Frösteln zurückgekehrt. Wie alte Bekannte haben sie mich mit Beschlag belegt und wollen nicht weichen. Ich habe mir ein Tableau an mein Lager kommen lassen. An meinem Schreibpult mag ich nicht sitzen, aus Angst, die Schwäche könne mich übermannen.

Im Nebenzimmer werden jetzt Quartette aufgeführt, um meine Genesung durch den Zauber der Musik herbeizuführen.

Das ist gewiss eine Bereicherung meiner Stunden, die immer länger zu werden scheinen. Doch auch Franco, dessen Lautenspiel ich für die Besserung meines Zustandes verantwortlich gemacht hatte, konnte mir heute keine Erleichterung bringen.

*Dienstag, 5. November*

Bitte trösten Sie mich, lieber Freund. Die Brust tut so erbärmlich weh. In meinem Inneren rasselt es, als beherbergte ich dort ein altes Kettenhemd. Die Hustenanfälle machen den Schmerz unerträglich. Am liebsten möchte ich meinem Körper entfliehen.

*Mittwoch, 6. November*

Vielleicht ist es heute das letzte Mal, dass ich Ihnen schreibe, bis es mir wieder besser geht, werter Freund. Manchmal bin ich wie von Sinnen. Alles fällt mir so schwer. Das Luftholen, das Husten, ja selbst die Augen wollen nicht aufbleiben. Hinter den Lidern scheint es ohnehin heller zu sein. Fast gelingt es mir nicht, den Stift zu halten und die Buchstaben zu erkennen, um Ihnen diese wenigen Zeilen zu widmen. Hören Sie auch bisweilen kosmische Klänge auf Ihrer Liegestatt? Ein ganzes Orchester spielt in mir, auf meinen schmerzenden Knochen. Aber meine Kinder tanzen dazu einen Reigen. Sehen Sie nur, da ist sogar die kleine Eleonore - alle sechs fassen sich an den Hän...

*Donnerstag, 7. November*

Sehr verehrter Pastor Lavater, Sie werden verzeihen, wenn ich die Korrespondenz heute in Julianes Namen fortführe. Sie werden sich an mich erinnern. Wir haben uns einmal kennengelernt, als ich mit meiner geliebten Juliane bei Ihnen in der Schweiz war. Die Tagebuchbriefe, die sie Franco mit auf den Weg zu geben beabsichtigt, habe ich zunächst an mich genommen. Der Inhalt ist in Teilen brisant und sollte nicht in manche Hände fallen. Heute schreibe ich Ihnen an ihrer statt.

Meine Nachrichten allerdings sind schmerzlich. Seit gestern Abend hat die Fürstin ihr Bewusstsein verloren. Wir müssen das Schlimmste befürchten.

Clemens August v. Kaas, Oberforstmeister

*Freitag, 8. November*

Verehrter Pastor, sie lassen mich kaum noch zu ihr. Heute Abend gelang es mir, mich in ihr Schlafgemach zu stehlen. Glücklicherweise ist die Zofe eingeweiht, die der Fürstin sehr zugetan ist, weswegen sie mich zu später Stunde heimlich hineinließ.

Welch erschütterndes Bild musste ich da aufnehmen. Ganz klein und verloren lag sie da in ihren Kissen, die sich in der Farbe kaum mehr von ihrem Antlitz unterschieden. Ihr Odem ging flach und gequält. Die Liebste so leiden zu sehen, ist der größte Schmerz, den ich je fühlte. Ich fürchte, Doktor Faust wird nichts mehr ausrichten können. Der Geist verwirrt sich, weil sie nichts mehr zu sich nimmt. Sie ist dem Tod schon näher als dem Leben. Vielleicht habe ich heute zum letzten Mal ihre glühenden Wangen gestreichelt…

*Sonnabend, 9. November*

Juliane ist tot! Bei Gott, wie konnte dies geschehen! Meine wunderbare Liebste, mein Herz, unser aller Fürstin lebt nicht mehr. Sie, die alles Schöngeistige, alles Leben, alle Freude in sich vereinte und weitergab, hat mich und uns alle verlassen. Sie mögen in Ihrem Glauben Trost finden und sich mit dem Allerhöchsten aussöhnen. Hochverehrter Herr Pastor, das gelingt mir nicht. Dieser Tod kam vor der Zeit. Sie stand noch in der Blüte ihrer Jahre.

Was bleibt dem Heimlichen, mit dem niemand trauert? Nur der Schmerz der Sehnsucht, die Erinnerungen, aber auch ihr größtes Geschenk an mich - zwei Paar Kinderaugen, die den ihren so sehr gleichen.

C. A. v. Kaas

*11. November 1799 - Brief von Dr. Bernhard Christoph Faust, Bückeburg, an den Geistlichen Johann C. Lavater, Zürich - Fortsetzung*

... In ihren letzten vierzehn Tagen litt Ihre tapfere Freundin Juliane an einer schweren Brustkrankheit, die durchaus in das Bild einer Vergiftung mit Arsenum passen könnte. Nun denn, es ist ein Verdacht und überdies nicht nachzuweisen. Bitte verwahren Sie diese letzten Worte unserer Fürstin und die des ihr in innigster Weise zugetanen Liebsten im Geheimen.

Fürstin Juliane hatte bestimmt, dass ihr Herz im marmornen Boden der Schlosskapelle zu bestatten sein möge, damit sie näher bei Gott und ihren Kindern - und auch bei Clemens - sein könne. Ihr gefiel diese Mode der Herzbestattungen, die neuerdings auch in unserer Gegend Einzug gehalten hat.

Sie können sich gewiss vorstellen, wie schwer es mir gefallen ist, den Leichnam unserer Landesfürstin zu öffnen und ihr das Herz zu entnehmen. In gewisser Weise fand ich hierbei meinen Verdacht bestätigt. Das Blut rann ihr immer noch viel zu dick durch die Adern, es hatten sich gar schon Ablagerungen an den Gefäßwänden gebildet, die alsbald ebenso zum Tode hätten führen können. Auch wies die Lunge gewebliche Veränderungen schädlicher Natur auf.

Gleichwohl bleibt es mein Verdacht, den ich mich hüte, hier bei Hofe in irgendeiner Weise zu äußern. Vielleicht kommt der Tag, an dem er sich beweisen lässt.

Ihnen wünsche ich, dass Sie sich rasch von der Schussverletzung erholen mögen, die Ihnen seit den frühen Herbsttagen zu schaffen macht.

Leben Sie wohl, verehrter Herr Pastor und hüten Sie unser Geheimnis gut

Dr. Bernhard Faust

Epilog:

Fürstin Juliane hatte neben ihrer Herzbestattung in der Schlosskirche zu Bückeburg außerdem bestimmt, dass ihr Körper nicht im Mausoleum in Stadthagen neben ihrem Gatten Philipp Ernst bestattet werden sollte. Sie wollte neben ihrer Mutter Ulrike, die 1795 verstorben war, in einem Sandsteinsarkophag zur letzten Ruhe gebettet werden. Nach ihrem Tod am 9. November 1799 vergingen jedoch fast drei Jahre, bis sie am 23. Oktober 1802 dorthin überführt wurde. Wo ihr Leichnam bis zu diesem Zeitpunkt verblieb, ist unbekannt. Die Verzögerung entstand aufgrund baulicher Mängel des Mausoleums. Johann Caspar Lavater starb am 2. Januar 1801 aufgrund der Schussverletzung aus September 1799. Er hat sich nie wieder davon erholt.

Clemens August von Kaas überlebte Juliane um 33 Jahre, in denen er die gemeinsamen Söhne Clemens und August (geboren 1790 und 1791) begleiten konnte. Ihre Existenz war ein offenes Geheimnis. Ihnen wurden vom Fürstenhaus der Titel „Freiherren von Althaus" verliehen. Clemens August von Kaas wurde ebenfalls im Schaumburger Wald einige Kilometer entfernt von Juliane beerdigt. Eine große Sandsteinplatte und ein Quader bedecken seine Grabstätte.

Arsenverbindungen wurden seinerzeit gerne als medizinische Wundermittel, z. B. als Fowlersche Lösung verabreicht und waren wegen ihrer Geschmacklosigkeit ein gern verwendetes Mittel für Giftmorde. Wurde es in kleinen Mengen verabreicht, konnte man den Wirkstoff bis 1836 nicht nachweisen.

Diese Geschichte beruht auf wahren historischen Tatsachen, ergänzt durch die Phantasie eines Schreiberlings.

Die Idee eines möglichen Giftmordes entstand an einem Wintertag aus der legitimen Fragestellung „Was, wenn Juliane vergiftet worden wäre?" ... Tja, was wäre, wenn?

# Windspiel

Der Hut hatte sich durch den starken Wind gelockert. Er wippte noch ein wenig auf dem Kopf, als wolle er sich nicht lösen, als kämpfe er um seinen Platz - die Haut, für die er gekauft worden war. Ein Hut aus Kaschmirwolle, weich und warm. Wie geschaffen für einen Kopf, auf dem die Haut ihr Land zurückgewann.

Doch da war er wieder, der Wind, eine Hand von spielerischer Leichtigkeit. Kitzelte die Haare im Nacken und schnipste den Hut vom Kopf. Ein wenig wurde er noch auf den Fingerspitzen getragen und dann mit einem Stoß fortgeschleudert. Wie eine Frisbeescheibe drehte er sich in Kreisen zu Boden, bis er schließlich an einen Stein stieß, umfiel und sich tänzelnd in ein Gefäß verwandelte.

Mit dem Regen ließ der Wind nach. Er machte Pause. Auf dem Kopf wurden die letzten Haare von Rinnsalen gelenkt und zu Strähnen geformt. Es regnete stark. Der Hut war auf dem Weg fast nicht zu sehen. Er füllte sich nach und nach. Es war, als spiegelte die Oberfläche des Kanals. Dieselbe Unruhe. Wasser, malträtiert vom Pinsel impressionistischer Tropfen. Selbstzerstörung.

Da war er wieder, der Wind. Leichtfüßig sprang er auf das durchwühlte Wasserbett und legte das Laken in Wellen. Er blies auch die Wolken fort und föhnte das spärliche Haupthaar, fast gegen seinen Willen. Ganz nach vorn stand es jetzt. Lächerliche Flusen, die besser unter einem Hut versteckt wären.

Doch der lag träge und vollgesogen am Wegrand. Der Wind lockte ihn und schubste ihn, drehte eine Pirouette und wirbelte ihn hoch. Da war auf einmal kein sanftes Schweben mehr. Da war Kraft und Macht. Selbst der Körper, der dort vom Ast hinabhing, kam ins Trudeln. Und das war gut so, denn endlich gehorchte er ihm.

Bis vor Kurzem noch war er gefangen gewesen in diesem Körper, der niemals funktioniert hatte wie er sollte. Eine Weile hatte er dann wie ein Zaungast auf dem Ast gesessen, bis er sich - schüchtern fast - wie ein Hauch nur zu rühren wagte. An den Hut hatte er mehr aus Schabernack getippt und niemals geglaubt, dass er ihn bewegen könnte.

Jetzt hatte er gemerkt, dass er auch stark war.

Der Hut war im Gestrüpp hängen geblieben. Von seiner Krempe fielen dicke Tropfen in gleichmäßigem Takt. In ihnen verlor die Wolle einen Teil ihrer Farbe. Der Filz selbst war inzwischen etwas unförmig geworden. Vielleicht würden im nächsten Frühjahr die Vögel in ihm nisten.

Da war er wieder, der Wind, und störte die Schwerkraft der Tropfen. Wie in ein Segel stieß er seine Faust in den Hut und drückte ihn noch tiefer in die Dornen.

Es war fast Herbst. Die Natur konnte sich nicht entscheiden, ob sie sich in einem Sommergewitter oder einem Herbststurm entfesseln wollte. Dem Wind war das gleichgültig. Er holte Luft.

Der Hut hatte seinen Platz gefunden. Unverrückbar blieb er aufgespießt nach diesem letzten Hieb. Nichts würde er mehr bedecken. Aber er war offen geworden für Regen, Schnee und vielleicht auch Eier, bis er verrottete. Das war besser, als zu verstauben.

Verstaubt waren die Tage des Mannes gewesen, zu dem er gehört hatte. Doch unter dem Hut hatte das Leben getobt. Ein Leben, das heraus musste aus dem kranken Körper. Es war geflüchtet.

Mit jedem Atemzug sog der Wind ein Warum ein. Immer tiefer holte er Luft und wuchs an der Ungerechtigkeit der Vergangenheit, bis sich der Himmel verdunkelte.

Der geschundene Körper war sein Zuhause gewesen und irgendwie liebte er ihn trotz allem. Jetzt wollte er ihm den Rückenwind geben, den er zu Lebzeiten nie gehabt hatte. Fast zärtlich griff er ihm von hinten unter die Arme und schob ihn mit aller Kraft voran. Der Baum schwankte im Gleichtakt mit dem Körper, der mit ihm verbunden war. Ein makaberer Tanz, denn die Marionette hing an einem einzigen Faden. Alle Warums schrie der Wind jetzt ins Universum. Er brüllte den unsichtbaren Spieler an, der das Fadenkreuz hielt. Mit letzter Kraft riss er die Puppe ab, warf sie ins Wasser und blies mit einem müden Luftzug sein Leben aus.

Da war Stille.

Eine Stille, zu groß zum Sein.

Sie breitete sich mit den letzten Wasserkreisen auch auf das Ufer aus. Die Zeit hielt den Atem an.

# Sadizissimus

Die Luft war frisch für eine Sommernacht. Trotzdem stand das Mädchen barfuß draußen. Ihr Nachthemd wehte um beide Knöchel.

„Komm rein, Mama!" Mutter saß vor der Haustür.

„Mama, komm doch bitte!", flehte sie und legte die Hand auf Mutters Arm. Doch sie wurde abgeschüttelt, wie eine Spinne. Jule kannte das. Trotzdem blieb sie stehen, wie ein Wächter in der Nacht.

„Lass sie draußen sitzen!", rief der Vater von drinnen. „Sie kommt schon von selbst wieder rein." Aber Jule konnte ihre Mutter nicht allein lassen.

„Mama, bitte!"

Die Frau starrte ins Nirgendwo. Auch als der Vater kam, der die Nase voll hatte und endlich schlafen wollte.

„Los, du kommst jetzt rein!", bestimmte er und packte die Mutter. Sie begann sich zu winden.

„Lass mich los! Ich mache, was ich will!", schrie sie und versuchte, sich zu befreien. Doch es ging nicht. Sie heulte vor Wut, boxte auf ihn ein und kreischte so laut, dass sich Jule am liebsten die Ohren zugehalten hätte. Aber das konnte sie nicht.

Stumm folgte sie den Eltern ins Schlafzimmer. Als der Vater Mutter aufs Bett warf, war sie vollkommen außer sich. Das Gesicht rot geschwollen, die Augen feucht, die Haare wirr.

„Was machst du mit Mama?", fragte Jule ängstlich, als ihr Vater Isolierband aus der Tasche zog, sich auf die Beine der Mutter setzte und deren Handgelenke zusammenband.

„Deine Mutter ist vollkommen hysterisch. Sie soll sich erst mal beruhigen", erklärte er. „Los, geh jetzt ins Bett. Ich kümmere mich schon um Mama. Du hast morgen Schule."

Jule gehorchte, denn Vaters Blick ließ keine Widerrede zu. Außerdem wusste Papa immer, was er tat. Es war bestimmt gut für Mama. Sie kroch ins Bett und lauschte ins Dunkel, bis sie nichts mehr von drüben hörte, dann schlief sie ein.

Am nächsten Morgen war alles wie immer. Selbst Mamas Augen waren nur ein bisschen mehr geschwollen als sonst. Sie sprach heute sowieso nicht. Das wusste Jule. Das war immer so.

Nessie, Jules kleine Schwester, plapperte dafür umso mehr. Jule war froh, dass sie in der Nacht nicht aufgewacht war.

Heute würde sie die Fünf in Mathe beichten müssen. Dabei war das nach dieser Nacht bestimmt keine gute Idee. Schon drei Tage lang hatte sie überlegt, wie sie es sagen sollte. Aber sie konnte nicht. Sie wusste genau, was passieren würde. Ihre Mutter würde schreien, würde ihr ins Gesicht schlagen. Doch das war nicht das Schlimmste. Hinterher würde Jule Luft für sie sein. Sie existierte einfach für Mutter nicht mehr. Ihre Fragen blieben unbeantwortet. Tagelang. Es war, als ob Jule für ihre Mutter tot war.

Nur Nessie machte das Leben überhaupt erträglich, der kleine Wirbelwind. Mit ihren fünf Jahren blieben Nessie Schulprobleme erspart. Sie war einfach nur niedlich. Jule liebte ihre Schwester über alles. Doch sie hatte ein Heft in der Tasche, von dem sie wusste, dass sie es zeigen musste.

Aber es kam alles ganz anders. Eine Kollegin hatte Mutter gesagt, dass die Mathearbeit längst zurückgegeben worden war. Eisiges Schweigen umfing Jule, als sie mittags nach Hause kam. Als Mutter endlich schrie, trafen die Worte sie wie Hagelkörner. Ein verlogenes Stück sei sie - und das stimmte ja auch -, ein Nichtsnutz ebenfalls, zum Rechnen zu blöd. Das war der Preis für drei ruhige Tage. Der Rest folgte, wenn Vater nach Hause kam. Das wusste Jule. Mutter würde von Vater verlangen, dass er endlich etwas unternehmen sollte gegen Jules Schlechtigkeit. Er sollte ihr das Lügen austreiben.

„Geh schon mal in den Heizungskeller! Ich komme gleich", sagte er zu Jule. „Und nimm die Rute mit!"

Jule stieg die Stufen hinab, nahm die biegsame Weide von der Wand und öffnete die Tür zum Heizungsraum. Hier roch es nach Öl und verbrauchter Luft. Den Geruch kannte sie gut. Er ließ sie immer warten. Manchmal dauerte es über eine halbe Stunde, bis sie seine Schritte auf der Treppe hörte.

Das waren lange Minuten. Ja, sie war schuld, das wusste sie, darum stand sie hier und hörte die Heizung immer wieder anspringen. Es war ja richtig, dass sie bestraft wurde. Sie hätte die Fünf gleich zeigen sollen, aber sie hatte es nicht geschafft. Morgen, hatte sie gedacht, lieber morgen. Nur noch einen Tag Ruhe. Doch heute war es ein Morgen zu spät gewesen.

Plötzlich hörte sie sie. Die Schritte. Auf der Kellertreppe. Er kam. Sie drückte sich noch tiefer in die Ecke. Aber er fand sie immer.

Sie sagte keinen Mucks, als sich Striemen auf der Haut zeigten. Das Warten war schlimmer gewesen. Jetzt schlug er endlich und gleich war es vorbei. Mutter saß oben im Wohnzimmer. Sie würde beruhigt sein. Jule hatte es verdient, das war klar.

Nessie wartete oben an der Treppe und wollte sie trösten, aber Jule wollte nur in ihr Zimmer. Weg wollte sie, fliehen, in ihre Bücher. Da war alles immer gut. Da gab es richtige Familien. Mütter wie Freundinnen und verständnisvolle Eltern. Aber Nessie ließ sich nicht abschütteln. Sie stand immer noch vor der Tür und steckte Zettel unter dem Spalt hindurch mit Herzchen und Blumen. Zwischendurch klopfte sie leise. Sie wollte trösten, aber auch flüchten, denn die Eltern stritten schon wieder. Jule ließ sie hinein und die Kleine kuschelte sich mit aufs Bett. Wenigstens hatten sie sich, dachte Jule. Als der Streit sich zuspitzte, hörten sie, dass Vater mit den Worten „Mach doch, was du willst! Ich geh jetzt Blumen gießen" das Haus verließ. Die Mutter tobte weiter, nannte ihn einen Hurenbock und ein mieses Schwein. Jule und Nessie trauten sich nicht, nach ihr zu sehen. In diesem Zustand war es besser, wenn man Mutter nicht unter die Augen kam.

Als es plötzlich still wurde, lauschten die zwei. Vater pfiff draußen und goss die Rhododendren mit dem Gartenschlauch. Ihn störte es nicht, dass er Frauen mochte und sie ihn. Doch von Mutter hörten sie nichts mehr. Jule hatte ein ungutes Gefühl, wagte sich aber nicht aus dem Zimmer. Auf einmal schlug eine Tür und Schritte gingen die Treppe zum Dachboden hoch. Hatte sie richtig gehört? War der Schlüssel umgedreht worden? Jule geriet in Panik. Sie rannte hinterher, doch die Tür war verschlossen.

„Papa, Papa!", rief sie und rannte nach draußen, „Mama hat sich auf dem Dachboden eingeschlossen. Komm schnell!" Jule hatte Nessie wieder in ihr Zimmer geschickt und sie dazu verdonnert, dort zu bleiben.

Doch der Vater hatte die Ruhe weg. Er spürte nichts von Jules Angst oder es war ihm egal. Gemächlich schlenderte er hinein, weil sie keine Ruhe geben wollte und stieg die Dachbodentreppe hoch. Als er merkte, dass die Tür verriegelt war, schlug er mit den Fäusten dagegen und drohte, dass er die Tür einschlagen werde, wenn sie nicht aufmachte. Als nichts geschah, warf er sich gegen das Holz. Es splitterte. Der Weg war frei. Jule, die auf dem Treppenabsatz gestanden hatte, ging ihm nach.

Und da war Mutter. Sie stand auf der Klappleiter zum Spitzboden mit dem Seil in der Hand. Sie hatte versucht, einen Henkerknoten zu binden. Völlig falsch, dachte Jule, der hätte nie funktioniert. Das wusste sie aus ihren Lucky-Luke-Heften. Doch die Idee sich aufzuhängen, war neu. Bisher war Mutter immer mit dem Auto in die Nacht verschwunden. Da wussten sie nie, ob sie zurückkommen oder gegen einen Baum fahren würde.

Inzwischen heulte Mutter wieder, weil Vater ihr mit den Worten „Du hast wohl nicht mehr alle Tassen im Schrank!“ ins Gesicht geschlagen hatte.

Jetzt galt es Nessie zu schützen, die schluchzend die Treppe hochkommen wollte, weil sie Mutters Weinen gehört hatte. Jule lief nach unten und riss sie mit sich ins Zimmer. Dort hielt sie die Kleine im Arm, bis sie sich beruhigt hatte.

„Es ist alles gut, Nessielein!“, sagte sie und streichelte die nassen Wangen. Und Jule hatte recht.

Beim Abendbrot war alles wie immer. Mutter schwieg. Die Augen würden bis morgen wieder abgeschwollen sein. Sie hatte einen Teller mit Broten für die ganze Familie geschmiert. Und der Fernseher lief, während Vater genüsslich kauend in der Zeitung las.

## Verpuppung

Sie war schön. Und jetzt war sie so schön wie all die anderen. Doch nur für einen Moment. Ein paar Stunden vielleicht. Aber sie war einzigartig. Die anderen waren gut gemachte Massenware. Doch Sarah hatte Haut. Sie roch nach Mensch, nach Lust, nach Schweiß. Sie war echt und dennoch so willig wie die anderen, weil sie tot war.

Ich hatte Sarah im Internet kennengelernt und zum Tee eingeladen. Ich holte sie zu Fuß vom Bahnhof ab. Es war schon dunkel. Keiner hatte uns zusammen gesehen. Überhaupt kannte mich kaum jemand. Scheue, introvertierte Menschen grüßten kaum. Sie mieden den Kontakt mit anderen. So war ich. Fast nur nachts unterwegs.

Ich lebte grundsätzlich nur in den Wohnungen und Häusern älterer, einsamer Menschen, die gerade verstorben waren. Das war ganz einfach. Wer kannte schon dessen entfernte Verwandte? Ein bisschen von Trauer geschwängertes Geschwafel, ein Dackelblick und der Nebensatz „Meine Tante wird Ihnen doch sicher von mir erzählt haben" brachte mich meist innerhalb einer halben Stunde in den Besitz des Hausschlüssels.

Meine Aufenthalte in den Wohnungen waren jedoch normalerweise begrenzt. Ich hielt schon immer nach der nächsten Möglichkeit Ausschau, wenn ich mich neu eingemietet hatte. In diesem Fall war das anders. Ich hatte Frau Schindler schon lebendig gekannt. Sie war sehr kurzsichtig und etwas dement, aber freundlich und sah in sich meine Tante Martha. In den Tagen mit mir schien sie förmlich aufzuleben. Doch innerhalb einer Woche lagen meine Nerven blank und ich musste dem Ableben etwas nachhelfen. Das war nicht schlimm. Besser, als ins Heim zu kommen, fand ich.

Meist erstickte ich die alten Damen einfach mit dem Kissen, wenn es nötig wurde. Hausärzte unterschrieben die Totenscheine ohne zu fragen und ohne den leisesten Zweifel. Nur die Beerdigungen waren etwas lästig, wenn ich denn daran teilnehmen musste, aber dafür wohnte ich mietfrei und nahezu inkognito. Da mich niemand kennen sollte, musste ich grundsätzlich auch den Ort wechseln. Mein Nomadendasein hatte für mich mehr Vorzüge als Nachteile.

Ich brauchte auch keine Möbel und vor allem keine Menschen, die mit mir sprechen wollten. Nur Lucy, meine Lucy, die immer wusste, was ich wollte, die nie Widerworte gab, die immer schön für mich war, deren Haar ich nach meinem Geschmack kämmte und frisierte. Lucy war für mich die schönste Frau der Welt gewesen, bis ich Sarah getroffen hatte. Sarah. Ein Engel, mein Engel, mein Engel für einen Tag. Sie war unvergleichlich. Doch Lucy blieb mir.

Lucy hatte ich immer dabei. Im Kofferraum, damit niemand sie sah. Das Auto parkte ich in irgendwelchen abgelegenen Straßen. Es war sozusagen unser Zweitwohnsitz. Lucy machte es nichts aus, für andere unsichtbar zu sein. Sie gehörte nur mir. Für mich war sie gemacht worden.

In der ersten Nacht nach Martha Schindlers Tod trug ich sie heimlich in ihrem Karton ins Haus. Dafür hatte ich mir extra eine Art Rucksackvorrichtung gebastelt, sonst hätte ich den schweren Körper von über 30 Kilo kaum bewegen können. Für andere – sollten sie denn Zeugen meines nächtlichen Tuns werden – sah es aus, als schleppte ich ein Möbelstück, denn Lucy war in der Mitte zusammengeklappt und schlief in einem neutralen Karton.

Oben in Marthas Schlafzimmer packte ich sie aus und streckte sie auf dem Bett aus. Da lag sie in ihrer ganzen Pracht. Wie schön sie war in ihrem fast durchscheinenden, lindgrünen Kleid. Ihre roten Haare, die dunkel und in langen Wellen auf dem Kopfkissen lagen, liebte ich besonders. Um den Zeigefinger wickelte ich eine Strähne und schnupperte an ihr. Sie roch noch zart nach dem Parfüm, das ich Lucy zuletzt aufgesprüht hatte. Jetzt hatte sie fast Körpertemperatur erreicht. Es machte mich an, wenn sie warm für mich wurde. Das war, als erwache sie zum Leben. Doch auch kalt hatte sie ihre Reize. Im Sommer ließ ich sie nur lau werden, damit ich später an sie geschmiegt einschlafen konnte.

Früher hatte ich Nellie gehabt. Gegen Lucy war sie das, was für einen reinrassigen Araber der Esel ist. Weder war ihre Haut so fühlecht, noch konnte man sie per Stromkabel auf Körpertemperatur erwärmen. Ich hatte sie damals am Ufer eines Sees entsorgt und meinen Spaß daran gehabt, dass die Campingurlauber sie für eine Leiche hielten. Erst die Polizei enttarnte meinen Schabernack. Ich reihte mich zunächst in die Schaulustigen ein, zwinkerte Nellie ein letztes Mal zu und verschwand unbemerkt.

Lucys Körper war anziehend. Heute wollte ich sie endlich wieder streicheln, anfassen und begreifen. Mit ihrer Haut, die so zart unter meinen Fingern dahinglitt, verzauberte sie mich immer wieder. Lucy war makellos schön. Sie hatte immer ein freundliches Gesicht, ihre Augen funkelten in sattem Grün und schienen mich zu ermuntern. Nicht wie die anderen Frauen, die sich nie für mich interessierten, die nicht einmal Notiz von mir nahmen. Dafür konnten sie nichts, denn im Prinzip hatte ich das so gewollt. Menschen waren mir unheimlich. Ich hielt sie lieber von mir fern. Sie waren Unsicherheitsfaktoren. Man wusste nie, wie sie reagieren würden. In jedem tickte eine Zeitbombe. Es war nur eine Frage von Stunden oder Tagen, vielleicht auch Wochen, bis die ersten Enttäuschungen zu fühlen waren. Ich wollte das nicht mehr für mich. Ich konnte nichts mehr ertragen.

Langsam schob ich Lucys Kleid hoch und küsste ihre warmen Schenkel. Knopf für Knopf öffnete sich mir ihr Körper bis zum Hals, in den ich so gerne biss und von dem ich abwärts leckte, bis zu den Spitzen ihrer Brust. Sie waren immer steif für mich, die Warzen. Ihr hauchzarter Lachston über dem fast weißen Fleisch zog meine Lippen magisch an und lockte die Zunge hervor, die eine Zeit lang um die Gipfel dieses Entzückens spielte und sich dann in den Bauchnabel verirrte. Dort ließ es sich tief bohren, ein kleiner Vorgeschmack dessen, was mich noch erwarten würde auf meiner Reise. Lucy lächelte sanft. Sie fand an allem Gefallen, was ich tat und das war schön.

Obwohl Lucy fast 8.000 Euro gekostet hatte, war sie ihr Geld wert. Sie war meine Chance, all die Lust auszuleben, die in mir steckte. Köstliche Lust, vollkommen frei konnte ich sie mit ihr genießen. In Bordellen hätte ich auch viel Geld gelassen, aber dort waren Menschen. Menschen wie Puppen, aber eben Menschen, bei denen ich sofort gemerkt hätte, ob sie sich ekelten oder keine Lust empfanden. Ich wollte sie nicht sehen, diese gelangweilten oder überdrüssigen Ge-

sichter. So hatte ich Lucy bestellt, ganz nach meinen Wünschen und Maßen. Ich war ihr Schöpfer.
Inzwischen hatte ich sie ganz entblößt. Sie war wie echt. Wenn man einen Schritt zurücktrat, konnte man keinen Unterschied zu einem Menschen erkennen. Ich wollte ihr nah sein. Schmiegte meinen Kopf auf ihren warmen Bauch und streichelte ihren Venushügel mit meinen Fingerspitzen. Wie von selbst spreizten sich ihre Beine und ließen mir freie Sicht auf das, was ich – von kindlichen Doktorspielen abgesehen – noch nie bei einer Frau entdecken durfte. Verlockendes, williges Fleisch in einladendem Rosé öffnete sich mir. Zuerst drang ich mit dem Finger in sie ein. Ich hielt sie gut feucht dort, dann nahm ich immer mehr Finger und schließlich den großen Vibrator, denn es machte mich scharf, wenn sie richtig gut ausgefüllt war. Heute war ich so erregt, dass ich viel zu früh kam und mich ein bisschen betrogen fühlte. Betrogen um die Dauer des Lustempfindens, denn normalerweise war ich ein Meister im Hinauszögern.

Nun war es still, zu still. Ich warf die Decke über Lucy und zog mich wieder an. So satt störte mich ihre schamlose Nacktheit.

Ich dachte an Sarah. Wenn ich satt war von Lucy, tat sich eine große Leere auf. Es war der Spalt meiner Unfähigkeit, in den ich fiel. Die Unfähigkeit, es mit Menschen auszuhalten und dennoch eine skurrile Sehnsucht danach zu empfinden. Seit es das Internet gab, konnte ich ohne Gesichter und ohne Verpflichtungen mit Menschen Kontakt haben, wenn ich dies wollte und so lange ich wollte. Auch Sarah hatte ich so kennengelernt. Sie war so sanft gewesen im Schreiben, dass ich mich schließlich darauf eingelassen hatte, sie zu treffen. Und sie blieb, sie kam mit mir nach Hause, obwohl sie das Treffen für einen guten Scherz hielt, als sie mich sah. Doch ich war hingerissen von ihrer Schönheit. Es störte mich nur ihr belustigtes Schmunzeln, mit dem sie mich beim Tee musterte und das so gar nicht zu der sanften Vorstellung passte, die ich von ihr hatte. Lange musste ich es jedoch nicht ertragen, denn das Mittelchen zeigte seine Wirkung. Ich entschuldigte mich bei Lucy, als ich sie ins Wohnzimmer trug und drapierte Sarah auf Marthas altem Ehebett. Sarah stöhnte ein wenig und das machte mich zusätzlich heiß, denn nun war sie ein Art Lucy, nur noch ein bisschen besser, weil sie Laute von sich gab ohne zu reden. Ich roch an ihr und sie duftete nach Mensch. Ich roch überall an ihr, knöpfte hier und dort die Kleidung auf und ließ meine Nase den Reißverschlüssen folgen. Zwischen ihren Beinen wurde ich halb wahnsinnig. Der Geruch ihrer Flüssigkeit, den ich auf meinem Körper verrieb, nahm mir den Atem. Sie stöhnte wieder ein bisschen in ihrer Bewusstlosigkeit, als ihr Schoß meine ganze Faust in sich aufgenommen hatte. Ich drehte sie hin und her in ihr, saugte dabei an ihrer kitzeligsten Stelle und stellte verwundert fest, dass sie auf einmal gekommen war. Meine Lust war dahin. Wie konnte sie einfach zum Orgasmus kommen, ohne dass ich den Moment bestimmt hatte?

Plötzlich schlug Sarah die Augen auf. Augen, die mir vorher gefallen hatten, bis sie sich über mich lächerlich gemacht hatte. Jetzt starrte sie mich benommen und panisch an. Angst und Ekel lagen gleichzeitig in ihren Augen. Der Engel in ihr war entflogen. Ich wollte diese Augen nicht sehen. Augen, die mich ablehnten, konnte ich nicht ertragen. Sie taten mir weh.

Ich musste sie loswerden diese Augen, diesen Blick. Es war nicht schwer, ihn ein für alle Mal unter dem Kopfkissen zu begraben. Sarah wehrte sich kaum, sie war noch von der Wirkung der Tabletten beeinträchtigt und entschlief ohne großes Aufbäumen an der mangelnden Luft.

Jetzt war sie wieder, was sie gewesen war - ein Engel. Er war zurückgekehrt in ihr Gesicht. Sanftes Erstaunen lag in den gebrochenen Augen und entzückte mich erneut. Ich nutzte die Zeit, in der sie noch warm war, für einen zweiten Akt, der nicht dadurch gestört wurde, dass sie vor mir kam. Danach machte ich sie schön zurecht und schweißte sie in Vakuum-Folie ein.

Nun würde ich bald wieder umziehen müssen mit Lucy. Sarah roch inzwischen schon durch den Kunststoff. Doch diesmal wollte ich bei einer neuen Internetbekanntschaft Zwischenstation machen. Corinna war blind. Durch einen Unfall hatte sie neben dem Augenlicht auch eines ihrer Beine verloren. Sie hatte eine spezielle Tastatur und ließ sich die Nachrichten vom Computer vorlesen. Durch ihr Handicap war sie voller Sehnsucht nach einem Menschen, der sie liebte. Das rührte mich und ich schrieb ihr von mir, dass ich anders sei, als sie es sich vorstellte, dass ich Schwierigkeiten mit Menschen hatte. Zu ihr konnte ich etwas Vertrauen fassen, vielleicht weil sie auch schon wegen ihrer Behinderung gelitten hatte. Sie machte mir Mut, lud mich ein und in der nächsten Nacht fuhr ich nach Jever. Etwas verschlafen öffnete sie mir auf Krücken die Tür und erkannte ebenso schnell wie ein Sehender, was an mir anders war. Doch ich war schon im Haus. Sie nahm es mit Fassung und mich mit einem Hauch von Enttäuschung auf, fing sich aber schnell wieder und bot mir einen Tee an. Ich fand sie wunderschön.

Die trüben Augen störten mich nicht, auch das fehlende Bein nicht, denn sie war so winzig und schmal. Mit ihren langen blonden Haaren sah sie wie eine unwirkliche Erscheinung aus. Ihre Frage, wie ich mir denn nun eine Verbindung zwischen uns vorgestellt und warum ich sie getäuscht hatte, musste ich nicht mehr beantworten, denn sie schlummerte ein, wie ich es beabsichtigt hatte. Nackt war sie noch schöner als ich erwartet hatte. Noch nie hatte ich so helle Haut gesehen, makellos, bis auf die Narbe am Becken. Das Bein fehlte komplett. Es war aus der Hüfte herausgelöst worden. Ich nahm sie in die Arme, so sehr rührte mich ihr Schicksal, das mit dem meinen vergleichbar war. Wir waren beide versehrt, sie am Körper, ich an der Seele. Vielleicht würde sie verstehen, wenn sie aufwachte, dass wir perfekte Partner waren. Vielleicht würde sie mich liebevoll ansehen, weil ich sie gestreichelt und liebkost hatte. Zu ihr war ich besonders sanft. Wie einen Schatz nahm ich ihren Körper in Besitz, bis sie plötzlich zusammenzuckte und jäh nach Atem rang. Sie schlug die Augen auf. Ich schüttelte sie, doch sie schien kaum Luft zu bekommen. Ihre trüben Augen waren von Panik geweitet. Sie flehten, baten mich um Hilfe, während sie blau anlief und versuchte zu sprechen. Doch es kam nur ein Krächzen. Ich war kopflos, ich wollte doch helfen und wusste nicht wie. Sie versuchte noch, sich zu ihrem Nachttisch zu robben, aber sie hatte keine Kraft mehr, die Schublade aufzuziehen. Da begriff ich, sie suchte etwas. Ich riss an der Schublade und durchwühlte die Päckchen. Da sah ich das Spray. Martha hatte auch so eines gehabt gegen Asthma-Anfälle. Ich schüttelte Corinna, die blau und kraftlos in meinen Armen hing. Ich sprühte ihr mehrere Stöße des Mittels in den Mund, aber sie konnte es nicht mehr einatmen. Ihr letzter Blick galt mir. Er war sanft und dankbar, dann sackte sie in sich zusammen.

Ich heulte, wie ich noch nie geheult hatte. Wieso war sie gegangen? Ich wollte sie behalten. Stundenlang lag ich neben ihr und fühlte, wie sie immer kälter wurde. Lucy, dachte ich, Lucy könnte diesen Prozess verlangsamen, wenn ich sie aufheizte und wir uns dicht neben Corinna legten.

Noch vor der Morgendämmerung schleppte ich sie ins Haus und zog den Stecker aus der Nachttischlampe, um Platz zu haben für Lucys Stromkabel. Lucys Körper sollte schnell warm werden. Da lagen sie beide – ein Engel und eine Puppe, beide alles und nichts. Corinna sah so aus, als ob sie in sanften Träumen schlief und Lucy starrte mich an. Die freundlichen grünen Augen sagten nichts. Die Haut roch nach nichts. Sie war nichts neben Corinna. Und Corinnas Augen würden immer in meinem Gedächtnis bleiben.

Epilog:

Warum dachte sie, warum? Vielleicht hätte diese Frau sie endlich lieben können. Unbändige Wut stieg in ihr auf. Sie war wieder betrogen worden, vom Tod betrogen worden. Alle wollten sie immer betrügen. Sogar Lucy jetzt, die einfach nicht mehr das für sie sein konnte, was sie einmal gewesen war. In der Küche fand sie eine Schere. Ja, die Haare waren einmal schön gewesen, rot, lockig und voll, aber jetzt schnitt sie sie ab. Die Augen, die sie noch vor Kurzem als so freundlich empfunden hatte, bohrte sie mit der Scherenspitze aus. Da lag es, das widerliche Latexmonster und musste ausgerottet werden. Der erste Scherenhieb traf die volle Brust, die so viel schöner war als ihre eigene, und der zweite hätte das Brustbein durchbohrt, wenn dort eines gewesen wäre. In ihrem letzten Moment sah Elke nur einen Lichtblitz, nicht einmal den Schmerz fühlte sie noch, als ihr Körper im Stromschlag verbrannte und sie auf die anderen Leblosen hinabsank.

## Wurzelsuche

Gestern kam meine persische Freundin Hamide stolz winkend mit einem Wisch um die Ecke, als ich just einen Espresso trinkend in ihrem Lokal saß.

„Hey, ich bin jetzt Deutsche", rief sie freudestrahlend. Wir tranken darauf einen Ouzo, weil ihr Freund Wassilij noch immer Grieche ist.

„Ganz schön schwer, dieser neue Einbürgerungstest", meinte Hamide und prostete uns mit einem erlösten „Salam ati" auf persisch zu. „Yamas", antwortete Wassilij, der sehr gut als Grieche in Deutschland zurechtkam und dies auch bleiben wollte.

Ich grinste nur blöd. Was sollte ich sagen? Prost? Zum Wohl??? Wohl bekomm's? Oder gar Na zdraví? Egészségedre?

Meine Oma war 1915 eine gebürtige Österreich-Ungarin der Doppel-Donaumonarchie. Heute liegt das damalige Weipert in Tschechien und heißt Vejperty. Mit ihrem Mann floh sie 1946 in eine andere Welt. Meine Mutter ist dann schon als Flüchtlingskind in Westdeutschland geboren worden.

Bei meinem Vater ist das auch so eine besondere Sache. Er wurde im bayrischen Tannheimer-Tal, just an der österreichischen Grenze geboren und sieht mit seiner dunkelbraunen Haut, den tiefschwarzen Haaren, aber blauen Augen wie ein waschechter Italiener aus.

Und da bin ich im Dilemma! Was bin ich denn nun? Grenzösterreicherin aus deutsch-italienisch-tschechischem Mix? Ich war nur mal im Stubaital und in Salzburg. Ich würde nie den Einbürgerungstest in

Österreich, geschweige denn in Tschechien oder Italien bestehen. Und den deutschen?
Da kam Pino gelassen schlendernd um die Ecke. Mit einem „Salute" erzählte er von seinem großen Tag. Damals. Er war jetzt schon seit einigen Jahren Deutscher und besuchte jeden Winter für ein paar Monate seine ausländischen Verwandten in Palermo.

So saßen wir in trauter Runde zu später Stunde, bis Wilfried mit einer Leichenbittermiene das Lokal betrat. Auf Nachfrage weinte er leise und meinte, er müsse nun nach Finnland auswandern. Denn in dem neuen, deutschen Einbürgerungstest gab es inzwischen etliche, weitere Fragebögen um herauszufinden, wo denn ein Mensch wirklich hingehörte. Wilfried war aufgrund einer Wette zu diesem Test gegangen. Als Lehrer meinte er, dass er doch auf jeden Fall diese lächerlichen Fragen zu 100 Prozent beantworten könne.

Nachdem er jedoch mit nur 45 Prozent im Bereich Deutschland durchgefallen war, zeigte sich bei ihm eine stark nordische Tendenz. Bei detaillierten Fragen stellte sich eindeutig heraus, dass er am meisten über Finnland wusste und eindeutig dorthin gehörte. Ein klarer Fall für die Ausbürgerung.

Wilfried gefiel es in den Wäldern nördlich von Helsinki, aber er hätte nie daran gedacht, seine Wurzeln hier abzubrechen, die Familie im Stich zu lassen und dorthin überzusiedeln.

„Kippis!", sagte er schniefend - wohl um sich schon einmal an den neuen Umstand zu gewöhnen - und hob sein Glas. Der Familie wolle er nicht zumuten, ebenfalls diesen alles entscheidenden Test zu machen. Wer weiß, ob sie nicht in alle Winde zerstreut würden. Wir rieten ihm, dass er wenigstens gelegentlich in Deutschland Urlaub machen könne, wenn es in Finnland zu lange zu dunkel und kalt wurde. Das tröstete ihn und der Abend klang multikulturell aus mit zwei Deutschen, einem Griechen, einem Finnen und mir. Doch was war ich?

Ich wollte nun auch endlich Bescheid wissen, wohin ich wirklich gehörte, auch auf die Gefahr hin, dass ich eigentlich niemals eine Deutsche gewesen war.

Der Test forderte mich mit vielen Fragen aus unterschiedlichen Ländern und Epochen, die ich nach bestem Wissen in knapp sechs Stunden beantwortete. Die Beamten zogen sich hinterher zur Beratung zurück. Erst nach drei Tagen erhielt ich endlich Nachricht.

Es sei nun eindeutig, hieß es, ich sei auf jeden Fall Deutsche und das sei von den heutigen Grenzen glücklicherweise vollkommen unabhängig, erklärte man mir. Ich könne ganz beruhigt sein. Allerdings habe man herausgefunden, dass ich meine Wurzeln zweifelsfrei im Reiche Karls des IV im 14. Jahrhundert hätte und folglich dorthin übersiedeln müsse.

Für diese Fälle sei eigens eine Zeitmaschine konstruiert worden. Sie funktioniere hervorragend. Erst letzte Woche sei ein Geistlicher zum See Genezareth geschickt worden. Ob er allerdings an der Bootsfahrt mit Jesus habe teilnehmen können, bliebe im Verborgenen, denn die Reise sei unumkehrbar.

Für mich gäbe es noch einen freien Platz am kommenden Mittwoch, hieß es. Ich solle mich eventuell kleidungstechnisch etwas anpassen, um nicht aufzufallen.

Ich nickte teilnahmslos, dachte an die Pest, die zu dieser Zeit heftig wütete und hielt mich an dem Gedanken fest, dass ich in der Oberstufe des Gymnasiums vor fast 30 Jahren wenigstens einen Kursus in mittelhochdeutscher Sprachdichtung belegt hatte. Damit ging es mir besser als Wilfried. Er sprach kein Finnisch.

## Vergissmeinnicht

Es war die Liebe, die sie in diese Situation gebracht hatte.

Wie eine Elfe war sie, ein Engelwesen, fast durchscheinend und ebenso verletzlich wie voller Sehnsucht. Sehnsucht nach etwas Lebenswichtigem, Unbekanntem.

Als sie ihn traf, dachte sie, es gefunden zu haben. Endlich. Denn er brauchte sie, nahm sie ernst, sah sie als Frau. Sie fühlte sich wohl in dem Bad aus Zuwendung. Wurde ganz rein mit sich selbst und gab ihm ihr Wort.

Er aber brauchte Worte wie Nahrung, baute ihnen ein Haus, in dem sie widerhallen konnten und zu seinem Eigentum wurden. Dort lebte er mit ihr und fütterte sie mit Aufmerksamkeit, auf dass sie immer mehr Worte für ihn gebar. Denn das eine genügte ihm bald nicht mehr. Er begann immer neue aus ihren Blicken, Gesten und Gedanken zu saugen. Sie schwebten wie Lichtblasen im Raum und erhellten seinen Tag.

Das Arrangement war perfekt, bis der Putz von den Wänden zu bröckeln begann. In ihrem Innersten sah sie die Stellen, die er verrotten ließ. Doch nichts blieb wie es war, sagte sie sich. Sie wurde ein Meister im Wegsehen. Es zählte nur, dass er sie brauchte.

Und er lebte gut, war von ihren Worten geblendet. Immer mehr wuchs er über sich hinaus, bis er fast an die Decke stieß. Sie schwand im selben Maß dahin. Doch das Gewicht ihrer Einheit blieb gleich, wenn auch in unterschiedlichen Waagschalen. Diese Tatsache gab ihr Halt. Sie bedeutete Beständigkeit. Wenn sie nur immer kleiner würde, während er wuchs, bliebe alles gut.

Das Haus war ihr längst zu groß geworden. Sie musste am Becken hochklettern, um die Toiletten zu putzen. Die Türschwellen waren Hindernisse. Inzwischen rief sie die Worte für ihn, damit er sie hören konnte. Doch die Räume, in denen sie widerhallten, waren leer und bedrohlich. Ihre Silben klangen fremd. Er hatte sie zerstört, war zum Riesen geworden. Sie hatte Angst, dass er sie übersah und aus Versehen wie eine Katze trat. Die meiste Zeit verbrachte sie jetzt im Erdgeschoss, weil das Treppenklettern so mühselig war. In einer Ecke hatte sie sich eine Nische eingerichtet, in die sie sich zurückziehen konnte. Doch sie vermisste das Leben, das sie gehabt hatte, bevor sie geschrumpft war...

Weil sie sich zunehmend allein fühlte, bat sie den, den sie liebte, um einen Gefallen. Dabei hatte sie ihn mit besonders vielen Worten berauscht, damit er nicht „Nein" sagte. Eine Pflanze in den kargen Räumen wünschte sie sich. So ein lebendiges Grün, das sie versorgen konnte und das ihr etwas zurückgab. Denn er bemerkte sie kaum noch.

Er stimmte zu, weil er spürte, dass sie vielleicht sonst keine Worte mehr für ihn haben würde. Gegen Pflanzen war nichts einzuwenden. Sie waren hübsch anzusehen und verbesserten die Luft. Er musste sie nicht pflegen und die wenigen Silben, die sie an das Grün verschwenden würde, hielten sich in Grenzen.

Sie war glücklich. Sie wuchs sogar ein bisschen mit der ersten Blüte und dankte ihm wortreich.

Als er sie einmal in der Brusttasche mit nach draußen nahm, damit sie seinen Garten in Ordnung halten konnte, sah sie ein seltenes, rosafarbenes Vergissmeinnicht auf dem Nachbargrundstück wachsen. Sie dachte, oh, wie wunderschön, bestimmt würde er sich darüber freuen. Schließlich mochte er die Zöglinge in den Töpfen, die er ihr gestattet hatte und dieser war eine Besonderheit. Heimlich schlüpfte sie durch den Zaun, grub die Blume mit einem Esslöffel aus und stellte sie zu den anderen Pflanzen. Als Überraschung für ihn.

Nur mit seiner Reaktion hatte sie nicht gerechnet. Er baute sich in voller Größe vor ihr auf und fegte das Vergissmeinnicht von der Bildfläche. Es zerschellte an der Wand und ließ weitere Fugen zwischen den Ziegelsteinen leer rieseln. Das Haus erbebte. Fast wäre sie unter den Trümmern des Topfes begraben worden. Nur ein hastiger Sprung zur Seite rettete sie. Dies sei sein Haus, schrie er, dass die Wände wackelten und ein Stück Dach einstürzte. Er wolle keine weitere verlauste Pflanze in seinen eigenen vier Wänden haben. Bald würden sie sein Haus überwuchern.

Sie wartete, bis er gegangen war, schlich davon und grub das Vergissmeinnicht an seinem alten Platz wieder ein. Dort wartete sie, dicht an den Stiel gelehnt, bis die Tränen versiegt waren.

Trotz ihrer Traurigkeit schenkte sie dem Riesen noch lange ihre Worte, doch diese entschlüpften zunehmend durch das marode Dach. Da merkte sie, dass sie immer noch kleiner geworden war. Ihr Leben geriet in Gefahr.

Sie floh an dem Tag, als sie nur noch die Gestalt einer Ameise besaß. Mit letzter Kraft schwang sie sich am Schnürsenkel seines Schuhs nach oben und hielt sich fest. So verließ sie sein Haus – das Haus des Riesen, der nicht einmal merkte, dass er letztlich zu ihrem Retter wurde, indem er sie dem Leben draußen wiedergab.

## Körperkunst

Hildes Leib war nicht mehr knackig, aber Werner bediente sie immer noch. Er hielt das für seine Pflicht als Ehemann, auch wenn er seit Kurzem bei seinen Models mehr Hand anlegte, als es sich für einen Fotografen geziemte. Gerade plante er neue Szenen für ein erotisches Kochbuch. Speisen, auf Frauen garniert, ihre Körper ins genussvolle Spiel mit einbezogen. Das hatte etwas sehr Sinnliches.

So war er fast zufrieden. Hatte Hildes Körper, der ihn bekochte und für ein wohliges Umfeld sorgte. Eine Art Grundsicherung.

Besondere Genüsse verschaffte er sich im Studio. Drapierte Frauenkörper auf Tischen, arrangierte, in Glycerin getauchte Speisen zwischen Brüsten und Schenkeln und nutzte freie Stunden für das Erforschen von Haut. Haut, die er mit seiner Kamera eingefangen hatte und nun selbst zu besitzen gedachte. Eine undefinierbare Sehnsucht blieb.

Dies alles störte Ruth, die schon seit mehr als fünfzehn Jahren den Schreibkram für Werner erledigte. Immer hochhackig, mit einem Dekolleté, durch das man erkennen konnte, in welcher Farbe ihre Fußnägel lackiert waren, schob sie sich mittlerweile etwas beleibter durch die heiligen Hallen der Fotofabrik. Von Anfang an hatte sie versucht, Werner in sich zu locken. Dass dies nie gelang, konnte sie nur deshalb verdauen, weil er auch von den anderen Frauen die Finger gelassen hatte. Sie war immer genau darüber orientiert, was er tat. Es gab keinen anderen Mann in ihrem

Leben, auf den sie sich konzentrieren konnte. Hilde akzeptierte sie. Die war vor ihr da gewesen und sie wollte Werner auch nur fürs Bett. Nicht in ihrem Leben, wo er gestört hätte. Aber dass jetzt andere Weiber in den Genuss seiner Aufmerksamkeit kamen – das konnte Ruth nicht dulden.

Sie wandte sich an Hilde, die von all dem nichts ahnte, weil Werner noch mit ihr schlief. Dem Weinen folgte die Wut, die auch schon Ruth gefühlt hatte und gemeinsam wünschten sie Werner die Pest an den Hals. Darüber kamen sie einander näher. Ruth führte inzwischen ein Tagebuch, wann Werner welche Frau wie lange und auf welche Art beglückte. Daraus machte sie eine Liste und fand heraus, dass er es am liebsten hatte, wenn er die Frauen auch demütigen und traktieren konnte. Das machte ihn richtig scharf. Sie konnte seinen Atem durch die Tür keuchen hören, zitterte, wenn er die Huren mit geilen Worten anfeuerte. Ganz jung waren sie meist. Ja, das waren Huren mit exhibitionistischen Neigungen, die da breitbeinig vor ihm lagen. Manchmal winselten sie auch vor Schmerz, wenn er sie fickte. Wer konnte genau wissen, was er da mit ihnen tat. Ganz ohne Skrupel und Rücksicht auf Ruth schrie er seinen Orgasmus mit einem fast irren Stöhnen durchs Atelier. Sie kümmerte ihn nicht. Sie war Inventar.

Aber sie war ein Inventar mit regem Innenleben. Präsentierte Hilde an einem sonnigen Samstagabend die Liste mit den Neigungen ihres Mannes. Sie hatte längst die Kiste mit den Spielzeugen entdeckt, die Werner einsetzte. Die Flittchen konnten einem leid tun. Und er hatte sie auch noch auf Fotopapier gebannt.

Hilde ließ angewidert das Blatt und die Bilder sinken. Er ritzte ihnen Muster ins Fleisch. Sie war mit einem Monster verheiratet. Was tun? Sie konnte mit Werner nicht mehr leben.

Er sollte besser überhaupt nicht mehr leben, meinte Ruth. So ein widerliches Schwein, das Frauen folterte. Hilde gab ihr recht, aber sie war wie gelähmt. Doch Ruth hatte längst einen Plan. In ihrem Auto stand ein Koffer - Werners Spielzeugkiste. Sie würden ihn am eigenen Leib spüren lassen, was er denen antat, die sich eine Karriere durch seine Fotos erhofften.

Ruth hatte genau beobachtet, wie Werner vorging. Zuerst machte er alle notwendigen Aufnahmen für seine Projekte. Dass sie längst fertig waren, ahnten die Frauen nicht, wenn er sie das nächste Mal bestellte. Sie drehten und wendeten sich wie williges Vieh vor ihm, bis sie in Position lagen. Werner liebte das. Denn bei diesem letzten Termin mussten sie noch fügsamer sein. Die Spuren, die er hinterließ, waren stets gut versteckt unter Kleidern und im Unbewussten.

Ruth verstand ebenso wenig wie Hilde, wieso die meisten Frauen sich darauf einließen. Wahrscheinlich drohte er ihnen. Sie wussten nur, dass sie ihn stoppen mussten. Er würde niemals wieder damit aufhören. Er hatte Blut geleckt ...

Es war nicht schwer für Hilde, Werner unter einem Vorwand in den Keller zu locken, wo Ruth seinen Verstand mit einer Flasche alten Chateauneufs du Pape kurzfristig außer Gefecht setzte. Gemeinsam schleppten sie den wehrlosen Körper auf eine alte Matratze im Heizungsraum und fesselten seine Hände an die Leitungen. Die Handschellen aus Werners Kiste waren dafür wie gemacht. Alles musste schnell gehen. Der Knebel durfte weder zu fest noch zu locker sein. Sie konnten eben noch die Füße fixieren, als er wieder zu sich kam und die beiden verständnislos ansah. Sein

Murmeln überhörten sie, während sie ihm die Kleider mit einem Skalpell vom Körper schnitten.

Endlich hatte Ruth ihn nackt vor sich. Wie viele Jahre hatte sie Werner begehrt. Jetzt konnte sie alles mit ihm tun. Seine Mitte lag schlaff vor ihnen. Hilde war alles egal. Sie hatte mit ihm abgeschlossen. Ekelte sich nur noch vor diesem Schwanz, der sie gestoßen hatte, aber Ruth war bereits nass vor Lust. Nahm ihn in den Mund und massierte seine Spitze mit der Zunge. Ob Werner aus Angst oder Lust steif wurde, interessierte Ruth nicht. Vor Hildes Augen stülpte sie sich über sein erigiertes Instrument und ritt ihr Opfer wie von Sinnen. Sie fühlte neben der Geilheit eine fast ohnmächtige Wut auf all die Weiber, die er freiwillig gevögelt hatte. Ihre großen Brüste wippten im Takt, während Hilde - das Skalpell noch in der Hand - ins Leere starrte.

Als Ruth kam, wachte Hilde wieder auf. Malte wie in Trance mit der Klinge feine Muster auf seine Haut, so, wie sie es auf seinen Bildern gesehen hatte. Nicht tief, nur dass das Blut Linien auf dem Körper zog. Das war schwierig, weil Werner sich aufbäumte.

Er war immer noch steif, nachdem Ruth abgestiegen war. Reckte sein unverschämtes Teil wie ein Mahnmal in die Luft. Es war an allem schuld gewesen. Hatte Werner den Kopf verdreht, dachte Hilde und setzte die Klinge am Schaft an, doch Ruth schob ihre Hand beiseite. So schnell wollte sie ihn nicht krepieren lassen.

Die Muster, die Hilde gezeichnet hatte, waren schön. An manchen Stellen trockneten sie bereits bräunlich ab. Ruth nahm die Punktionskanülen, die Werner auch bei seinen Opfern eingesetzt hatte. Lange, dünne Nadeln mit scharfer Spitze, die sich wie Butter unter seinen Brustwarzen hindurchbohrten und nach und nach einen Stern bildeten. Für ihn war das Kunst gewesen. Es gab Fotos davon. Ruth imitierte ihn. Er tat ihr nicht leid. Sie würde ihn auch nicht vermissen. Was sie von ihm gewollt hatte, hatte sie gehabt. Nun war er nur lästig. Winselte wie ein Hund um Gnade. Sie hatte kein Mitleid für ihn. Er hatte sie ignoriert. Hilde bestrafte Werner für die Untreue und seine widerlichen Praktiken.

Als die Erektion nachließ, nahm Ruth drei Angelschnüre aus der Kiste. Die Widerhaken, die Werner so gerne in das Lustzentrum seiner Damen gebohrt hatte, um beim Akt daran zu ziehen, trieb sie an verschiedenen Stellen durch seine Vorhaut und band die Schnüre auf Zug an die Wäscheleine über ihren Köpfen. Werner zog es vor, sich nicht mehr zu rühren. Sie hatten leichtes Spiel mit ihm. Verzierten seinen gesamten Körper mit Ornamenten. Ruth bereute es, dass sie keine so guten Aufnahmen von ihm machen konnte, wie er es vollbracht hätte. Aber sie hatte ihre eigene Kamera dabei, um das Kunstwerk aus Fleisch und Blut festzuhalten.

Gegen Mitternacht meinte Hilde, sie sollten es nun zu Ende bringen. Sie war müde. Werner war zwischendurch schon mehrfach bewusstlos geworden. Einmal hatten sie ihn noch durch das Brennen wecken können, das Ruths Urin in seinen Wunden verursachte, als sie sich breitflächig über ihm entleerte. Aber das hatte auch einen Teil der Körperzeichnungen weggewaschen. Er sah nicht mehr so kunstvoll aus. Gemeinsam trennten sie seinen Schwanz vom Rumpf. Er schnellte nach oben wie ein Aal und wippte ein paar Mal tropfend auf und ab. Werner hätte geschrien, wenn er gekonnte hätte, aber der Knebel ließ ihm nur ein ersticktes Gurgeln. Erst pulsierend, dann ganz langsam waberte der Lebenssaft aus ihm heraus und sorgte für eine zunehmende Blässe. Wie ein Fisch hing sein Verderben an der Wäscheleine zum Trocknen. Sie würden es aufbewahren.

Ihn aber und die Matratze, in der jetzt mehr Blut war, als in ihm selbst, fuhren sie ins nahe Moor. Der saugende Schlamm war schon zu allen Zeiten ein Ort gewesen, wo man sich solcher Probleme entledigen konnte. Sanft versank Werner im Morast und ließ nicht mehr als ein paar Luftblasen zurück.

Ruth und Hilde beseitigten die Spuren von Werners Ableben, ließen die Spielzeugkiste verschwinden und taten so, als habe er die Stadt und auch Hilde verlassen. Danach sahen sie sich nie wieder.

Dass Werner einem Verbrechen zum Opfer gefallen sein musste, wurde auch nach Hildes Tod nie bekannt. Sein lederner Nachlass wurde für einen Ochsenziemer gehalten und fand im Hund der Tochter seine letzte Ruhestätte.

# Gleisgesänge

**(Sieben Reise-Novellen)**

## Prolog

Vorbestimmte Wege bahnen
Züge sich auf Endlosgleisen,
Weite Möglichkeiten ahnen
Weichen die uns Richtung weisen
und uns zum Entscheiden zwingen,
während rostig aus dem Eisen
Räder uns von Hoffnung singen.

## Auf der Strecke

Dass sie auf dem richtigen Weg war, wusste sie an jenem kalten Märzmorgen, als sie weit vor Tagesanbruch im Zug saß. Den windig nassen Bahnsteig hatte sie hinter sich gelassen. Jetzt saß sie im Abteil. Der Winter war ausgesperrt. In ihr war Ruhe, eine unbestimmte Gewissheit, das Richtige zu tun, während Häuser und Landschaften vorbeizogen. Sie ließ es geschehen.

Aus den Augenwinkeln musterte sie ihr Gegenüber. Sie waren allein. Eine junge Frau Ende dreißig mit traurigen Gesichtszügen starrte ins Leere. In ihr selbst war kein Platz für Traurigkeit. Darum schloss sie die Augen und gab sich den Gedanken hin, die mit dem Rhythmus der Räder davoneilten.

Der dumpfe Schlag zu ihren Füßen riss sie aus ihren Träumen. Und während sie zur Realität zurückfand, sah sie, dass die Mitreisende von ihrem Sitzplatz zu Boden gerutscht war. Sie lag gekrümmt zwischen den Sitzreihen.

Barbara riss die Tür auf und schrie nach Hilfe. Mehrere Menschen streckten ihre Köpfe aus den Abteilen und gafften neugierig, teilnahmslos. Nur ein älterer Mann reagierte sofort. Kurze Zeit später kam er mit dem Zugbegleiter zurück. Barbara hatte die Beine der Frau hochgelagert und den Kopf auf ihre Jacke gebettet.

Als der Bahnbeamte eintraf, bat sie ihn, im Zug nach einem Notarzt zu fragen. Bis zum nächsten Bahnhof war es weit. Der Atem der Frau ging nur schwach. Sie war nicht ansprechbar, der Puls ebbte kaum fühlbar unter Barbaras Fingern.

Kurze Zeit später konnte man den Aufruf über die Lautsprecher hören. Barbara hatte längst die Bluse der Frau geöffnet und massierte das Herz mit sanftem Druck. Es schien jetzt wieder etwas kräftiger zu schlagen. Der Körper war von alten Verletzungen übersät. So etwas hatte sie noch nie gesehen. Wie unregelmäßige Schienen zogen sie sich auf dem Oberkörper dahin. - Narbengleise ohne Weichen. - In der Handtasche fand Barbara ein braunes Portemonnaie, doch keine Papiere. Nur ein Armband mit Sternzeichen und Geburtsdatum lag im Kleingeldfach. Sie war so alt wie sie selbst. Vorhin hatte sie die Gedanken an Traurigkeit verdrängt. Nun kehrten sie zurück.

Als die Bewusstlose zu stöhnen begann, klopfte schwerer Regen an die Scheiben des Abteils. Regen bei vier Grad kriecht überall hin. Barbara rief verschiedene Namen. Vielleicht würde sie aufwachen. Hier war es wenigstens warm. Mit ihrem eigenen Mantel hatte sie die Frau zusätzlich bis zum Nabel zugedeckt und die Füße in die Kapuze eingewickelt. Barbara saß neben ihr auf dem Boden, als sie die Augen aufschlug.

Kein Wort sickerte durch das Rattern der Räder auf die Gleise, nur Traurigkeit. Sie floss aus den Augen, bildete zwei Pfützen, wurde zur Lache. Barbara war betroffen. Lautloses Weinen. Sie wagte kein Wort in der Stille, die keine war. Da waren nur Augen und Schmerz. Beide rasten auf dünnem Metallboden über Schotter. Trauer auf Reisen.

Barbara konnte nicht trösten. Es gab nichts zu sagen. Sie hielt die schwache Hand, die bleich war wie der Nebel, der aus den Spätwinterwiesen stieg und genauso flüchtig.

Es würde kein Ankommen mehr geben. Drei Liter Tränen verdickten das Blut.

Als der Zug in den Bahnhof einfuhr und schwer in den Bremsen ächzte, kämpfte auch das Herz seine letzen Schläge im verdorrten Leib.

Mit nassen Jeans und ohne Mantel taumelte Barbara benommen auf den Bahnsteig. Sie hielt sich am Treppengeländer fest. Nur langsam fror sie sich in den Tag zurück.

Doch mit der Klarheit kehrte auch die Gewissheit zurück. Sie war auf dem richtigen Weg.

Ihr vergangenes Leben war auf der Strecke geblieben.

## Bahnhofsschatten

Er wusste nicht, ob er den Zug nehmen sollte. Da hinten lauerte das Unbekannte. Monatelang war er um den Bahnhof geschlichen, den er kannte, wo er sich sicher fühlte. Hier wohnte er, kannte jedes Gleis, jede Taube, jeden Bahnsteig.

Die Verbindung wusste er längst. Gleis 12, Viertel nach drei. Der Zug fuhr jeden Tag, aber immer, wenn er die Treppen von Gleis 10 hinter sich gelassen hatte, griff eine Eisenfaust nach seinem Hals, ihm wurde schwindelig. Noch vor Gleis 11 kehrte er um, floh in die Sicherheit der einstelligen Gleisnummern auf dem Gang im Untergrund. Dort roch es nach Urin, aber das war ihm vertraut. Auch die vielen Leute, die nur murmelten und nie mit ihm sprachen. Sie machten ihm keine Angst.

Angst hatte er nur vor sich selbst. Vor seinen Wünschen und Träumen. Er war sich selbst im Unklaren, ob er sie erfüllen wollte, aber sie waren da. So deutlich und immer stärker. Die Angst kämpfte mit ihnen. Gut, dass niemand sehen konnte, welche Stürme in ihm tobten. Sie ließen ihn herumirren.

Manchmal in der Nacht saß er auf Gleis 12. Da konnte ihm nichts passieren. Der Zugverkehr ruhte. Aber er konnte sich vorstellen, wie es sein würde, tagsüber hier zu stehen, kurz vor dem Einsteigen.

In seiner Phantasie war er ohnehin mehr zu Hause als im wirklichen Leben. Er las sich in andere Welten. Dort konnte er alles sein und leisten, wozu er nicht in der Lage war.

Ansonsten waren seine Tage grau. Er fiel niemandem wirklich auf. Bisweilen fragte ihn jemand nach dem Weg oder er lauschte den Bahnsteiggesprächen. Gelegentlich warf er sogar ein Wort ein, doch er blieb Randfigur im Schatten des Bahnhofs, weil niemand wirklich mit ihm sprach.

Das war früher anders gewesen, als Lokführer Karl noch da war. Karl hatte ihn im Führerhaus mitfahren lassen. Sie hatten viel gelacht, während sie über die Schienen ratterten und den Mindener Bahnhof hinter sich zurückließen.

Jetzt war es unmöglich geworden. Er konnte keinen Zug mehr besteigen. Die Gleise raunten ihr Fernlied, sangen von Karl, der nur zwei Stunden entfernt lebte. Doch die Bahnsteige waren Magnete. Sie hielten ihn fest. Flüsterten, dass Karl ihn längst vergessen hätte. Karl, der ihn verlassen hatte.

Seit Monaten hatte er nicht mehr gelacht. Er dachte an den Tag des Abschieds. Da hatte er auf Gleis 12 seinem Freund Lebewohl gesagt. Karl hatte fast geweint und sprach vom Wiedersehen, bald schon. Den Mindener Bahnhof, auf dem könne er nicht mehr leben, hatte er gesagt, nur darum ginge er nach Hamm. Doch er fühlte sich verlassen. Er war ja hier und trotzdem ging Karl. Das hatte er damals nicht verstehen können.

Nun war viel Zeit vergangen. Zeit des Wartens, Zeit des Flüchtens und des Denkens. Er hätte Karl vergessen sollen, als er bemerkte, dass er nicht den Mut aufbrachte, zu ihm zu fahren. Aber das ging nicht. Karl war sein Freund.

An einem Sommermorgen nahm er alle Kraft zusammen und kämpfte sich zu Gleis 12. Es war noch früh und niemand sah ihn, wie er die Stufen hinaufkrabbelte. Die meiste Angst hatte er davor, die Magnetkraft des Bahnsteiges zu überwinden. Wenn er erst auf der Reise wäre, dann würde alles gut werden.

Als der Zug kam, riefen ihm die Gleise zu, dass er einsteigen solle. Karl würde ihn vermissen.

Doch der Bahnsteig tat, was er konnte. Bleib, flüsterte er, Karl hat dich verraten und zurückgelassen.

Da musste er fort. Er musste sich befreien. Wenigstens für eine Weile, denn der Bahnsteig irrte. Die Wahrheit lag im Lachen. Es war das Lachen der Erinnerung, das Glück und die Freude, die sie geteilt hatten. Es lag im Geräusch der fahrenden Züge und würde ihn zu Karl tragen.

## Der Umweg

Siegbert war müde. Seit Jahren war er dieselbe Strecke gefahren. Immer Hamburg - München. Von einem Sackbahnhof zum anderen. Nord - Süd und zurück. Er kannte jeden Baum, jeden Strauch und die Sekunden, die er durch jeden einzelnen Tunnel brauchte.

Am Anfang war alles spannend gewesen. Viele Städte hatte er links und rechts der Gleise liegen sehen. Malerische Landschaften hatte er passiert. Doch niemals war Zeit gewesen anzuhalten.

Einmal hatte er entlang der Linie seinen Urlaub verbracht. Wollte endlich die Orte kennenlernen, die er nur in Gedanken streifte, wenn er mit seinem ICE das Land durchquerte. Jetzt hatte er Erinnerungen. Da konnte er eine Zeit lang zehren. Dachte sich in Augenblicke zurück, die ihm etwas bedeutet hatten. Doch irgendwann wurden die Tage schal. Es war kein Widerwillen in ihm, nur Langeweile.

Etwas Neues wollte er sehen, nicht jeden Tag die norddeutsche Tiefebene, die Mittelgebirge und das Münchener Hochplateau. Das alles rann so zäh an ihm vorbei.

Er ließ sich versetzen. Hannover - Berlin und zurück. Die Ost-West-Tangente konnte ihm endlich neue Eindrücke geben. Es war eine gute Entscheidung. Er hatte jetzt viel mehr Zeit für sich. Ab Helmstedt, wo die Loks ausgetauscht wurden, fuhr er eine dieser liebenswerten, alten Dieselloks. Das war wie früher.

Als er zum ersten Mal den Weg zurücklegte, war es ihm, als gingen kurz hinter der ehemaligen Grenze zur

DDR die Lichter aus. Nicht nur, dass es dort insgesamt dunkler war, auch ihn selbst überkam ein Gefühl von Traurigkeit, das er sich nicht erklären konnte. Erst nach und nach fand er heraus, was der Grund war. Die Städte und Landschaften sprachen nicht mit ihm. Es ging nichts von ihnen aus. Kein Licht, keine Wärme. Dabei waren schon zwei Jahre seit der Öffnung der Grenzen vergangen.

Siegbert brauchte Wärme. Er konnte es nicht fassen, dass die Hälfte seiner Strecke nichts ausstrahlte. Es war eine Diskrepanz zwischen Ost und West wie Tag und Nacht. Anfangs dachte er bei sich, dass sich dies geben würde. Doch das Problem verlagerte sich nur. Städte bekamen neue Fassaden, strahlten in greller Kühle und manche entlebten sich ganz. Wurden zu Geisterstädten.

Ihn überkam eine namenlose Furcht, wenn er Hannover hinter sich ließ. Der Gang zur Arbeit wurde zur Qual. Das Dunkel wartete auf ihn. Kurz hinter Helmstedt setzte sich Siegbert Scheuklappen auf. Er wollte nur geradeaus auf die Schienen schauen. Nur auf die Gleise. Die Umgebung ohne Gegend wollte er beidseitig links liegen lassen.

Es hätte nicht viel gefehlt und Siegbert wäre auf der Strecke geblieben. Ihn rettete der Zufall. Ein Lokführer für die Linie Freiburg – Hannover wurde gesucht. Nord-Süd auf anderen Wegen. Doch nicht mehr das Dunkel, vor dem seine Seele sich verkroch.

Der Wechsel fiel ihm trotz allem schwer. Er bedeutete den Abschied von seiner Lieblingslok. Aber er hatte keine Wahl, er brauchte die Wärme und Helligkeit des Südens, das Auf und Ab von Tälern und Höhenzügen.

Und in den vielen Jahren, die Siegbert noch fuhr, spielte Langeweile keine Rolle mehr. Wie ein Geschenk durchlebte er das immer gleiche Wechselspiel der Landschaften. In ihm war ein neues Bewusstsein. Es war das Wissen um den Wert des Lichtes.

## Der Verlust

Sie spürte, dass er gerne ankam, wenn sie ihn vom Bahnhof abholte. Schon im Zug musste er Ausschau nach ihr gehalten haben. Er hatte es eilig, wollte sie in die Arme nehmen. Da war die Wirklichkeit für einen Moment unbedeutend.

Die Abschiede waren schmerzlich. Sie begannen schon Stunden zuvor. Das Wissen um die unaufhaltsame Einsamkeit bohrte sich in das Bewusstsein. Zeit ist wie ein Netz aus Schienen. Wir sind die Bahnhöfe oder Züge. Nähe kommt und schwindet auf Rädern. Wenn Sehnsucht in uns hineinhorcht, ist es, als lauschten wir auf Gleisen. Sie singen Hoffnung aus dem Rost.

An jedem Montagmorgen, wenn sie ihn um vier Uhr früh zum Zug gebracht hatte, begann ihr Warten auf Freitag. Es gab nur zwei Gefühlszustände. Das Warten auf ihn und die Angst vor seiner Abreise. Sie verdrängte beide.

Irgendwann lernte sie, den Hohlraum, den er hinterließ, zu füllen. Kein Mensch bleibt ewig stumm, nur weil Einsamkeit kein Gesprächspartner ist.

Sie begann zu malen. Mit der Zeit wurde sie immer mutiger, wählte gewagte Farben und stellte ihre Werke aus.

Die Freude auf ihn war jetzt befreiter. Das Warten war nicht mehr schwer. Sie konnte die Zeit mit ihm ohne Angst genießen. Der Abschied wurde zum Vorboten seiner Rückkehr.

Später konnte sie sich nicht mehr daran erinnern, wann es angefangen hatte. Eines Tages bemerkte sie, dass er aus dem Zug nicht mehr nach ihr schaute. Auch als er aus dem Wagen gestiegen war, hatte er Mühe, sie zu finden. Sie rief ihn, doch er reagierte kaum. Zuerst dachte sie, er sei übermüdet, denn er wirkte fern und unnahbar. Es kamen keine Antworten. Als sie ihn wieder zum Zug gebracht hatte, war es so, als sei er nicht wirklich da gewesen.

So ging es einige Wochen. Es gab auch Momente, wo er sie plötzlich wieder wahrnahm. Aber etwas schien mit seinem Gehör und seinen Augen nicht in Ordnung zu sein. Ihre Bilder hatte er überhaupt noch nicht bemerkt. Wenn sie sie ihm zeigen wollte, schien er sie nicht zu verstehen. Einmal hatte sie ihn sogar am Arm zu einem großen, grellen Wandbild geführt. Er nickte begeistert und lobte das wunderschöne Gemälde. Da wusste sie, dass er nicht hingesehen haben konnte. Nicht wirklich auf die lodernden Scheiterhaufen und schreienden Menschen.

Im Laufe der Zeit verschlechterte sich sein Zustand. Rein organisch fehlte ihm nichts. Das hatte ein Arzt bestätigt. Trotzdem schienen sein Augenlicht und sein Gehör zu schwinden.

Sie rief mittlerweile ganz laut auf dem Bahnsteig nach ihm und wedelte mit den Armen. Dann hakte sie ihn unter. Sonst hätte er den Weg nicht gefunden.

An einem lauen Herbsttag stand sie lange Zeit allein da. Der Trubel auf den Bahnsteigen zog an ihr vorbei. Niemand löste sich aus ihm und ging sie selbst etwas an. Waggons schluckten Menschen und spien andere aus. Der Zug, mit dem er immer gekommen war, war schon wieder abgefahren. Vielleicht hatte er den Anschluss verpasst. Sie wartete noch zwei weitere Verbindungen aus seiner Richtung ab. Ihre Sorge wuchs mit jeder Minute. Er kam nicht.

Er würde nie wieder kommen. Das fühlte sie. Er musste blind und taub geworden sein. So konnte er sie nicht finden.

Am Bahnschalter zuckte man nur mit den Achseln. Es musste ihm doch jemand helfen. Vielleicht war er auf der Strecke geblieben. Irrte irgendwo hilflos herum. Doch niemand schien sie zu verstehen. Da brüllte sie vor Angst und Wut. Der Bahnbeamte schüttelte unbeeindruckt den Kopf, zuckte mit den Achseln und schrieb ein paar Zeilen auf. SIND SIE STUMM? KÖNNEN SIE SCHREIBEN?

Da bemerkte sie, dass sie sich auch selbst nicht hören konnte. Die Worte fehlten ihr. Sie waren ausgegangen.

## Die Zwangsreisende

Eigentlich war diese Zugfahrt nicht geplant. Auch nicht gewollt. Dunkle, enge Tunnel reihten sich aneinander.

Als es endlich hell wurde, musterte ich meine Mitreisenden. Eine Frau, sehr jung, blickte skeptisch, aber erleichtert, das Dunkel hinter sich gelassen zu haben. Der Mann neben ihr schien zufriedener. Dann war da noch eine Frau um die fünfzig. Sie schien die Mutter der anderen zu sein. Wärme ging von ihr aus. Und nur durch sie wurde die Atmosphäre im Abteil erträglich. Sie lachte und sprach. Machte die Stille warm.

Neun Stationen später stieg ein Kind zu. Die jungen Leute nahmen es in die Mitte und schienen gelöster zu sein. Doch kurze Zeit später fielen sie in sich zusammen, wurden zwei Häufchen Asche - grau, flüchtig und stumm. Das Mädchen erschrak und kletterte auf meinen Schoß. Dort schluchzte es leise. Die ältere Frau begann, den kleinen Körper zu streicheln, während sie summte.

Der Mann war zwischendurch ausgestiegen und hatte die junge Frau allein gelassen. Sie sah jetzt noch kleiner aus. Ihre Traurigkeit bewegte sich schnell auf vorbestimmten Wegen fort. Wir versuchten, sie anzusprechen, aber sie musste taub sein, denn sie reagierte nicht. Nicht auf ihre Mutter, nicht auf das Kind, nicht auf mich. Wir stupsten sie an - keine Reaktion. Trotzdem lebte sie irgendwie. Es schien, als sei sie in einer anderen Welt. Das Mädchen glitt von meinem Schoß und versuchte einige Kunststückchen, um die Blicke der Frau auf sich zu lenken. Ja, es sang sogar, bis es müde war. Schließlich schlief es im Arm der älteren Frau ein.

Am Abend stieg der Mann wieder zu. Er setzte sich neben seine Frau, die aus ihrer Erstarrung aufgewacht war, als sie ihn sah. Fast schien es, als sei sie sogar gewachsen. Nun würde alles gut werden, dachte ich bei mir. Vielleicht kehrte sie ins Leben zurück? Der Tag aber ging. Draußen flogen Baumschatten und Wolken aus Glut vorbei.

Wer zuerst eine Waffe in der Hand hatte, konnten wir hinterher nicht mehr sagen. Wir waren auch ganz still, die ältere Frau und ich, damit das Kind nicht aufwachte. Es musste beschützt werden. Manches darf nicht in Kinderaugen und -ohren dringen.

Wir saßen wie gelähmt und sahen, dass der Mann sich krümmte. Trotzdem gelang es ihm, die Frau von sich fernzuhalten. In dem Gerangel hatte sie ihre Schuhe verloren. Die Stumpfhose hing in Fetzen. Er durchtrennte sie im Schritt. Mit jeweils einem Feinstrumpfbein fesselte er seine Frau. Der Erfolg war mäßig. Fast hatten wir den Eindruck, sie spielten ein Spiel. Auch mit den Messern verletzten sie sich nur wenig. Gerade so tief, bis ein Streifen Blut auf der Hautoberfläche zu sehen war.

Als das Kind plötzlich schrie, wussten wir, dass es im Halbschlaf geblinzelt haben musste. Ich presste es an mich, drehte seinen Kopf zu mir und wiegte es. Ein böser Traum sei dies, flüsterte ich dem Mädchen zu, nur ein schrecklicher Albtraum. Aber es strampelte und wollte partout wieder hinschauen.

Das Ehepaar kümmerte sich nicht um uns. Wir waren nicht da. Wir zählten nicht. Nicht Mutter, nicht Kind.

Es gelang mir, das Mädchen abzulenken, bis die Klingen stumpf geworden waren und auf den Boden des Abteils fielen.

Inzwischen war es Nacht geworden. Bald würde ich aussteigen müssen. Der Geruch von süßem Blut über bitterem Leben war kaum zu ertragen. Genauso wenig, wie die ohrenbetäubende Stille des Unsäglichen.

Was würde aus dem Kind werden, wenn ich ginge? Und wenn ich bliebe? Nein, ich musste aussteigen. So konnte ich dem Mädchen nicht helfen, so sprachlos und müde. Ich drückte ihr einen Zettel mit meiner Telefonnummer in die Hand. Das Weinen begleitete mich mit meinen Schuldgefühlen zur Tür. Sie wogen schwer, schwerer als mein Koffer ...

Später bin ich noch viel in Zügen herumgeirrt. Mit dem Mädchen haben sich manche meiner Reisen gekreuzt, doch es hat ein halbes Leben gedauert, bis ich an meinem Bahnhof ankam.

## Einsame Entscheidung

Sie hatte sich für die Nacht entschieden. Tagsüber wäre sie gesehen worden. Lange hatte sie diesen Abend im Voraus geplant. Heute an Neumond war der Himmel zusätzlich wolkig. Wie inszeniert für ihr Vorhaben ...

Im Bad hatte sie sich sorgfältig geschminkt, das Escada-Kostüm und die geflochtenen, italienischen Schuhe angezogen. Es sollte alles perfekt sein. Dann hatte sie die Wohnung hinter sich gelassen. Als die Tür hinter ihr zufiel, fühlte sie sich erleichtert. Der Gang nach unten durch das Haupttor war wie eine Läuterung. Hierher würde sie nie mehr zurückkehren. Aus und vorbei!

Auf der Straße holte sie tief Luft. Eine Ahnung von Freiheit strömte in ihre Lungen. Es war die Freiheit der eigenen Entscheidung. Ein lang vermisster Luxus in der bequemen Lähmung des Wohlstandes. Sie schlenderte die Straße entlang. Gemächlich, Schritt für Schritt, sie hatte es nicht eilig. Sie bestimmte das Tempo. Menschen waren wenige unterwegs. Und sie kümmerten sich nicht um andere. Wie sollten sie auch. Die Gedanken, die innersten, lebten in einem selbst. Sie sehnte sich, auch diese zu teilen. Ersehnte eine Partnerschaft, in der es keine Distanz gab. Nur Nähe.

Das andere hatte sie gehabt. Sie hatte alles andere gehabt. Viele Jahre lang. Luxus, Marmor - Einsamkeit. Sieben Meter Schrank ließ sie zurück und 143 Paar Schuhe. Sie brauchte das nicht mehr. Kaufrausch als eine Art von Selbstbefriedigung. Nur Ablenkung für eine kurze Zeitspanne. Danach - Leere, grausames Nichts in der Übermacht des Üppigen. Sie selbst - ein unscheinbarer Trabant im Universum.

Sehnsucht ist stark. Hoffnung ist ihre Nahrung. Sie hatte das Hoffen aufgegeben. Georg hätte ein Mensch sein können, mit dem Nähe möglich gewesen wäre. Doch Georg liebte sich. Und er forderte Aufmerksamkeit. Sie war sein Trabant.

Gemeinsame Zeit zu teilen, reicht nicht. Ohne Beachtung floh sie in sich selbst. Ihr Rückzug ins Innen war ihr Schutz vor Austrocknung. Führte in eine wachsende Isolation. Entfremdung im Angesicht des Partners, der nichts merkt. Georg hatte nichts gespürt. Es war die Fassade des funktionierenden Alltags. Sie verbarg den Verfall vor seinen Augen.

Irgendwann konnte sie die Einsamkeit nicht mehr ertragen. Nur darum ging sie. Und seinetwegen natürlich. Denn der Tinnitus hatte sich längst als Dauerton in ihre Ohren eingenistet. Wurde zum niemals stillen Begleiter ihrer Tage und Nächte, den nur sie hören konnte. Seine Nähe war unerträglich.

Doch heute, heute war er zu ihrem Freund und letzten Weggefährten geworden. Da war er gnädig und sanft. Seine Frequenz deckte sich mit dem Singen der Gleise. Ließ sie den Zug nicht wahrnehmen, der in ihrem Rücken nahte.

## Heimatlos

Seit Jahrzehnten war sie in Zügen unterwegs. Sie hatte längst vergessen, wie viele es waren. Als kleines Kind war sie noch auf Holzbänken gefahren. Später steckte sie mit vielen Menschen zusammen in kalten Güterwaggons. Nicht immer wusste sie, wohin ihre Reise ging. Das waren schlimme Jahre. Sie hatten sie ruhelos gemacht.

Ihr Leben war eine einzige Suche gewesen. Eine Suche nach Heimat, die nirgendwo zu sein schien. Etliche Male war sie umgezogen, hatte versucht, woanders neue Wurzeln zu schlagen. Aber der Boden war allerorts hart. Sie fand keinen Halt.

Das hatte letztendlich ihr Leben gekostet. Sie hatte einfach keine Kraft mehr gehabt. Sprang aus ihrer letzten Wohnung unweit des Marienplatzes und fand auf dem Münchener Südfriedhof ihre unscheinbare Ruhestätte. Ein Armengrab. Es gab keine Kinder, keine Verwandten.

Doch Frieda fand keine Ruhe. Den Körper war sie losgeworden. Aber ihr Bewusstsein war noch da. Es bewegte sich in einer Art formbarer Blase durch eben jene Welt, die sie verlassen haben wollte. Aber genau dieses störende Bewusstsein hatte sie los sein wollen. Nun war sie ratlos. Wie sich endgültig umbringen? Ohne Hände...

Sie setzte ihr ruheloses Leben fort. Gezwungenermaßen. Wo sollte sie schon hin. Selbst das Grab war ihr keine Heimat geworden. Die große Sehnsucht lebendiger Tage hatte sich in ihr jetziges Sein gerettet.

So war nichts gewonnen. Sie irrte dorthin zurück, wo sie die meiste Zeit verbracht hatte. Wo sie sich wenigstens einigermaßen zu Hause fühlte. Das waren die Züge. Da saßen Menschen, die verweilen mussten.

Niemand nahm sie wahr. Sie lauschte auf leeren Plätzen und beobachtete. Irgendwann stellte sie fest, dass sie in die Körper der Reisenden eintauchen konnte. So wurde sie zum Säugling, ließ sich von einer Mutter halten oder als alter Mann beim Gehen stützen. Bei Liebenden tauschte sie die Seiten, war mal in ihm und in ihr. Sie empfand eine Ahnung von dem, was sie zu Lebzeiten nie gefühlt oder schon vergessen hatte. Aber so sehr sie sich auch in Lippen oder Arme presste, sie konnte nicht fühlen, nur ahnen. Das Streicheln, Stillen oder Küssen war nur in ihren Gedanken. Haut war unerreichbar.

Sie blieb, was sie war. Allein. Allein unter vielen. Heimatlos. Es schien jetzt noch schlimmer als in körperlichen Tagen. Da hätte sie die Möglichkeit gehabt, doch nie genutzt. Sie war der Sklave ihrer eigenen Unfähigkeit gewesen und büßte nun entleibt. Doch eigentlich war nichts anders. Sie hatte schon vor ihrem Tod keinen Körper gehabt. Jetzt aber war sie zum Teilen bereit.

An einem lauen Spätsommertag fuhr sie mit einem älteren Ehepaar im Abteil. Irgendetwas war mit einem Mal anders. Sie hatte das Gefühl, dass ihr Bewusstsein mit dem der Frau eins war. Da war so viel Nähe und Geborgenheit. Sie fühlte sich wohl in ihr.

Als der Mann kurz hinter Würzburg einem Schlaganfall erlag, litt seine Frau entsetzliche Qualen. Ihre Angst war so mächtig, dass sie das Abteil überschwemmte. Frieda trieb in diesen Wellen aus Liebe und Sorge wie eine Schiffsbrüchige. Dann ging die Sonne in den Augen der Frau auf. Es war ein Hoffnungsschimmer über diesem Meer aus Furcht. Der Arzt konnte sein stabiles Herz wieder zum Schlagen bringen. Sein Geist jedoch blieb tot. Frieda konnte nicht anders. Sie besetzte den Körper, der noch so gut funktionierte. Einmal wollte sie diese Liebe spüren ... hautnah.

An die veränderte Anatomie gewöhnte sie sich schnell. Das war Nebensache. Dass die Frau, die ihr nun angehörte, so behutsam versuchte, ihr eine Vergangenheit zu geben, nur das war wichtig. Da hatte Frieda eine Heimat gefunden. Und die Heimat hieß Nähe.

## Eishände

Hände. Wie Pranken. Seine Hände waren wie von Staub überzogen. Wo sonst Haut war, zeigte sich Weiß. Hände, die Wärme geben könnten, verschwanden unter dem Eis zerfurchter Hornschichten. Gletscherspalten. Bizarr. Gefüllt vom Dreck globaler Emissionen.

Warum hatte sie sich von ihm berühren lassen? Wie hatte sie drei Kinder empfangen können? War seine Hand da noch warm gewesen?

Jetzt war sie hart, wie sein Mund und die Worte, die Ecken wie Kanten glätten konnten. Härte formt. Sie macht kleiner.

Die Frau hatte dazugelernt. Sie gab ab. Duckte sich weg aus dem eisigen Schwall. Nur wenig war hängen geblieben an ihr.

Eissplitter auf den Kindern.

Sie steckten in Armen und Beinen, zerschnitten vorlaute Münder, verfingen sich in Gedanken und konnten weder in Herz noch Seele jemals schmelzen, selbst wenn die Flucht gelang.

Und es war nur eine Frage der Zeit, wann ihre Hände erbleichen würden.

# Die Handtasche

*1. Zu klein*

Im Kaminofen surrt und knistert das Feuer. Neben der Wärme vermitteln die Geräusche Geborgenheit. Für eine Weile, während er brennt.

Die Frau sitzt im Schaukelstuhl und träumt vor sich hin. Sie muss etwas ändern in ihrem Leben. Ihre Handtasche ist zu klein. Darum kann sie den Ofen nicht mitnehmen.

Auch die Katzen nicht. Sie liegen auf der oberen Etage des Kratzbaums. Dorthin steigt die Wärme. Sie räkeln sich wie in der Mittagssonne eines strahlenden Sommertages und schlafen weiter.

Der Schlaf, er fehlt ihr. Nachts liegt sie stundenlang wach. Sie grübelt. Gedanken kommen und gehen. Unkontrollierbar. Sie kann sie nicht steuern.

Ihre Handtasche ist zu klein. Das Denken zu groß. Es passt genauso wenig in ihren Kopf wie der Ofen und die Katzen in die Handtasche.

Es ist Zeit. Sie muss etwas ändern in ihrem Leben. Auch wenn sie müde ist. Der Schlaf bringt keine Erholung mehr.

Sie braucht eine neue Handtasche.

*2. Die neue Tasche*

Sie hat sich geirrt. Die neue Tasche ist auch zu klein. Der Ofen passt nicht ganz. Wahrscheinlich hat sie ver-

gessen, dass er sich ausdehnt, wenn er warm ist. Nun steht die Tasche da – unbrauchbar. In der Nacht kommt ihr eine Idee. Sie packt die Gedanken, die in ihrem Kopf springen, dort wühlen und wieder hinaushüpfen und stopft sie in die Tasche. Es dauert Stunden, bis sie alle hat. Wie Kaninchen schlagen sie Haken und kaum, dass sie welche gefangen hat, springen wieder andere aus der Öffnung heraus.
Als sie endlich alle hat, weiß sie, was zu tun ist.

Der Mond scheint hell über der Weser und die Gedanken schreien, als sie zum Meer hin treiben und langsam ertrinken. Es tut ihr fast leid, aber nur fast, denn sie ist froh, dass sie sie los ist. Im Bett will die Ruhe trotzdem nicht zur ihr kommen. Sie hat wohl doch nicht alle erwischt. Oder sie haben sich ausgesät. Oder noch während sie sich der anderen entledigte, hat der eine Gedanke mit dem anderen geschlafen.

Nun werden neue in ihrem Kopf geboren. Nestflüchter allesamt. Mit kräftigen Hinterläufen treten sie gegen das Innere ihres Kopfes. Und wie jede Nacht kommen sie aus Nase und Ohren und Mund. Sie öffnet ihn freiwillig, um nicht zu ersticken.

Die nutzlose Tasche ist sowieso weg.

### *3. Keine Tasche*

Keine Tasche ist groß genug.

Sie beschließt, sich selbst eine zu nähen. Dehnbar, hitzebeständig und weich.

Lange sucht sie nach dem richtigen Stoff. Hinter dem Horizont soll es ihn geben.

Es fällt ihr schwer, den Ofen und die Katzen zurückzulassen.

Doch nicht mehr lange, sagt sie sich. Nur noch dieses eine Mal. Bald würde sie sie mitnehmen können, wohin auch immer sie ging.

Der Mond auf dem Meer erinnert sie an die eine, grausame Nacht. An die eine von vielen, nur dass sie diesmal versucht hatte, sich zu wehren.

Es ist ihr nicht gelungen.

Denn jetzt greifen auch die Seelen der Gedanken nach ihr. Ziehen sie hinab in das große Riff. Nehmen von ihr Besitz.

Wie farblose Fische gleiten sie durch den Kalk ihres Schädels, der noch von Leben überzogen ist. Ihre Haare schweben wie die Tentakel einer blassen Koralle vor ihren müden Augen. Ihr Kopf ist zur Heimat unerwünschter Gäste geworden, die sich gegenseitig fressen. Es ist alles wie immer.

Erst zum Ende der Nacht geben sie sie frei. Versprechen mit dem Gesang der Sirenen ein Wiedersehen.

Sie beschließt, für immer wach zu bleiben.

## Das Liebesgeschenk

Raphael war ein merkwürdiger Kater. In seinen Augen lag die Weisheit alter Zeiten. Simon grübelte, was wohl in ihm vorging, wenn er sich auf dem Kaminsims niederließ und ihn fixierte.

Es war Heiligabend. Ein wohliges Feuer wärmte die Winterstube, die aussah, als sei die Zeit dort vor siebzig Jahren stehen geblieben. Raphael lag wie immer auf dem Eichensims und räkelte sich.

In seinen Pupillen spiegelten sich die Kerzen des Christbaumes. Sie waren fast abgebrannt. Gemächlich streckte er sich, setzte sich mit katzeneigener Eleganz und ringelte seinen Schwanz um die Beine. Simon lächelte wehmütig. Das hatte er immer so gerne gesehen. Sie lebten schon lange zusammen. Auf einmal hatte er den Eindruck, als ob der Kater seine Gedanken lesen konnte.

„Heute mache ich dir ein besonderes Geschenk", sagte Raphael. Simon glaubte seinen Ohren nicht zu trauen. Er hatte noch kein Tier sprechen hören und dachte, er habe sich verhört. Doch Raphaels Maunzen ging wieder in diese sanfte Stimme über.

„Ich werde am Silvestertag sterben", erklärte der Kater. „Du kannst mich nicht mitnehmen ins Heim, und ich will nicht, dass du dir Sorgen um mich machst." Der alte Mann stellte sich ans Feuer. Raphael rollte sich wieder auf dem Sims zusammen, als wäre nie etwas geschehen und Simon streichelte ihn. Wie immer schnurrte er leise vor sich hin. Alles war wie immer. Als ob diese Worte nicht gesprochen worden wären und vielleicht hatte er sich das doch nur eingebildet. Der melancholische Tagtraum eines alten, einsamen Mannes. Die folgenden Tage waren still. In das Knistern des Feuers mischte sich Raphaels Schnurren. Simon wollte die Zeit festhalten. Doch im Lauschen schloss er die Augen und war bald eingeschlafen. Es war ihm inzwischen auch egal, ob der Kater gesprochen hatte oder nicht. Es machte keinen Unterschied.

Am Abend des 31. Dezember rief er lange in die kalte Winternacht, doch Raphael kam nicht. Beim Wärmen am Kaminfeuer fand Simon zwei grüne Edelsteine, in denen sich sein einsames Selbst widerspiegelte.

# Dr. Schmaleck und sein Federvieh

Es ist ein ungeschriebenes Gesetz, dass Arztpraxen unendlich viel beliebter sind, in denen Hühner arbeiten.

Hühner sind immer freundlich, sie haben ständig was zu gackern und scharren den lieben langen Tag geschäftig herum. Darum kann sich jeder Doktor freuen, der Praxishühner sein eigen nennen kann. Denn kaum der heimischen Stange entfleucht, flattern sie zu ihrem Arbeitsplatz und schuften dort von früh bis spät.

Doktor Schmaleck war ein solch begnadeter Arzt. Er hatte es geschafft, drei dieser Perlen um sich zu scharen. Sie fraßen ihm aus der Hand und manchmal die Haare vom Kopf, aber er konnte sich auf sie verlassen.

Frieda, Berta und ich schlossen schon morgens für ihn die Tür auf. Wir kämpften uns durch eine Reihe ungeduldig wartender Patienten und hatten schon vor Arbeitsbeginn den Schnabel gestrichen voll, weil die Menschen an unseren Federn zerrten mit den Worten:

„Sind schon viele vor mir?"

„Ich muss gleich zum Augenarzt und brauche noch schnell eine Überweisung."

„Gönnte isch noch eeene Gribbeschbritze begommen?"

„Verzeihung, mein Kind hat eben in Ihren Flur gekotzt."

„Bitte gehen Sie noch ins Wartezimmer!", ächzte Frieda und würgte wegen des säuerlichen Geruchs.

„Wir müssen uns erst noch umziehen und die Computer hochfahren."

„Isch gann aber nicht so lange warten, mein Fahrer kommt jetzte gleisch wieder", erklärte Frau Ganterklein.

Doch diese Worte verhallten im Raum, denn wir Hühner waren schnell in unsere kleine Kammer geflüchtet. Wenigstens fünf Minuten Ruhe, schnell die Neuigkeiten austauschen und einen Kittel übers Federkleid werfen ... Dann waren wir bereit und wenig später schon trottete auch Dr. Schmaleck den Gang zu seinem Sprechzimmer hinunter – irgendwie brummig.

Auweia, dachte ich bei mir und warnte Frieda, die eben mit einem Stapel von Rezepten nach hinten unterwegs war, um sie unterschreiben zu lassen.

Eigentlich war Dr. Schmaleck ein liebenswerter Kerl. Er hatte seinen Namen zu Unrecht, weil er weder schmal noch eckig war. Hochgewachsen trug er auf seinen großen Füßen einen stattlichen Gockelbauch. Sein Kamm war obenrum schon ein wenig schütter, dafür unten um so mächtiger.

Als Frieda sich endlich nach hinten traute, war es dennoch zu früh. Sie wurde mit einem lauten: „Mensch, jetzt lasst mich doch mal zufrieden, ich bin noch nicht so weit!" aus dem Zimmer gefegt. Kleine Kullertränen liefen ihren Kehllappen entlang.

„Ich wollte doch nur die Rezepte unterschreiben lassen und den Doktor fragen, ob wir mit dem Belastungs-EKG beginnen können", schluchzte sie. „Es sind auch schon so viele Patienten da und er fängt gar nicht an."

Berta schloss ihre Flügelfedern um Frieda und murmelte mit beruhigenden Worten:

„Du weißt doch, wie er ist. Bestimmt ist ihm eine Laus über das Gefieder gekrochen oder er hat Stress mit der Heimhenne. Im Grunde meint er es doch nicht so." Mit diesem Trost ging Berta nach hinten und setzte ihren bösesten Blick auf. Hühneraugen können ganz drohend ins Innerste stechen. Aber das war nicht nötig, denn der promovierte Gockel saß mit hängenden Federn in seinem Chefsessel und war ganz zahm. Wortlos unterschrieb er die Rezepte und blinzelte Berta entschuldigend zu, die ihn ermahnte, jetzt doch endlich anzufangen.

Wir hatten alles im Griff. Vor dem Belastungs-EKG wollte ich schnell noch Herrn Bartfisch mitnehmen. Er drängelte schon und bekam nur ein normales EKG.

„Bitte machen Sie den Oberkörper frei", bat ich den Patienten, „und nehmen Sie schon auf der Liege Platz. Ich komme gleich."

Inzwischen holte ich ein Urintöpfchen, damit wir im Rahmen der Gesundheitsvorsorge auch sein Pipi noch untersuchen konnten.

Herr Bartfisch hatte unterdessen meine Bitte sich zu entblößen etwas übertrieben. In schlotternder Feinrippunterhose stand er vor mir und grinste siegessicher. So einen tollen Kerl von Mitte 70 hatte ich bestimmt noch nicht gesehen.

„Oh", sagte ich, „mir reicht schon der Oberkörper. Bitte ziehen Sie sich doch untenherum wieder an. Es ist hier viel zu kalt."

Widerwillig murrend schlüpfte Herr Bartfisch zurück in seine Buxe, die mir wie ein gnädiges Stück Stoff den Blick auf seine Krampfadern verwehrte. Nun schnell das EKG geschrieben und wieder nach vorne gesaust, um Frieda zu helfen und - natürlich - um den beiden anderen Hühnern diese Geschichte zu erzählen.

„Ich krich die Krise", gackerte ich, „wenn der jetzt gleich noch mit dem gefüllten Pinkelpott nach vorne kommt, ohne auf Klo zu gehen, schmeiß ich mich weg!"

„Das glaube ich nicht", antwortete Frieda, auch liebevoll Kleinhühnchen genannt. Und kaum hatte sie dies ausgesprochen, kam Herr Bartfisch mit dem randvoll bepieselten Becher auf uns zu. Wir mussten uns zusammenreißen zwischen Ekel und Lachen. Berta hatte ihm dann später beim Blutabnehmen noch die Leviten gelesen.

Der Doktor war inzwischen ganz handzahm geworden. Mit unschuldiger Miene und dem Stethoskop um den Hals unterschrieb er willig alle Scheine, die wir ihm brachten. Kein Murren mehr, kein Aufmucken, na also, es ging doch!

Müde trottete er Frieda hinterher, die schon eine Patientin für ihn vorbereitet hatte. Sie war im Krankenhaus operiert worden und es befand sich noch reichlich altes Blut im Bauchraum.

„Da muss ich die Narbe leider wieder ein Stückchen öffnen, Frau Plärrer, das geronnene Blut muss raus!", dozierte der Doktor und zog sich seine XXL-Handschuhe über die Federspitzen. Mit Zartheit und Geschick senkte er das Skalpell in die soeben verheilte Naht und erleichtert bahnte sich der schwarzrote Glibber seinen Weg ins Freie - auf den Doktor, auf Frieda und die Wand.

„Ihh", schrie Frieda und sprang aus der Schusslinie. „Ahh", nickte der Doktor siegessicher, denn sein Verdacht hatte sich bestätigt und er hatte einen zweiten Kittel dabei.

Frieda kämpfte an diesem Morgen zum zweiten Mal mit dem Brechreiz, versorgte die Patientin und wusch die Wand ab. Ihr Kittel wanderte in den Mülleimer. Manches möchte man nicht mehr waschen.

Unterdessen hatte Berta etliche Menschen zur Ader gelassen. Sie war die Meisterin im Blutabnehmen. Nur wenige Patienten widersetzten sich ihrem Können mit extrem dünnen oder nicht auffindbaren Venen wie Frau Qual. Andere waren willige Opfer und gaben folgsam den kostbaren Saft in die Vakuumröhrchen ab. Dass ihr an diesem Morgen Herr Immerklein zu Füßen liegen würde, hatte sie nicht geahnt. Er hatte gute Venen gehabt, alles war prima gelaufen. Nun sollte er doch nur noch auf die Einstichstelle drücken, um einen blauen Fleck zu vermeiden. Da glitt er sacht mangels Bewusstsein vom Laborstuhl und schlug auf dem Boden auf.

„Beinhart!!!!“, schrie Berta, denn sie duzte Dr. Schmaleck, „Beinhart, komm schnell!!! Hier hat einer den Klappmann gemacht.“

Doktor Schmaleck eilte so rasch er konnte den Flur entlang. Inzwischen waren auch Frieda und ich angekommen. Gemeinsam packten wir den Leblosen und hievten ihn nach hinten auf die Liege. Beine hoch, ein bisschen Wangenklatschen und da war er auch schon wieder, der Puls samt Herrn Immerklein, der leise wimmerte, weil er sich den Kopf gestoßen hatte.

„Doktor“, murmelte Frieda vorsichtig in Beinharts Ohr, als sie den Raum verlassen hatten, „gleich kommt Frau Pfuhl zum Katheterwechsel.“

„Schick sie wieder nach Hause, ich will nicht“, stöhnte Schmaleck und verzog sich in seine Kemenate.

„Der Doktor meint, dass es gegen 11 Uhr passt, Herr Pfuhl“, säuselte Frieda anschließend ins Telefon und rümpfte die Nase. Pfuhls sind keine leckeren Patienten. Sie sind schwer fettleibig und kommen immer mit der ganzen Familie. Wenn sie durch die Tür treten, weiß man, was es dort in der letzten Woche zu essen gegeben hat. Das Bratenfett gibt seinen Duft aus der Kleidung ab und die Körper verraten aus dem Schweiß Knoblauch und Zwiebeln vom Vortag. Wenn man auch in tiefere Regionen vordringen muss, ereilen einen noch ganz andere Gerüche.

Inzwischen hatte ich das Glück, mit Frau Knaller zu telefonieren, die ganz eindeutig Käfer aus der Zimmerdecke krabbeln und den Osterhasen auf dem Weihnachtsschlitten davonfahren sah. Beruhigungs- und Schlaftabletten wolle sie und wenn der Scheißdoktor ihr die nicht aufschreiben würde, dann wolle sie sich bei der Ärztekammer beschweren. Ich schrieb ihre Worte dem Alkohol zu, den sie wahrscheinlich heute morgen schon reichlich genossen hatte und machte das Rezept eben fertig, als Frau Knaller auch schon mit ihrem fetten Hund in der Tür stand. Er musste alles Leid ihres unvorhergesehenen Wartens schimpfend ertragen.

So ging der Vormittag dahin, bis ein stark blutender Finger und sein Eigentümer in die Praxis stürmten. Das Teppichmesser war schuld! Tropfend folgte mir der Verletzte auf die Liege und hinterließ dabei eine Spur.

„Dr. Schmaleck, bitte kommen Sie mal eben mit nach drüben", lockte ich den im Internet versunkenen Mediziner in die Realität zurück. „Wir müssen was nähen!"

„Oder abschneiden", schmunzelte Schmaleck, „mal sehen, ob sich noch was retten lässt."

„Na, haben wir mit dem Messer gespielt?", fragte Dr. Schmaleck im frischen Kittel.

„Ich wollte nur einen Karton für die Katzen zurechtschneiden, damit sie ein Haus haben", klagte der Jugendliche mit dünner Stimme.

„Ja, guck mal, Kleinhühnchen", sagte Schmaleck entzückt zu Frieda, die soeben den Kopf durch die Tür steckte, um die zeitliche Lage hinsichtlich des Feierabends zu prüfen, „da kann man bis auf die Strecksehne gucken! Tolle Leistung – grade noch mal Glück gehabt! Da werden wir jetzt mal eine Leitungsanästhesie setzen."

Dem Jüngling sträubten sich die Haare, doch unser guter Doktor beruhigte ihn mit den Worten:

„Ich spritze jetzt hier rechts und links, wo der Finger anfängt und dir tut es auch bestimmt nicht weh. Dann warten wir ein Weilchen, sperren mit einem Gummischlauch das Blut ab und nähen den Schnitt wieder zu."

Obwohl der Patient immer kleiner wurde auf der Liege, konnte er Schmaleck doch nicht entkommen. Sein Kittel blieb diesmal wegen der Blutsperre sauber. Der Patient aber würde in Zukunft mit dem Teppichmesser vorsichtiger sein.

Unser Arbeitstag neigte sich dem Ende und Gott sei Dank war Mittwoch. Wir hatten ohnehin in vier Stunden wie für acht geschuftet. Der Vormittag hatte zwei Kittel, einen empfindlichen Magen und zahlreiche Nerven gekostet. Für Dr. Schmaleck würde der Stress noch weitergehen.

„Doktorchen", rief Frieda beim Nachhausegehen dem armen Gockel mit den müden Augen zu, „die Hausbesuche nicht vergessen, vor allem nicht den bei Frau Knaller. In ihrer Wohnung ist gerade das Jesuskind geboren. Sie sollen es abnabeln."

## Abschiedsgedanken

Es ist noch schneidend kalt, als Else das alte gusseiserne Tor des Friedhofs an der Scheier Straße hinter sich lässt. Wie immer quietscht es und weckt niemanden. Die Sonne traut sich gerade erst hinter dem Horizont hervor. Sie malt ohne Kraft warmes Rotorange auf die Kristalle des frisch gefallenen Schnees. Else lauscht ihren Schritten. Jeder von ihnen knirscht unter den Stiefeln, und sie erinnert sich an damals, als die Heiligen Abende noch schneesicher waren. Wenn sie die Augen schließt, kann sie sogar fühlen, wie geborgen und geschützt ihre Kinderhand in der ihrer Mutter gelegen hat. Sie gingen zur Christmette. Das war lange her.

Eine frühe Amsel schimpft laut und flattert an ihr vorbei. Nur ungern gibt sie ihren Schlafplatz auf, den sie sich mühselig am Abend erkämpft hat. Else hat sie nicht stören wollen, aber jetzt ist es doch geschehen. Wie so oft im Leben, denkt sie bei sich. Nie kann man wissen, was einem anderen ein Dorn im Auge ist. Else denkt an ihre ältere Schwester, die nun schon lange tot ist.

Mit ihr hat sie sich nie verstanden. Sie weiß heute immer noch nicht, warum. Agnes hat nie etwas gesagt, sondern die Kleine einfach ignoriert. Noch heute lastet ihr Schweigen auf ihr. Sie hat keine Worte für Else gehabt, nicht einmal zu der Zeit, als sie sie in ihren letzten Monaten pflegte. Nur Augen, die von Distanz und Ablehnung sprachen. Bis zum Schluss, als der bevorstehende Tod dennoch den Blick der Überraschung in Agnes' Gesicht zauberte.

Else schüttelt den Gedanken ab. Der Schmerz in ihrer Hüfte kommt ihr dabei zugute, denn er lenkt ab. Lange wird es ohne Stock nicht mehr gehen, fürchtet sie und lacht bei dieser absurden Vorstellung. Ihr Atem verlässt den Mund wie Nebelschwaden. Sie steigen in die diesige Luft. Die Sonne schafft es noch nicht, den Dunst aufzulösen. Else bleibt stehen und lauscht. Sie liebt diese einsamen Morgende, wenn niemand auf dem Friedhof unterwegs ist, außer den Tieren. Nur Vogelstimmen oder das Huschen der Eichhörnchen bestimmen das einzige Leben, das hier existiert. Alles andere zu ihren Füßen ist tot, von den Pflanzen abgesehen. Der Friedhof ist wie ein Park. Hohe Nadel- und Laubgehölze haben in Kombination mit Rhododendren und anderen Pflanzen ein eigenwilliges Biotop entstehen lassen. Was hier zu Erde wird, düngt das Leben um sich herum. Die für immer schweigenden Menschen verbinden sich mit Gewächsen und flüstern im Wind. Heute jedoch nicht, denn es ist zu kalt. Selbst die Luft schweigt still.

Die Feuchtigkeit der Nacht hat Raureif um alles gelegt. Sie hat jeden Winkel auf Zweigen und Blättern erreicht und die Grabsteine gezuckert. Else sieht sich als Kind Holz aus dem Schuppen holen. Auch hier ist alles weiß gepudert. Der Abend naht. Das Feuer muss in Gang gehalten werden. Zurück in der warmen Küche kann sie gerade eben über den Tisch gucken, wo Mutter die Plätzchen mit Puderzucker bestäubt. So klein ist sie noch. Mutter lächelt. Vater ist noch nicht da. Agnes schürt mürrisch den Herd. Sie sagt kein Wort.

Mühsam schleppt sich Else weiter. Es strengt sie mehr an, als sie gedacht hat. Doch sie hat sich viel vorgenommen. Sie will sich verabschieden. Nicht von ihrer Mutter. Die trägt sie im Herzen, aber von Agnes, der schmerzlichen Schwester, von der sie so gerne geliebt worden wäre. Ihre Knochen sind sicher noch vorhanden. Ja, auch von Vater, der weit entfernt in Schlesien liegt, wo ihre Heimat war und von Heini, ihrem Mann, den sie vor ein paar Wochen zu Grabe tragen musste. Keiner ist mehr da, der lebt und sie kennt. Sie wird ihnen bald nachfolgen. Wie der Frost die Natur im Griff hält, beherrscht die Leukämie ihren Körper. Nur, dass es für sie nie wieder Frühling werden wird. Sie ist im ewigen Winter angekommen.

Das Grab von Agnes ist gut gepflegt. Sie hat es bei einem Gärtner in Auftrag gegeben. Für alles ist gesorgt. In ihrer Handtasche hat sie ein Kissen. Das legt sie auf die Bank am Grab der Schwester und setzt sich hin. Seitdem sie tot ist, hat sie mehr mit ihr gesprochen als zu Lebzeiten. Sie hat keinen eisigen Blick mehr zu befürchten. Das einzige Eis liegt auf den Blüten der Winterheide und auf dem Namenszug „Agnes Liebermann", gestorben vor fünfzehn Jahren. Sie hatte nie geheiratet. Bis vor Kurzem hat Else gedacht, dass es niemals einen Mann in Agnes' Leben gegeben haben kann, außer Vater. Er ist auch hier begraben. Wenigstens sein Bild in Ermangelung des Körpers, der längst verwest ist in Schlesien. Sie hat einen endgültigen Schlussstrich ziehen wollen. Unter alles. Sie will kein Bild aufbewahren von ihm. Mutter hat sehr unter ihm gelitten. Er ist streitsüchtig und ungerecht gewesen. Außer zu Agnes. Sie hat ihn fasziniert mit ihrer frostigen Art.

Die Kälte kriecht unter Elses Mantel. Sie zieht ihn fester um sich und sieht einem Kaninchen nach, das unbeschwert davonhoppelt. Die Gabe des Denkenkönnens ist auch ein Fluch. Sie hat in ihrem Leben zu viel nachgedacht. Es berührt sie noch heute manches zu sehr, ohne dass sie es will. Auch das mit Heini. Der Schmerz war immer noch da und das Gefühl der Ohnmacht. Bedingungslose Liebe macht alles aus den Menschen. Else weiß es noch wie heute. Das erste Treffen war an einem warmen Sommermorgen. Heini hat damals in derselben Firma gearbeitet. Sie begegnen sich oft. Anfangs ignoriert sie ihn, dann fühlt sie sich durch seine Aufmerksamkeit geschmeichelt. Davon hat sie in ihrem Leben zu wenig bekommen. Wärme und Zuneigung bleiben selten gefühlte, glückliche Momente. Nur von Mutter hat sie gelegentlich einen lieben Blick bekommen und manchmal einen Kuss auf die Stirn, aber sie ist zu früh gestorben.

Die Wärme jenes Sommermorgens könnte sie jetzt gut gebrauchen, denn der Winter greift nach ihr. Sie findet es faszinierend, dass die Vögel keine kalten Füße bekommen und sieht den Spatzen nach, die sich um ein Stück Brot streiten, das auf dem Weg liegt. Es muss gefroren sein, aber den spitzen Schnäbeln kann es keinen Widerstand leisten. Sie hätte sich widersetzen sollen, aber sie liebt ihn zu sehr, und die Veränderung geschieht nach und nach. Als sie sie bemerkt, kann sie nicht mehr ausbrechen. Er beherrscht sie. Sie ist in ihm aufgegangen und existiert selbst nicht länger, wie die Leichen in der Flora des Friedhofes.

Ja, das ist Liebe, denkt Else, wenn es bei beiden so ist, ist es gut. Wenn sich beide zu einem neuen Ganzen verbinden, wenn jeder für den anderen das Wichtigste ist. Aber Else hat irgendwann bitter erkennen müssen, dass Heini sich selbst am meisten liebt, falls es überhaupt etwas anderes gegeben hat, für das er jemals empfunden hat. Die Erkenntnis trifft sie seinerzeit hart in einem Augenblick größten Leids. Sie hat gerade das lang ersehnte Kind verloren. Es stirbt in ihrem Leib, als sie im achten Monat schwanger ist. Sie muss es normal gebären, ohne dass es selbst nach draußen zu dringen vermag.

Ein Mädchen wäre es geworden, sagt ihr die Hebamme, die das in Tücher gewickelte Bündel davonträgt, damit es entsorgt wird. Sie selbst hat ihre Tochter nie gesehen. Für Totgeburten hat es zu dieser Zeit kein Grab gegeben. In Gedanken sieht sie sich noch daliegen. Ihr Körper fühlt sich leer an. Man hat sie allein gelassen, aber die Einsamkeit ist auch in ihr. Sie weint unsichtbare Tränen für ihr namenloses Kind. Die sechzehn Stunden in den Wehen haben ihr jede Kraft geraubt. Sie fühlt sich wie tot, doch den letzten Dolchstoß gibt ihr Heini, der sie später das erste und einzige Mal im Geburtshaus besucht und ihr sagt, dass sie nicht einmal dazu fähig sei, ihm Nachwuchs zu schenken. Else wird nie wieder schwanger.

Fortan überwacht Heini ihren Zyklus und bringt ihr bei Eintritt jeder Blutung Verachtung entgegen. Else begreift, dass sie nichts wert ist. Irgendwann wendet er sich ganz ab und unterlässt seine brutalen Versuche, sie zu schwängern.

Doch die Erleichterung darüber geht mit dem Ende seiner Zuwendung einher. Heini wird zur Reinkarnation von Agnes. Else fügt sich in ihre Rolle und erträgt die stumme Ablehnung, auch wenn deren Eissplitter sich in ihr Herz bohren. Sie wird nie nachlässig in ihrer Fürsorge.

Splitter aus zerborstenen Eiszapfen liegen auch auf dem Grab, an dem Else sitzt. Ihre Grate verwischen in der aufsteigenden Wintersonne, die es schafft, die Oberflächen anzuschmelzen. Heini hat eine eigene kleine Platte bekommen. Gelassen sieht sie zu, wie sich kleine Pfützen um das H bilden und streckt ihre Füße den Strahlen entgegen. Es knackt in der Hüfte. Ein ähnliches Geräusch wie damals, als der Stein Vaters Kopf trifft und ihn draußen im Schnee an der Mauer zusammensacken lässt. Genau dort, wo er Agnes zu tief in die Augen geschaut hat und sein Kuss über die väterliche Zuneigung hinausging.

Sie wundert sich, dass sie solche Kraft hat mit ihren dreizehn Jahren, und dass es sie nicht reut, ihn leblos daliegen zu sehen. Er hat Mutter verraten, aber das will sie ihr niemals sagen. Sie hat längst genug unter ihm gelitten. Fast ist es schon dunkel. Den Stein hat sie fortgeschleudert. Leise geht sie ins Haus, fasst ihre Mutter an der Hand und führt sie hinaus. Im ersten Moment schreckt sie zusammen, dann streicht sie Else übers Haar, legt den Finger auf die Lippen und dreht Vater auf den Rücken, sodass es aussieht, als sei er mit dem Hinterkopf auf die Mauer gefallen. Dann nimmt sie ihr Kind mit ins Haus. Agnes bekommt nichts von all dem mit und wundert sich später, dass er nicht nach Hause kommt. Sie ist es auch, die ihn findet, als sie bei den Nachbarn nachfragen will. Ihr Schrei hat etwas Animalisches an sich. Sie wirft sich auf ihn, schüttelt ihn, doch das Leben hat ihn endgültig verlassen.

Ein Unglücksfall in jeder Hinsicht. Die Nachbarn und Freunde kondolieren am Grab. Sie wissen, dass die Familie nun verarmen wird, weil der Versorger gestorben ist. Mutter gelingt es noch einige Zeit, die Töchter und sich über Wasser zu halten. Dann wird sie krank. Eines Morgens liegt sie tot im Bett. Das erspart ihr die Flucht aus der Heimat. Die Mädchen schließen sich einem Flüchtlingstreck an.

Noch immer hat Else Probleme wegen der Erfrierungen an ihren Füßen. Sie kann sich heute Fellschuhe leisten. Mit ihnen malt sie einen Engel in den Schnee. Auf der Erde gibt es sie kaum, denkt sie bei sich. Auch sie selbst ist keiner. Vielleicht haben die Tiere einen besseren Charakter, weil sie nicht denken. Else kann nicht damit aufhören. Sie bleibt lange ruhig, bis ein besonderer Moment kommt, der das Fass zum Überlaufen bringt.

Bei Agnes war es die Bettpfanne. Zuerst glaubt Else noch, dass ihre Schwester den Urin nicht mehr kontrollieren kann. Sobald sie das Gefäß unter dem Gesäß hervorgezogen hatte, lässt Agnes einen dicken Strahl ins Bett gehen und sieht sie bedauernd an. Einmal jedoch vergisst sie es, sich zu verstellen und gibt mit triumphierendem Blick alles von sich, was sie aufgespart hat. Else zögert nicht. Sie ist stärker.

Als sie das Kissen vom Gesicht nimmt, staunt Agnes mit offenem Mund. Der Blick fror in der Sekunde ihres Sterbens ein.

Auch Else beginnt jetzt zu frieren, hier auf der Bank am Grab, obwohl die Sonne bereits kräftiger wird. Bald werden weitere Besucher auf dem Friedhof sein und die Idylle zerstören. Es liegt ein Frieden über den Wintergräbern. Sie fragt sich, wie viele hier wohl freiwillig liegen. Aber tut man das jemals? Wen interessiert es denn, ob sie selbst dem Blutkrebs zum Opfer fallen will? Wer fragt die Unfalltoten? Menschen kommen und gehen. Manche bleiben namenlos, manche ungeliebt.

Wie sie von Heini. Es hätte eine gute Ehe werden können, wenn er nur ein bisschen Gefühl aufgebracht hätte. Ihre Liebe hat trotz allem lange überlebt. Zuletzt bleibt keine Hoffnung mehr. Sie ist gefangen in sich selbst. Die Demütigungen und Erniedrigungen hatten der Liebe letztes Licht ausgeblasen, und da sie die Insulinspritzen für Heini fertigmachte, gelang es ihr, auch seines zu löschen. Er bemerkte es nicht einmal.

Sie hört ihn noch, wie er nach ihr ruft. Wie immer ist sie zur Stelle. Hält ihm die Hand, bis das Zittern beginnt und schließlich der Kreislauf versagt. Dann wartet sie noch eine Weile, bis sie den Hausarzt ruft. Heini ist nicht mehr zu retten. Sie lässt ihn einäschern und zu ihrer Schwester legen.

Ihr ist kalt, aber sie wartet. Inzwischen hat es begonnen zu schneien. Schnee ist etwas Wunderbares. Er deckt alles Grauen, jeden Dreck zu. Ja, selbst das Widerwärtigste versteckt er unter sich.

Aber er schmilzt, wie das Leben vergeht er einfach irgendwann. Dann kommt wieder zum Vorschein, was verborgen bleiben sollte.

Es hat einige Zeit gedauert, bis sie die junge Frau ausfindig machen konnte. Der Schreck fährt ihr tief bis in die Glieder, als sie sie zum ersten Mal sieht. Sie gleicht Mutter bis aufs Haar. Das ist ein wenig dunkler. Die Sehnsucht, sich dieser Frau in die Arme zu werfen, kann sie kaum bändigen. Sie ist wieder klein, voller Erinnerungen. Doch sie bleibt standhaft und geht an ihr vorbei. Sie spricht sie nicht an. Es hätte ihre Tochter sein sollen.

Als sie Heini in einer Urne zu Agnes sinken ließ, war es nicht das erste Mal, dass dieser bei ihr lag. Ihre

Schwester hatte die Schwangerschaft geheim gehalten und das Kind zur Adoption freigegeben. Else lastet es ihr als letzten Akt der Bosheit an, dass sie die Briefe und Unterlagen nicht vernichtet hat. Sie rächte sich aus dem Grab mit dem Wissen, das Else nicht haben wollte.

Die Flocken fallen jetzt dichter. Else spürt ihren Körper längst nicht mehr. Auch die Fellstiefel und der Nerz können die Kälte auf Dauer nicht bändigen. Lange hat sie überlegt, die junge Frau einzuweihen. Ihr zu erzählen, wer ihre Eltern sind. Doch was konnte das bringen. Sie hatte nichts Gutes zu berichten. Manchmal war es besser, wenn man etwas nicht wusste. Was soll sie ihr auch sagen? Hier liegen deine Eltern. Sie haben mich ein Leben lang gedemütigt und betrogen, bis ich sie umgebracht habe.

Else hat sich anders entschieden.

Niemand begleitet die wasserlösliche Urne zum Meer. Auch als sie versinkt, sieht ihr niemand zu. Von Else bleibt nichts übrig. Wie ihr Kind hat sie kein Grab. Kein Name steht auf einen Stein geschrieben und ist für die Nachwelt lesbar.

Schon wenige Tage nach ihrem Besuch auf dem Friedhof ist sie gestorben. Leukämie und Kälte vertragen sich nicht.

Als die junge Frau den Umschlag öffnet, den ihr ein Bote überbracht hat, muss sie sich setzen. Das kann nur ein Missverständnis sein. So viel Geld hat sie noch nie gesehen. Sie wendet den Umschlag hin und her und findet keinen Absender, auch innen nicht, nur die Scheine. Der Bote ist längst weg, wie Elses Asche.

## Der Duft des Blutes

Es war eine Kunst. Töten, ohne verwendbare Spuren zu hinterlassen - nicht auf den Körpern, nicht in der Wohnung - nirgendwo, so, als ob es ihn gar nicht gab.

Sein erstes Opfer fing er sich mit einem Draht, der über einen Feldweg gespannt war, fein und unsichtbar, aber unglaublich reißfest, genau in Halshöhe. Gabi ahnte nichts, als sie den steilen Berg am Nordharrl hinabfuhr, bis sie jäh von einem unglaublichen, letzten Schmerz gebremst wurde. Den Aufprall auf den Boden fühlte sie kaum noch, weil sie sich über die Kälte des Sommertags wunderte und sich fragte, warum ihre Hände so nass wurden, als sie nach dem Schmerz griff. Das Rote konnte sie schon nicht mehr sehen, denn die Farben verschwammen bereits vor ihren Augen, noch bevor das Pulsieren aus beiden Arterien nachließ.

Markus genoss das Schauspiel aus der Ferne. Es spritzte so schön symmetrisch aus den Wunden. Ein vollendetes Ritardando bis zum Schlussakkord. Danach verschwand er, wie er gekommen war - unsichtbar - in schwarzem Neopren und auf Stelzen.

Wie erwartet fand die Spurensicherung nicht einmal Schuhabdrücke oder DNA-Spuren am Seil. Das verblüffende Vorhandensein des Nichts gab den Beamten ein Rätsel auf.

Die nächsten beiden Opfer fuhren auf der Umgehungsstraße von Minden in Richtung Bückeburg durch die Nacht. Es regnete stark. Die Sicht war schlecht. Aber auch sonst hätten sie das dicke Drahtseil nicht bemerkt, das auf der Fahrbahn lag. Die Autofahrer zuvor hatten gedacht, sie hätten ein kleines Tier überfahren. Doch dieses vermeintliche Tier hatte keine Beine. Am ehesten glich es einer Schlange, die zunächst regungslos in den Pfützen auf dem Asphalt gelegen hatte. Anfang und Ende hatte sie um die Brückenpfeiler geschlungen. Dann jedoch – es war, als erwache sie zum Leben – wurde sie von einer Seilwinde hochgezogen und gespannt. Genau in dem Moment, als Franz Meier und sein Sohn kurz vor der Brücke waren. Selbst wenn sie die Bedrohung gesehen hätten, hätten sie nicht mehr ausweichen können. Es ging alles ganz schnell. Es ging sogar so schnell, dass beide nicht einmal merkten, was sie aufhielt, denn das Seil rasierte das Faltdach des 3er Cabrios einfach ab und mit ihm die Köpfe von Fahrer und Beifahrer, sodass sich ihr Blut in den Nachtregen mischte.

Markus konnte das Blut im diffusen Nachtlicht kaum erkennen. Es war in der Feuchtigkeit aufgegangen. Aber er konnte es riechen. Süß, wunderbar süß kroch es in seine Nase, die köstliche Note mit einem Hauch metallischen Aromas geschwängert. Markus stand auf der Brücke und inhalierte den Rausch des Duftes. Er verlor sich ganz darin und hielt sich mit geschlossenen Augen am Geländer fest. Dann ging er nach einem letzten Blick auf das Stillleben davon. Ein Auto nahte von Ferne.

Kommissar Herbert Kuhlmann, der später an den Tatort gerufen wurde, hatte ein komisches Gefühl. Es begleitete ihn immer, sein Bauchgefühl. Er konnte fast behaupten, dass er ebenso viele Fälle mit dem Bauch wie mit dem Kopf gelöst hatte. Vielleicht ließ sich beides gar nicht trennen. Hier an der Brücke hatte er das Gefühl von der Anwesenheit des Bösen. Es lag fast greifbar in der Luft.

Das daumendicke Drahtseil war durch die Wucht des Aufpralls zunächst gelängt und dann zerrissen worden. An den Enden hatte es sich aufgefasert. Vielleicht ließ sich durch Herkunft und Beschaffungsweg eine Spur zum Täter finden, dachte Kuhlmann. Aber irgendetwas störte ihn noch, irgendwas, was ihm gerade nicht einfiel. Er wusste nur, dass es etwas Wichtiges war.

Markus konnte nach einem gelungenen Akt immer einige Zeit ohne Blutschauspiel auskommen. Es stellte sich eine Art Zufriedenheit ein, eine innere Ruhe. Ein wohliges Wannenbad der Erinnerung. Doch irgendwann wurde das Wasser kalt. Dann war er wie getrieben. Das Denken begann und mit ihm die Suche nach dem nächsten Opfer. Als Physiker und Perfektionist nahm dies die meiste Zeit der Planung ein. Der Mord an sich war nur der Schlusspunkt. Der Höhepunkt. Aber die Lust begann mit dem Planen des Tötens, mit dem Sichausmalen der Situation der Sterbenden.

Seit Langem hatte er die Vision von einem Opfer, das durch seinen Draht in den Tod sprang. Die Wirkung, wenn der Fallende auf das Seil traf, hatte er von verschiedenen Seiten bedacht. Das Körperteil war unter anderem entscheidend, mit der er auf dem Hindernis aufkam. Markus konnte nicht im Vorhinein berechnen, wie ein Mensch sprang. Es sei denn, es bliebe nicht viel

Spielraum am Punkt des Absprungs. Nun hatte es wenig Sinn auf einen Selbstmörder zu warten. Überdies hätte es Markus wenig Freude bereitet, einem Willigen nachzuhelfen. Ihn faszinierten nur die Erstaunten, die ungläubig Blickenden, wenn sie realisierten, dass sie gleich sterben mussten.

Irgendwann war er auf die Idee gekommen, dass der Sprungturm im Bergbad die Erlösung für seine Sehnsucht war. Tagelang hatte er die Springenden beobachtet und sich Notizen gemacht zum Gewicht, zur Flugbahn und den möglichen Aufprallwinkeln. Er kam zu dem Schluss, dass das Drahtseil am besten nur einen Hauch über der Wasseroberfläche liegen dürfe. So sah man es auch nicht, vor allem nachts nicht, wenn heimliche Schwimmer und Springer durch ein Loch im Zaun eingedrungen waren, um nackt das Wasser zu genießen. Eine starke Angelschnur hatte er direkt an der Sprungplattform in zehn Metern Höhe angebracht. Sie war in Knöchelhöhe von Seite zu Seite gespannt und verhinderte einen senkrechten Absprung.

Markus hatte alles gut bedacht. Nun konnte er nur noch warten. Er hatte auf seinen Stelzen mit Leichtigkeit den Zaun überquert und stand jetzt dicht an einen Baum gelehnt bei der Tribüne. Dort konnte er alles sehen ohne gesehen zu werden, denn der dunkle Stamm und die überhängenden Blätter verbargen ihn gut. Markus konnte gut warten, die meisten Dinge spielten sich in seinem Kopf ab. Darum war ihm nie langweilig. Er schaute in den Mond. Der hing voll am wolkenlosen Himmel und ermöglichte ihm eine gute Sicht. Markus dachte, dass er sein Verbündeter war und dass er ihn liebte.

Menschen liebte er nur in den kurzen Momenten ihres Todes. Lebend waren sie ihm unheimlich, wie damals seine Mutter. Vielleicht wäre er Eremit geworden, aber er brauchte Menschen, um sie sterben zu sehen. Mit dem Blut, mit dem hervorquellenden, üppigen Blut kehrte die Ruhe ein, die er brauchte. Er wollte es nur sehen und riechen, nicht fühlen, nicht wieder Blut an den Füßen oder am Körper haben. Es klebte so, wenn es gerann.

Am Zaun oben raschelte es. Sie kamen. Es waren zwei Männer und eine Frau, die sich am Beckenrand auszogen. Am liebsten wäre es ihm gewesen, wenn die Frau gesprungen wäre. Frauenblut roch anders als das von Männern – weicher, würziger und voller. Heute war das nicht wichtig, denn das Chlorwasser verfälschte den Duft ohnehin.

Es machte Markus Spaß zu sehen, wie die Männer um die Frau buhlten und sich wie eitle Gockel benahmen. Dadurch stieg für ihn die Chance, dass einer springen würde.

Der Mond hatte sich in Position gedreht und beleuchtete das Geschehen wie ein Bühnenscheinwerfer, als der Blonde den Sprungturm hinaufstieg und dem Dunkelhaarigen zurief, er sei ein Feigling. Der lachte und schwang sich aus dem Wasser. Auf Höhe des Fünf-Meter-Brettes hatte er ihn eingeholt und zeigte nach oben. Der Blonde zögerte auf siebeneinhalb Metern, doch sein Kumpel überholte ihn und er folgte. Gemeinsam standen sie auf der Zehn-Meter-Plattform und jeder fand, dass das Becken so aussah, als würde man es von oben niemals treffen können. Aber sie waren Männer und kneifen galt nicht.

„Bei drei?“, fragte der Dunkelhaarige, woraufhin der andere nickte und beide Anlauf nahmen, um nicht an der Kante stehen zu müssen. Uli wollte einen Köpper machen, weil er dachte, dass Jens, der Schisser, sowieso nur gerade springen würde. Doch dazu kam es nicht. Er stolperte plötzlich und wunderte sich warum. Sein Fuß tat weh. Er versuchte, seine ungelenke Flugbahn zu korrigieren. Jens schrie. Er war mit kurzer Zeitverzögerung ebenfalls hängen geblieben und raste nun völlig unkontrolliert auf das Wasser zu. Ein Glück für ihn, denn Uli war schneller. Das Drahtseil, das ihn ein wenig seitlich und schräg köpfte, wurde dadurch unter Wasser gezogen, sodass sich Jens nur einen Bauchschnitt zuzog, der ihn vor Schmerz bewusstlos werden ließ.

Bianca starrte aufs Wasser. Wo waren die beiden? Kein Plantschen, kein Auftauchen, kein Lebenszeichen - nur etwas, dass sich im Wasser ausbreitete - dunkel, ungesund und endgültig. Sie schrie und kreischte, floh aus dem Wasser und rannte nackt davon. Am Zaun verletzte sie sich. Sie schrie immer noch, als sie von einem nächtlichen Spaziergänger mit Hund angesprochen wurde, der sie festhielt und mit seinem Handy den Notruf wählte.

Markus atmete auf. Es war Stille. Im Mondlicht verdünnte sich das Blut im Sprungbecken allmählich. Wie Tinte, die ins Wasser getropft war. Es war seine Tinte. So schrieb er seine Signatur.

Kommissar Herbert Kuhlmann spürte eine leichte Übelkeit im Scheinwerferlicht. Er hatte schon viel gesehen, aber dieser Kopf, der noch an einem kleinen Stück Muskel und Haut festhing und mit dem Schwappen des Wassers mitwippte, hatte aufgrund seines unnatürlichen Winkels zum Körper etwas Befremdliches. Auch die Hautfarbe hatte durch das Ausbluten ein schwammiges Grau angenommen. Jens sah etwas besser aus, der Bauchschnitt und die geplatzten Äderchen um die Augen gaben ihm etwas Farbe in sein erstauntes Gesicht. Er war gerade noch rechtzeitig aufgewacht, um zu bemerken, dass er ertrank. Nur ein kurzer Schreckmoment war es noch gewesen, denn da hatte er bereits Wasser in der Lunge und die Orientierung verloren. Der Mond spiegelte sich diffus im Edelstahlbecken. Er war keine Konkurrenz für das künstliche Licht, in dessen Kegel sich das schmutzige Braun langsam verlor. Das Wasser befand sich in ständigem Austausch.

Der in die Jahre gekommene Kommissar fühlte, dass er auch bald ausgetauscht werden sollte. Er war zu alt für solche Bilder. Sein spritziger Kollege, den er auf den Sprungturm gejagt hatte, hatte ihm von dem durchsichtigen Seil berichtet, das dort gespannt war. Selbst im Licht der Taschenlampe sei es ihm kaum aufgefallen, aber als er die Lampe ausgeknipst hatte, war es mit dem Boden der Sprungplattform verschwommen. Die Männer hatten es nicht gesehen.

Kuhlmann schüttelte den Kopf und ging zu der jungen Frau, die mittlerweile auf einer Bank am Beckenrand saß. Man hatte ihr eine Decke gegeben, doch auch darunter zitterte sie noch und weinte leise vor sich hin. Seine Worte erreichten sie nicht. Er würde es später versuchen müssen und beschloss, sich auch noch ein bisschen hinzulegen und der KTU das Feld zu überlassen, selbst wenn an Schlaf nicht zu denken war.

Markus war längst nach Hause gegangen, hatte den Neoprenanzug samt Stelzen gut versteckt. Genüsslich streckte er sich in seinem Bett aus und genoss das Spektakel des Blutes in seiner Erinnerung, bis er einschlief. Als die Sonne ihn mit dem neuen Tag weckte, spürte er, dass ihm etwas fehlte. Trotz des gelungenen Aktes fühlte er eine Leere in sich und überlegte, warum das so war. Die Erkenntnis kam ihm beim Rasieren, als er sich mit der Klinge direkt unter der Nase schnitt. Es war der Duft des Blutes, den er vermisst und der ihn für einige Zeit satt gemacht hatte. Sein eigenes jedoch befriedigte ihn nicht.

Kommissar Kuhlmann indessen blieb ratlos. Seine Kollegen von der Kriminaltechnischen Untersuchung konnten weder Fingerabdrücke noch Fußspuren finden, lediglich seltsame quadratische Löcher, die in die Erde gestanzt zu sein schienen. Über deren Bedeutung grübelte Kuhlmann beim dritten Kaffee immer noch. Auch die Befragung der jungen Frau hatte ihn nicht weitergebracht. Sie hatte weder etwas gesehen noch gehört. Nach dem Herumalbern und Kreischen auf dem Sprungturm seien die beiden einfach etwas ungelenk in Richtung Wasser gefallen und nicht mehr aufgetaucht. Zuerst hatte sie geglaubt, sie sollte hereingelegt werden, doch dann sei ihr die komische, dunkle Wolke im Wasser aufgefallen.

Auf die Frage hin, warum sie denn nicht versucht habe, nach den Männern zu tauchen oder anderweitig zu helfen, sah sie ihn mit der Ausdruckslosigkeit eines Wiederkäuers an und schüttelte den Kopf.

Kuhlmann gab es auf. Aus ihr würde er nichts Verwertbares herausbekommen. Er fühlte eine innere Unruhe. Irgendjemand trieb da ein brutales Spiel mit Drahtseilen, der nicht zu greifen war, weil er nicht zu existieren schien. Die Art des Tötens war die einzige

Übereinstimmung. Es war auch kein Zusammenhang zwischen den Opfern herzustellen. Kuhlmann tappte in einem Dunkel, vor dessen Schwärze ihm graute. Außer der Brutalität und dem fragwürdigen Genuss daran, konnte er kein Motiv erkennen.

Dieselbe Unruhe war in Markus, jedoch aus anderem Grund. Ihm mangelte es an Befriedigung. Während also der eine darüber nachdachte, wie er dies Grauen, das nun schon sein fünftes Opfer gefunden hatte, beenden konnte, überlegte der andere, wie er seinen Genuss noch zu steigern vermochte. Da ihn Frauenblut am meisten in Ekstase versetzte, wollte er sich einen besonderen Plan ausdenken.

Einige Tage lang fiel ihm nichts ein, dann kam es ihm eines Nachts wie ein Geistesblitz. Plötzlich wusste er, was er zu tun hatte. Die junge Frau war ihm wieder eingefallen, die mit ihrem Pferd täglich die Schranke in der Kornmasch überquerte. Die Stelle lag schön abgelegen in der Feldmark. An jedem Abend hörte er die Hufe an seinem Fenster vorbeiklappern, wenn sie in Richtung der Gleise ritt. Jetzt beobachtete er sie genauer. Es schien so, als entwickele sie zunehmend einen sportlichen Ehrgeiz, die Schranke immer noch genau vor dem 18:15-Uhr-Zug zu passieren. Er musste also nur planen und warten. Warten, bis sich der Sommer dem Ende zuneigte, bis die Abende früher kamen und schon Dämmerung auf dem Bahnübergang lag.

Es war der 5. Oktober, der ihm den ersehnten Zustand brachte. Die Sonne würde kurz nach halb sieben untergehen, und heute hatte sich außerdem dichter Nebel auf die Felder gesenkt. Dies gab ihm die Möglichkeit, sein Drahtseil ungesehen an der äußeren Schranke zu befestigen. Seine Stelzen hatte er zu Hause gelassen. Er war nur in seinen schwarzen Neoprenanzug gestiegen. Als kleinen Spaß für den Kommissar, der ihn verfolgte, hatte er sich Taucherflossen besorgt, deren vorderen Bereich er abgeschnitten hatte. Es würde so aussehen, als sei ein Frosch unterwegs gewesen. Er grinste.

Gegen 18 Uhr ging er im Dickicht in Stellung. Das Pferd würde das metallene Seil auf den Gleisen nicht als störend empfinden, wenigstens nicht, bis er es spannte. Die Zeit zog sich in die Länge. Um zehn nach sechs hatte er die Befürchtung, dass sie heute nicht kommen würde. Er lauerte im Halbdunkel, die Anspannung stieg. Da hörte er das Klappern der Hufe. Sie war spät dran. Er hoffte, dass sie es noch rechtzeitig schaffen würde, bevor sich die Schranke senkte. Das würde um dreizehn nach der Fall sein. Jetzt konnte er sie sehen. Wie immer trug dieses unvernünftige Ding keinen Helm. Er grinste. Ihm kam das gelegen. Das Warnsignal blinkte bereits, jedoch eine Minute zu früh, als das Pferd den Huf auf die Gleise setzte. Er sprang aus dem Gebüsch, zog das Seil über eine Umlenkrolle stramm und ließ es mittels Ratsche einrasten. In dem Moment, als das Pferd scheute, seine Reiterin abwarf und davonrannte, war er bereits auf den Schienen. Wie geplant, war sie durch den Sturz benommen. Er konnte sie mit Leichtigkeit auf das Gleis zerren, auf dem der Zug aus Minden jeden Moment kommen musste. Er hörte schon das Surren und spürte die Vibration.

Zärtlich legte er ihre Knie auf die Metallkante der Schiene und die Füße ins Gleisbett.

Das Blut würde wunderbar aus den Beinarterien sprudeln. Er trat einen Schritt zurück, um sein Werk zu betrachten. Die Räder des Zugs würden es vervollkommnen.

Wiebke erwachte durch das schreckliche Kreischen der Bremsen, die sich ins Metall gruben. Aus einem inneren Instinkt heraus robbte sie davon und wurde so nur vom Luftzug des durchfahrenden ICEs gestreift, der nach Berlin unterwegs war. Von Ferne hörte sie Martinshörner unterschiedlicher Klangfarben. In Sekundenbruchteilen erinnerte sie sich. Sie weinte. Das Bremsen des Zugs, der aus Hannover gekommen war, konnte nur eines bedeuten. Ihr Pferd war von der Bahn erfasst worden und zu Tode gekommen. Sie war schuld. Warum musste sie auch so knapp die Schranke passieren.

Das Signal blinkte schon, aber normalerweise kam sie immer noch gut durch. Diesmal aber hatte sich Hektor vor irgendetwas erschrocken und war gestiegen. Sie hatte nichts bemerkt.

Inzwischen waren Streifen- und Krankenwagen sowie Feuerwehr vor Ort. Männer in Uniform zogen sie hinter die Absperrung und gaben ihr eine Decke. Dann hörte sie ein bekanntes Klappern. Jemand führte Hektor am Zügel. Er lebte. Das war wie Weihnachten und Geburtstag zugleich für Wiebke.

Kommissar Kuhlmann schüttelte den Kopf. Die Beamten hatten ihn angerufen, nachdem sie das Drahtseil entdeckt hatten, das parallel zur Schranke gespannt worden war. Es passte nicht zu dem merkwürdigen Selbstmörder, dessen Einzelteile sie entlang des Gleisbettes eingesammelt hatten. Ein Unterschenkel, dessen Fuß in einer Flosse steckte, hatte wie das Bein eines schwarzen Frosches ausgesehen. Irgendwo hatten sie auch eine Gasmaske gefunden. In ihr hing noch der Unterkiefer im bärtigen Kinn und war unversehrt.

Wenigstens etwas, dachte Kuhlmann und fühlte sich alt.

Doch die Befragung der jungen Frau brachte ihn auf die richtige Spur. Ihre Erinnerung und das, was die KTU ermittelt hatte, gaben ihm die Chance, den möglichen Tathergang zu rekonstruieren. Eine Frage jedoch blieb. Warum war der Mann so unvorsichtig gewesen und hatte sich überfahren lassen? An Selbstmord glaubte Kuhlmann nicht einen Moment. Wer einen Mord plant und zusehen will, bringt sich nicht um. Nicht in diesem Augenblick.

Die Aufklärung kam unverhofft, als sich Kuhlmann am nächsten Morgen über seinen Kollegen, diesen Jungspund, ärgerte, der wieder einmal zu spät zum Dienst kam.

„Zehn nach acht!", sagte er und tippte auf seine Armbanduhr. „Soll das so weitergehen?"

„Tut mir leid", antwortete er leicht beleidigt, „der Fahrplan hat sich geändert. Entweder bin ich eine Stunde zu früh hier oder zehn Minuten zu spät. Ich bleibe aber auch länger. Vielleicht hätte ich es mit Ihnen absprechen sollen."

„Ja, wäre besser gewesen", knurrte Kuhlmann. Dann hellten sich seine Gesichtszüge auf. Er lachte in sich hinein, weil er plötzlich eine Ahnung hatte. „Wann wurde der Fahrplan umgestellt?"

„Zum 5. Oktober!"

„Fein!", sagte Kuhlmann und klappte die Akte zu. Er war zufrieden.

# Der Totschläfer

Martin liebte Orgasmen. Nicht nur seinen, er nahm ihn nicht wichtig, sondern besonders den der Damen, die er beglückte. Er selbst explodierte nur bei besonderer Lust. Wenn eine Frau im Kommen schrie, dann entlud sich seine Spannung abrupt. Meist über deren Körper, denn das war, als besiegelte er den Akt. Sie sahen aus, als ob sie starben, verdrehten die Augen wie im Todeskrampf. Ihr Schreien war wie ein Schwall letzter Laute im Moment eines unwirklichen Ablebens. Ihr Tod war nur kurz. Sie erholten sich allzu schnell. Manche zeigten sogar den entspannten Ausdruck fast leichenähnlicher Züge. Die liebte er besonders. Alle anderen sonderte er nach und nach aus. Er musste viele Frauen beschlafen, um eine Auswahl zusammenzustellen, mit der er eine Woche ohne Langeweile auskommen konnte. Da war Monika, sie starb immer mit kurzen, nadelspitzen Schreien. Sabine focht einen langen Todeskrampf mit brünstiger Stimme. Bei ihr war er wie von Sinnen. Nach ihr hatte er tagelang Ruhe, bevor er seiner Sucht wieder nachgeben musste. Sein Treiben allerdings war heimlich. Er ließ die Hotelzimmer von den Damen buchen und kam erst nachts zu ihnen. Inkognito, versteht sich. Er war bekannt.

Martin hatte eine besondere Affinität zum Tod. Er war sein Beruf. Als Pathologe hatte er den kalten Körper so mancher Frau seziert. Sie so warm in seiner Nähe vollkommen nackt zwischen den Welten zu sehen, war faszinierend für ihn. Ohnehin lag ihm der Augenblick des Dahinscheidens mehr, als sein Resultat. Darum forschte er in den Leichen nach dessen Ursprung und Grund. Das war seine Triebfeder. Eigentlich war es Sabines Schuld, dass er sich neu orientieren musste. An einem lauen Abend stieß er sie laut und tief dem Höhepunkt entgegen. Sie wurde langsam heiser in ihrem animalischen Treiben, rieb sich selbst, während er ihre Warzen knetete und bäumte sich zuletzt in der Anstrengung der Lustentladung auf. Danach sackte sie wie gewohnt zusammen und blieb entspannt liegen. Martin lag in den letzten Zügen seiner eigenen Verrichtung und genoss die Eruption auf das leblose, warme Fleisch. Erst als er sich neben sie fallen ließ, merkte er, dass mit der Körperspannung etwas nicht stimmte. Sabine lag ohne Muskeltonus im zerknüllten Bett. Sie würde nicht wieder aufwachen. Martin blieb ruhig. Er untersuchte ihren Körper. Es waren bereits Minuten vergangen. Da war nichts mehr zu machen. Langsam zog er sich an. Konnte nicht fassen, dass Sabine ihren eigenen Höhepunkt nicht überlebt hatte. Schade, es war gut gewesen mit ihr. Schade auch, dass er nie genau wissen würde, was ihren Exitus verursacht hatte. Er würde für Ersatz sorgen müssen. Doch zuerst einmal musste er verschwinden, ohne dass ihn jemand sah. Ihr war sowieso nicht mehr zu helfen. Sie war nur noch vergehendes Fleisch. Die Putzfrau würde sie am Morgen finden.

Martin verließ das Hotel durch die Parkgarage und stieg in sein 3er Cabrio, das in einer der Seitenstraßen geparkt war. Er fühlte sich leer. Nächsten Donnerstag würde es keine Sabine geben. Moni und Ruth konnten nicht das sein, was sie für ihn gewesen war. In der Nacht schlief er schlecht. Nicht aus Gewissensgründen. Er hatte sich nicht anders verhalten als sonst. Sie war einfach gestorben und er hätte gerne gewusst, woran. Missmutig fuhr er am nächsten Morgen in die Klinik. Am liebsten hätte er sich krank gemeldet. Aber es war zu viel zu tun. Ein ersoffener Alkoholiker (eine süffisante Ironie des Schicksals) und eine ausgeblutete Nutte mit stümperhaft beigebrachten Armschnitten lagen noch im Kühlregal. Auf den stinkenden Säufer hatte er schon gar keine Lust. Er würde sich erst die Hure vornehmen. Ein ziemlich klarer Fall von Suizid. Reine Routine. Er hatte eben den Brustkorb eröffnet, als Sabine an ihm vorbeigeschoben wurde. Auch das noch! Sie würde für ihn auf Nummer sieben frisch gehalten, erklärten ihm die Pfleger. Unklare Todesursache. Bestimmt ein Lustmord bei dem Aussehen, schmunzelte einer und wünschte ihm viel Spaß. Gut, dass kein Fremder mitbekam, welcher Ton hier unten von Zeit zu Zeit herrschte. Man konnte sich eben den Tod und seine Erscheinungsformen nicht so zu Herzen gehen lassen. Hier stumpfte man ab. Die meisten wenigstens. Martin aber schätzte das spektakuläre Finale mancher Menschen. Ihn faszinierte auch die Raffinesse, die intelligente Mörder an den Tag legen konnten. Manchmal bewunderte er sie. Jetzt fühlte er sich fast wie einer. Dabei hatte er Sabine nur vögeln wollen. Immerhin würde er bald wissen, wieso sie plötzlich den Abgang gemacht hatte. Irgendein organisches, vielleicht unerkanntes Problem musste es gewesen sein.

Martin nähte die Hure wieder zu. Kein gebrochenes Zungenbein, keine Schädelfrakturen. Nur ausgeleierte Genitalien und zerschnittene Arme über zerrupften Pulsadern. Sie musste ganz schön tapfer gewesen sein... Nachdem er sich durch die geteerten Lungenflügel und eine Säuferleber, aus der man hätte zwei machen können, gewühlt hatte, machte er erst einmal

Mittagspause. In der Kantine gab es Kalbsnierenbraten. Er hoffte, dass die Innereien wirklich immer von Tieren abstammten. Mit der soliden Grundlage im Magen verschwand auch seine schlechte Laune. Ein bisschen freute er sich darauf, Sabine noch einmal zu berühren, auch wenn sie kalt war. Er zog Nummer sieben auf und bettete Sabine auf ihre letzte spektakuläre Liegefläche. Bald würde er wissen, warum sie ihn auf dem Höhepunkt verlassen hatte. Er tippte auf einen Zusammenbruch des Herz-Kreislauf-Systems. Nur wodurch? Die Klappen waren in Ordnung, feine, funktionierende Membrane. Eher durch Zufall fand er die drei Zentimeter lange Stenose der Halsschlagader. Ein abnorm verengtes Gefäß an der linken Halsseite. Exitus durch Unterversorgung. Damit war alles klar. Der exzessive Sex hatte sie um die Ecke gebracht. Aber darin war sie gut gewesen. Braves Mädchen. Er konnte sich keinen schöneren Tod vorstellen. Beim Zunähen gab er sich besondere Mühe. Das war er ihr schuldig. Ein letztes Mal streichelte er ihren Körper, der ihn immer noch reizte. Wenn sie nicht so kalt gewesen wäre, hätte er sie gerne in memoriam post mortem beschlafen. Sozusagen als Hommage an die schöne Zeit. Doch so schob er sie gut restauriert wieder auf Nummer sieben, diktierte seine Tagesprotokolle und fuhr nach Hause. Sein Zuhause war wie der Seziersaal. Alles weiß, schwarz, Glas und Metall - kalt, wie die Leichen. Er brauchte diese klare Atmosphäre in seinen Wachstunden. Da konnte er sich besser konzentrieren. In den Nächten bevorzugte er das warm-kitschige Umfeld mancher Hotels. Seine Damen wussten das. Als Moni ihn am Montag in rosa Seidenkissen empfing, konnte er dennoch nicht richtig in Stimmung kommen. Dabei lag sie hübsch drapiert in Dessous vor ihm.

Komplett rasiert, so, wie er es liebte. Mehr aus Pflichtgefühl befriedigte er sie und fand keinen Gefallen an Monis Klangkulisse. Er dachte an Sabine. Ihr letzter Schrei war einzigartig gewesen. War es ein Todesschrei im Höhepunkt oder ein Schrei aus Lust knapp vor dem Exitus gewesen? Konnte man beides überhaupt trennen? Martin war neugierig. Er besaß Forscherdrang. Wie, wenn es gelänge, einen solchen Moment aktiv herbeizuführen... Noch in der Nacht fuhr er in die Klinik zurück. In der Kardiologie kannte man ihn gut. Die Rechner dort standen ihm Tag und Nacht zur Verfügung. Schon oft hatte er hier recherchiert. Bei manchen Fällen konnte er auf die hier archivierten Patientendaten zurückgreifen. Jetzt suchte er schwer herzkranke Frauen im passenden Alter. Die Übersicht bot ihm sieben interessante Fälle. Er ließ sich eine Liste mit Namen und Adressen ausdrucken.

Vera schien ihm das beste Opfer zu sein. Sie hatte einen Mitralklappenfehler. Die anderen legte er auf Eis.

Es hatte einiger Recherche und Listigkeit bedurft, bis Vera für ihn in einem Hotelzimmer bereitlag. Sie hatte sich in ihn verliebt und er wollte sie in dem Glauben lassen, dass er genauso fühlte. Frauen waren komisch und mutig zugleich, verloren ihr Herz an Unbekannt – im wahrsten Sinne des Wortes ... Martin war gerührt. Er wollte, dass Vera das Liebesspiel genoss wie kein anderes. Küsste die Lider, den Mund, leckte die Halsseiten über der Aorta. Warm pochte das unregelmäßige Leben in ihr. Ja, sie war sehr krank. Er fühlte es mit der Zunge. Sie musste sich der Gefahr bewusst sein. Er würde ihren Zustand in der Erregung hier gut kontrollieren können. Als sie ihm zuflüsterte, dass sie wenig Erfahrung hätte, wusste er das längst. Aber sie ließ sich auf alles ein. Er führte ihre Hand und zeigte ihr, wie sie ihn berühren sollte. Doch er wäre auch so erregt gewesen. Seine Lust war auf etwas ganz anderes gerichtet. Ihr Puls steigerte sich zusehends, als er sie mit der Zunge feuchter leckte. Nach und nach fühlte er sie von innen mit immer mehr Fingern. Er wollte sie gut vorbereiten. Als er sie mit sich selbst füllte, war es Zeit, den Puls zu kontrollieren. Ihr Getriebe lief bereits unrund. Sie keuchte. Doch die Erregung hatte sie fest im Griff. Sie wollte nicht, dass er aufhörte. Presste ihn an sich, rieb sich an ihm. Er wusste nicht, ob sie vor Lust oder Belastung stöhnte. Martin glitt tiefer. Schob seinen Kopf zwischen ihre Beine. Weiter, immer weiter verlangte sie nach Berührung mit Zunge und Lippen. Seine Hände wanderten zwischen Brüsten und Halsschlagader hin und her, als sie begann nach Luft zu schnappen. Die Schreie blieben ihr in der Kehle stecken. Nur nicht aufhören, dachte er, und saugte sich an ihr fest. Seine Zunge spielte gerade um ihr Lustzentrum, als der einzig wahre und unglaubliche Schrei ihrem scheidenden Leben entwich. Und Martin kam. Er kam mit einer nie gekannten Intensität und entlud sich zu Veras Füßen.

Das war es. Der kleine Tod kombiniert mit dem tatsächlichen. Einer war der Katalysator des anderen. Diesmal hatte er genau darauf geachtet. Beide beeinflussten sich. Die Lust steigerte sich im finalen Moment auch für den Schwindenden ins Unermessliche. So war es gut, abzutreten. Wegen Mordverdacht wurde niemand gesucht. Es gab keine äußerlichen Anwendungen von Gewalt. Das Opfer war schwer krank gewesen. Der Pathologe, dem Vera auf den Tisch kam, diagnostizierte Herztod in Folge von Überanstrengung, aufgrund der Mitralklappeninsuffizienz. Das gefundene Sperma wurde somit überflüssig. Es war nicht wichtig. Die Tote hatte eben noch vor ihrem Ableben Sex gehabt. Warum nicht? Der Liebhaber hatte das Weite gesucht. Dafür konnte man niemanden belangen.

Martin aber war für sein Leben gezeichnet. Seine Lust konnte nur noch in jenem Schrei befriedigt werden, in dem Leben und Tod sich die Hand gaben. Er war dazu verurteilt, immer neue Frauen zu finden, bis er seiner wachsenden Sehnsucht nachgab, diesen Moment selbst zu erleben ...

## Der Lärm der bösen Worte

Die Hände schmerzen. Ich sitze da, völlig erschöpft. Doch die ersehnte Ruhe will sich nicht recht einstellen, obwohl alles um mich herum still ist. Herrlich still zwar, aber nun habe ich ein Problem.

Im Grunde fing alles an, schon bevor wir heirateten. Ich bin nicht aufmerksam genug gewesen. Meine Hoffnung auf ein liebevolles Miteinander hat sich auf die wenigen Augenblicke konzentriert, in denen alles gut war. Ja, es hat sie wirklich gegeben. Beim Grübeln fällt mir auf, dass es nur ein paar gewesen sein können, wenn ich ehrlich zu mir selbst bin. Ich meine jene Momente, die rosig und voller Sonnenschein sind, ohne eine ferne, trübe Wolke am Himmel, ohne die Ahnung eines Gewitters.

Dass es so anstrengend sein würde, habe ich nie vermutet. Körperlich, meine ich. Man liest und hört viel, sieht manches im Fernsehen, aber nichts kann die Wirklichkeit fühlbar machen, bevor sie eintritt. Doch kaum jemand kommt in diese Situation, seine Hände auf diese Art zu gebrauchen und nur wenige denken ernsthaft darüber nach.

Man hatte mich ihr damals quasi auf den Schoß gesetzt, weil man meinte, es sei doch gut, wenn ich wieder eine Frau hätte. Sie war ohne Mann und nicht abgeneigt gewesen, mich zu treffen. Dann nahm es seinen Lauf, wie es meistens beginnt. Freundlich, spannend, voller Vorfreude auf ein glückliches Leben. Glauben Sie mir, ich habe sie beschenkt und auf Händen getragen, ihre Schulden beglichen, für sie ein Haus gebaut. Sie hatte nie eins besessen. Es war mein drittes. Mir lag nichts daran. Ich habe es nur für sie getan.

So langsam spüre ich, dass meine Kräfte zurückkehren und erstmals auch den Schmerz. Ich gehe zum Spiegel und sehe blutige Streifen an meinem Hals. Nun werde ich einen Schal tragen müssen. Das ist ärgerlich, aber nicht wirklich wichtig. Falls Narben zurückbleiben, trage ich sie als Zeichen des Sieges über das Böse.

Ich kann mich nicht mehr erinnern, wann mich erstmals die Ahnung beschlich, dass sie mich niemals geliebt, sondern nur genommen hatte, um versorgt zu sein. Mit Sicherheit war es aber spätestens an dem Tag, als sie sich ausrechnete, was ich ihr an Unterhalt zahlen müsse, wenn wir einmal geschieden wären. Damals zog ich es vor, dies für einen Scherz zu halten und heiratete sie trotzdem. Heute weiß ich, dass es ihr voller Ernst gewesen sein muss.

Sie sieht nicht mehr schön aus. Ich schließe ihr lieber die Augen, denn die geplatzten Äderchen geben ihr das Aussehen, das sie zu Lebzeiten verdient gehabt hätte. Nun spiegelte sich ihre böse Seele in ihrem Blick. Morgen werde ich Muskelkater in meinen Händen und Armen haben. Ich musste beim Würgen ziemlich kräftig zudrücken und mich gleichzeitig von ihren Fingern so weit wie möglich entfernt halten. Es war nicht so leicht wie gedacht. Jetzt lag da dieser tote Körper und war viel zu schwer zum Entsorgen.

Mich hatte sie dann doch nie verlassen, obwohl sie es mehrfach angekündigt und inszeniert hatte. Die Finger einer Hand reichen nicht, um aufzuzählen, wie oft ich sie von der Straße auflesen musste, wenn sie in einem Anfall von Tobsucht mit dem Koffer aus dem Haus gestürmt war. Ich brauche wohl nicht zu erwähnen, wie peinlich mir das war. Die Androhungen, dass sie mich verlassen wolle, nahm ich schon lange nicht mehr ernst. Sie taten einfach nur weh.

Jetzt hatte ich ihr wehgetan, obwohl ich das niemals gewollt hatte. Das Fass war übergelaufen, als ich ihr auf die Schliche kam. Man wird es wohl als Totschlag im Affekt werten, wenn sich die Gerichte einmal damit beschäftigen. Für mich war es Notwehr. Wer konnte ahnen, auf was für Ideen sie noch kommen würde, um mir zu schaden. An ihre seelischen Grausamkeiten hatte ich mich gewöhnt. Hatte mir Rückzugsmöglichkeiten geschaffen, mich in meine Arbeit gestürzt. Doch als ich erkannte, dass sie nun auch begann, meinen Körper zu demontieren, war höchste Eile geboten. Ich musste weiteren Schaden verhindern.

Mittlerweile schwanke ich und weiß nicht, wie ich vorgehen soll. Im Ganzen kann ich sie nicht die Treppe hinuntertragen. Sie ist zu schwer. Ich müsste sie zerteilen. Damit habe ich keine Erfahrung. Ich finde den Gedanken auch widerlich, mit dem Messer in ihr herumzustochern. Aber sie in die Wanne zu schleppen und in Säure aufzulösen, ist ebenfalls keine gute Idee. Ich habe keine zu Hause, geschweige denn wüsste ich, was man nehmen müsste oder wo man es herbekäme. Meiner spontanen Handlungsweise sei es geschuldet, dass ich mir darüber im Vorfeld keine Gedanken machen konnte. Irgendwo hatte ich einmal etwas von Löschkalk gehört. Das wäre vielleicht eine Alternative.

Sie hätte mich doch einfach nur lieben sollen. Mehr habe ich nicht von ihr gewollt. Nur die seelische und körperliche Zuneigung, die sich Menschen schenken, die einander zugetan sind. Den Himmel habe ich ihr zu Füßen gelegt. Ob sie anfangs Liebe für mich empfunden hat, möchte ich gerne glauben, muss es aber eher anzweifeln. Es wird wohl vieles gespielt gewesen sein. Sie musste mich erst sicher in ihrer Hand wissen.

Nun ist sie in meinen Händen gestorben. Ich empfinde keine Reue, auch wenn mich ihre überraschten, dann anklagenden und später flehend entsetzten Augen verfolgen werden. Auslöser war ein letzter Versuch gewesen, die eheliche Liebe zu vollziehen. Wie immer war sie angezogen und voller Ekel zu mir ins Bett gestiegen. Ich sollte schnell machen, wenn ich denn könnte und wenn es denn diesmal klappte. Sie zog nur den Schlüpfer ein bisschen zur Seite, damit ich eindringen konnte. Meist hatte sie es mir in der Vergangenheit schon durch ihre verbalen Demütigungen vermiest. Anfassen oder küssen durfte ich sie nicht. Ha, schmunzelte ich in mich hinein. Jetzt hätte sie nichts mehr dagegen. Jetzt könnte ich sie nackt haben, aber ich wollte sie nicht mehr. Sie hatte mich zu oft verlacht und beleidigt.

Können Sie sich vorstellen, wie ein Mensch leidet, wenn er keine Liebe mehr erfährt, wenn Streit und Unfrieden den Tag bestimmen? Das allein führt jedoch meist nicht zum Mord. Vielleicht in die Depression oder in übersteigerte Arbeitstätigkeiten. Mein Entschluss sie zu töten, stand in dem Moment fest, als ich sie endlich durchschaute. Den Anstoß hatte ein Gespräch beim Urologen gegeben, der meine Frau und mich darüber aufgeklärt hatte, dass es nach der Entfernung der Prostata ungewiss sei, ob ich noch eine Erektion bekommen und künftig das Wasser halten könnte. Ich spürte direkt, wie meine Frau plötzlich aufmerksam wurde, sich gerade hinsetzte und mir zuriet, der Empfehlung des Arztes zu folgen. Hätte sie nur den Vorteil gewittert und sich zurückgehalten, wäre es mir möglich gewesen, auch dafür noch eine Entschuldigung zu finden. Sie jedoch grinste mich bei meinem letzten Beischlafversuch hämisch an und meinte, dass sie ja nun bald ihre Ruhe vor mir haben werde. Notfalls würde sie den Operateur bestechen, damit sie ganz sicher sein könne, dass meiner nie wieder stehen werde. Ich sah rot und würgte sie.

Mühsam zerre ich sie in Richtung Wanne. Wie schwer sie ist. Als sie aus dem Bett rutschte, hatte ich die Befürchtung, die Lampen im Erdgeschoss würden von der Decke fallen. Noch habe ich keine Ahnung, wie ich sie über den Wannenrand hieven soll und entschließe mich, eine Pause zu machen.

Warum habe ich mich dann nicht einfach von ihr getrennt? Das werden Sie wissen wollen, verehrte Leser. Es ist ganz einfach. Ich konnte nicht. So schlimm, wie es war, war es trotz allem eine geregelte Ordnung, in der ich mich befand. Ich wusste, was mich erwartet. Auch wenn ich litt, war der Umfang des Leidens einschätzbar. Irgendwo allein zu sein, wäre das größere Übel für mich gewesen. Hier werden Sie einwenden, dass ich mir hätte eine andere Frau suchen können. Ich gebe zu, dass ich mit einem Auge nach potentiellen

Damen geschielt habe, aber auch dies lässt sich leicht ausräumen, denn ich habe schlicht und ergreifend keine gefunden.

Ja, so ist es wohl. Eine Alternative, oder auch nur die Aussicht auf Liebe, Anerkennung und Respekt hätte in diesem Fall Lebensretter sein können. Meiner und ihrer. Es hätte mich vor der Situation bewahrt, neben einer Leiche in meinem Bad zu sitzen. Sie schütteln den Kopf? Glauben Sie mir, ich bin kein Mörder! Ich wollte ihren Tod nicht, nur ihre Liebe.

Mit letzter Kraft gelingt es mir, sie in die Wanne zu schieben. Sie füllt sie auch ohne Wasser gut aus. Dann habe ich eine Idee. Ich hole ein Türblatt aus dem Keller und befestige dies mit einem breiten Silikonstreifen ringsherum auf dem Wannenrand, damit alles gut abgedeckt ist. Genauso verfahre ich mit der Badezimmertür, nachdem ich die Möglichkeit des Zumauerns verworfen habe.

Danach ist es so, als ob sie verreist ist. Beinahe glaube ich es selbst. Der Raum, in dem sie liegt, den gibt es nicht mehr. Ich wasche und dusche mich im Gästebad und erzähle den Nachbarn, dass meine Frau in einer Nacht- und Nebelaktion ausgezogen ist. Jeder glaubt dies, der uns kennt.

Und sie? Sie ist einfach fort, ohne weg zu sein. So fern, wie sie mir in nächster Nähe immer geblieben ist. Es hat sich nichts geändert. Nicht einmal der Lärm ihrer bösen Worte. In mir höre ich ihn immer noch.

## Helmut

Jeder kannte Helmut. Er war seit Jahrzehnten im Stadtbild bekannt. Mancher erinnerte sich noch, ihn schon als Kind verspottet zu haben. Den Blöden, der mit dem Lenkrad durch die Stadt ging und dabei so brummte, als führe er.

Helmut lebte im Heim, seitdem er mit seinen Eltern im Auto verunglückt war. Doch ein gnädiger Zug des Schicksals hatte ihn eines Teils seiner Sinne beraubt, als er - gerade erst fünf Jahre alt - Vollwaise wurde. Es hatte ein bisschen Zeit in Anspruch genommen, bis er wieder aus dem Krankenhaus durfte. Im Koma waren immerhin seine Knochenbrüche gut verheilt. Und eines Tages wachte er auf, grinste in den sonnigen Morgen und die Gesichter der Krankenschwestern. Mit dem Sprechen blieb es schwierig, aber Helmut war immer fröhlich. Er wurde zum Liebling der Station, kuschelte sich in die Arme der Schwestern, streichelte sie mit seinen kleinen Händen und fuhr tagein, tagaus mit dem kleinen Benz, den ein umsichtiger Polizist für ihn aus dem Unfallwagen gerettet hatte. Anfangs war noch eine Tante zu Besuch gekommen, doch als sie bemerkte, dass Helmuts Geist verwirrt bleiben würde, zog sie sich zurück. Immerhin sorgte sie dafür, dass Helmuts persönliche Sachen ins Heim kamen. Es gab kein Zuhause mehr.

Schwester Gabi war es, die ihn an einem warmfeuchten Sommermorgen in ihrer Freizeit abholte. Sie war stolz auf Helmut, den kleinen, liebevollen Jungen, den niemand haben wollte. Wann immer es ihre Schicht zugelassen hatte, hatte sie mit ihm geübt. Inzwischen konnte er ein paar Worte sprechen. Sie kamen ein wenig ungelenk aus seinem Mund, aber man konnte sie verstehen. „Auto“, sagte er und „lieb“. Mit den Lippen brummte er wie ein Motor, dann sagte er „faahn, Auto, brumm“ und lächelte. Autos waren seine Leidenschaft geworden. Er hatte vergessen, was sie ihm angetan hatten. Gabi hatte ihm noch einen Ford und einen Teddy zum Abschied gekauft. Gemeinsam saßen sie auf seinem neuen Bett im Heim und ließen sich von den Zimmergenossen begaffen.

„Ei...“, sagte Helmut und streichelte Gabis Gesicht.

„Ei...“, seufzte Gabi, nahm Teddys Arm, streichelte damit Helmuts kleine Wange und drückte ihn an sich. Da wusste sie, dass sie ihn nie wieder würde besuchen können. Es tat zu weh. Sie konnte nicht für ihn sorgen.

In den folgenden Jahren lebte Helmut mehr in seiner eigenen Welt. Sie bestand aus kleinen Spielzeugautos, von denen die meisten nicht mehr ganz heil waren und aus seinem Teddy Abbi, den er nachts und manchmal auch am Tag brauchte. Nur manchmal kam Helmut aus sich heraus. Dann saß er am Nachbarbett bei Helga, die immer schrie und mit schreckgeweiteten Augen starr zur Decke sah.

„Ei...“, sagte er, „Abbi, Emmu, lieb!“ und Helga schrie weiter. Doch Helmut hatte Geduld. Er streichelte Helga, bis sich ihre Anspannung löste, weil sie vor Erschöpfung eingeschlafen war.

Eine enge Beziehung zu einem anderen Menschen hatte Helmut nicht. Er kam mit jedem gut aus, ließ sich sogar vom dürren Siegbert abtasten, den mit dem

Geist auch das Augenlicht verlassen hatte und machte dem Heimpersonal wenig Mühe. Anziehen konnte er sich selbst. Dass dies nach seinem eigenen Geschmack geschah, störte niemanden. An sonnigen Tagen fuhr er jetzt mit einem echten Lenkrad durch Bückeburg. Das hatte ihm einer vom Sperrmüll mitgebracht. Für Helmut war es mehr als das. Er hatte endlich ein Auto.

„Brummmm....brummm", hörte man ihn auf dem Bürgersteig durch die Gegend fahren und manchmal hielt er an und fragte die Kinder auf der Straße:

„Faahn?"

Dann legte er sein Lenkrad vor sich ab, stieg aus der imaginären Tür an seiner Fahrerseite, öffnete für die Kinder hinten und stieg wieder ein. Im Gänsemarsch folgten ihm die Beifahrer und kicherten. Aber in Helmuts Augen hatten sie sich nicht über ihn lustig gemacht. Ihm gefiel es, dass sie so offensichtlich Spaß hatten, sich von ihm kutschieren zu lassen.

So gingen die Jahre ins Land. Helmut wurde nie richtig erwachsen wie andere Menschen. Er fuhr, wenn er ein Lenkrad hatte, glücklich durch die Zeit. Die Heimleitung hatte mittlerweile immer einen Vorrat an Autolenkrädern im Keller, denn es kam vor, dass jemand ihm sein Liebstes stahl, um ihn zu ärgern. An diesen Tagen war Helmut mit Abbi im Bett geblieben und weinte leise Tränen. Spielzeugautos mochte er nicht mehr, seitdem er selber fahren konnte. Das war Helmuts Art, erwachsen zu werden.

Helga hatte sich die Seele aus dem Leib geschrien. Sie war vor ein paar Jahren gestorben. Aber Helmut hatte sowieso nicht mit ihr im Zimmer bleiben dürfen, als sie älter wurden. Jetzt wohnte er mit Fritz und Siegbert. Fritz war seinerzeit aus einem brennenden Haus gesprungen und rief, wenn er einen Anfall hatte, auch heute noch: „Feuer, Hilfe, es brennt!“ Weil ihn nicht alle Passanten kannten, kam in der ersten Zeit seines Heimaufenthaltes gelegentlich die Feuerwehr. Ein Fest für Helmut, der mit glänzenden Augen am Fenster stand und „Eua-Auto, Tüta“ murmelte, bevor er nach unten rannte und den roten Lack streichelte.

Autos in dieser Farbe hatten seitdem Helmuts größte Aufmerksamkeit. Als er einmal ein richtig tolles mit vielen Aufklebern am Straßenrand stehen sah, schlich er mehrmals darum herum und berührte die glänzenden Felgen.

„Ey, Finger weg, du Arschloch! Grabbel nich an meiner Karre rum!“ rief einer, der mit seinen Kumpels auf dem Spielplatz neben dem Oberstenhof abhing.

„Ach, lass den, das iss'n Bekloppter aus'm Heim. Ich kenn den vom Sehen“, meinte ein anderer.

„Ihh, dann wird ja mein Auto dreckich, wenn der Irre dran rumfummelt. Hey, nimm die Wichsgriffel weg!“

Helmut lächelte. Die Worte kannte er nicht und er begriff auch das Tuscheln nicht. Darum lächelte Helmut immer noch, als einer der jungen Männer auf ihn zukam und ihn fragte: „Na Spasti, willste mal im echten Auto mitfahr'n?“

„Faahn, Auto“, wiederholte Helmut, der nur diese Begriffe kannte.

„Kommt Jungs, dem werden wir mal richtig zeigen, was Autofahren ist!“, grinste der erste und schloss die Tür auf.

Helmut wurde etwas unsanft auf den Beifahrersitz gedrückt, sehr zur allgemeinen Belustigung. Aber Helmut war selig.

Er kannte keine bösen Menschen.

„Sollten wir den nicht anschnallen?“, fragte das einzige Mädchen aus der Clique.

„Nö, wieso? Um den isses doch eh nicht schade. Wär doch klasse für die Steuerzahler, wenn der unnütze Fresser weg wär!“, erwiderte ihr Lover, quetschte sich als Dritter auf die Rücksitzbank und steckte sich nach den Worten „Gib mal Feuer!“ eine Kippe an.

Helmut konnte dem Gespräch nicht folgen, doch bei dem Wort „Feuer“ strahlte er.

„Eua-Auto, Tüta...“, staunte er und seine Stimme ging in brüllendem Gelächter unter.

„Mensch, ich glaube der denkt, das ist ein Feuerwehrauto“, grölte der Fahrer und legte einen sauberen Kavalierstart hin, „na, dann lass uns mal zum Einsatz abdüsen.“

Helmut, dem Angst fremd war, weil er nicht wusste, was passieren könnte, fand das Gefühl toll, in den Sitz gepresst zu werden.

Und Manni, der Fahrer, drehte so richtig auf. Sie verließen die Ortschaft Richtung Meinsen und beschleunigten auf über hundert. Dabei riskierte er einige Überholmanöver, doch Helmut strahlte weiter und die Laune im Fahrzeug sank.

„Ob der wohl auch keinen Schmerz kennt?“, fragte Micki von hinten und hielt Helmut die brennende Zigarette ans Ohrläppchen.

Das wirkte endlich. Helmut zuckte zusammen und rieb sich das Ohr.

„Los, lass uns anhalten und ihn ein bisschen ärgern“, schlug Micki vor. „Im Auto kriegt der ja eh keinen Schiss.“

In einem Waldweg kurz hinter dem Mittellandkanal, fuhr Manni rechts ran, ging ums Auto und zog Helmut aus dem Wagen. „Los, haltet ihn da mal am Baum fest!“

Dann stieg er wieder ein und fuhr so dicht an Helmut heran, dass es knirschte, als dieser zwischen Auto und Baum eingeklemmt blieb und Helmut ein Schrei entfuhr, der Helga Ehre gemacht hätte. Zufrieden schwang sich Manni aus der Tür, ging zum Kofferraum und drückte Helmut sein Lenkrad in die Hand.

„So, und nu fahr!“, lachte er und ließ sich ins Laub zu den anderen plumpsen.

Aber Helmut kam nicht weg. Dabei hatte er sein Auto gestartet und brummte vor sich hin. Irgendwas tat ihm weh. Schmerz kannte er ja, aber nicht, dass er sich nicht bewegen konnte.

Manni und seine Kumpels weideten sich an seinen Tränen, nur Ina quengelte: „Menno, jetzt lasst den Irren doch mal wieder los! Wir kriegen noch Ärger...“

Mürrisch ließ sich Manni herab und legte den Rückwärtsgang ein. Als sich der Wagen entfernte, klappte Helmut zusammen und blieb wimmernd liegen.

„Mensch, der blutet ja richtig doll!“, rief Ina. „Ja und?“, erwiderte Micki, „jetzt gib ihm sein Lenkrad, dann kann er allein nach Hause fahren. Der Motor läuft doch noch.“ Er deutete auf Helmut, der sein Rad fest umklammert hielt und trotz des Schmerzes brummte, weil er weg wollte.

„Wir haun mal lieber ab!“, entschied Manni.

Ina kniete neben Helmut nieder und schrie die anderen an: „Ihr Arschlöcher! Los, holt Hilfe!“

Da lächelte Helmut. Das Wort „Hilfe“ kannte er von Fritz. Da kam immer das große Feua-Auto Tüta. Er nahm seine Hand vom Lenkrad und streichelte Inas Gesicht. Sie schrie die anderen immer noch an, weil sie in ihre blöde Karre stiegen und sich verpissen wollten. „Ei, lieb...“, stammelte Helmut mit letzter Kraft, als Ina vor seiner Berührung zurückzuckte und mit dem Handy 112 rief.

# Stille Nacht

Der Schnee fiel sanft auf die Zweige im Garten. Er deckte auch die letzte Rosenblüte mit einer Haube zu und schenkte dem Mann eine Decke.

Zuerst war das weiße Gewebe immer wieder weggeschmolzen, aber jetzt waren Haut und Blut kalt geworden. Der Körper konnte unter den Eiskristallen gefrieren. Bis zum Morgen würde er vielleicht überhaupt nicht mehr zu sehen sein, dachte Sarah, die an ihrem Schreibpult saß und aus dem Fenster sah. Hier hatte sie ihn genau im Visier. Sie musste ganz sicher sein, dass er nicht wieder aufstehen würde.

Der Heilige Abend war nun bald vorüber. Im Hintergrund sang sich die „Stille Nacht" in einer Endlosschleife in ihr Ohr und sie nickte. Diese Nacht würde still werden. Sehr still. Endlich.

Ja, sie hatte ihn einmal geliebt. Daran glaubte sie sich zu erinnern. Dann hatte sie nicht weiter darüber nachgedacht in all den Jahrzehnten, bis er vor Kurzem in Rente gegangen war. Auf einmal war er vierundzwanzig Stunden am Tag um sie herum und mischte sich in alles ein.

Er kontrollierte, ob sie die Hemden richtig gebügelt hatte, gab kluge Ratschläge beim Kochen, bemängelte die Reinlichkeit ihres Hausputzes und meckerte selbst am Abend noch über das Klappern ihrer Stricknadeln. Das alles hatte sie jetzt wochenlang geduldig ohne ein Wort ertragen, bis sie bemerkte, dass es zunehmend schlimmer wurde. Die Schlinge um ihren Hals zog sich immer weiter zu. Ihr blieb die Luft weg. Sie würde in Kürze ersticken. Mit Beginn der kalten Jahreszeit sah er auf die Uhr, wann sie vom Einkaufen aus dem WEZ wieder nach Hause kam und schimpfte, wenn er meinte, dass sie zu lange ausgeblieben war.

„Hast du an der Nordsee eingekauft?", fragte er sie dann und klopfte mit dem Zeigefinger mahnend auf das Glas seiner Armbanduhr. Sarah sagte nichts. Wenn sie zum Kaffeeklatsch bei ihren Freundinnen in der Ulmenallee war, rief er mehrfach an, wann sie denn zurückkäme und hängte Zettel an die Wohnzimmertür, auf denen stand „Hier wohnt ein einsamer, alter Mann ganz allein zu Haus".

Meist schob sie sein komisches Verhalten auf die Herzrhythmusstörungen, an denen er litt und wegen derer er ein paar Jahre zu früh in den Ruhestand versetzt worden war. Seit Kurzem nahm er auch ein Mittel zur Blutverdünnung ein und hatte viel darüber gelesen. Deshalb durfte sie kein grünes Gemüse mehr kochen. Einmal hatte sie es vergessen. Ob sie ihn denn umbringen wolle, hatte er beim Anblick des Rosenkohls gewettert. Sie wisse doch, dass alles Grüne sein Blut noch wässriger mache. Nein, sie hatte geglaubt, dass eine Ausnahme nicht schlimm sei, dachte sie still, weil sie wusste, wie gern er ihn aß.

„Ich verblute, wenn ich mich verletze!", hatte er an jenem dritten Adventssonntag in seiner Wut gerufen und den Teller vom Tisch gefegt. Da war sie auf die Idee gekommen, sich diesen Umstand zunutze zu machen. Sie hatte resigniert.

Er war jetzt fast nicht mehr zu sehen. Nur noch ein weißer Berg, der eine Schneewehe hätte sein können. So stellte sie sich die Erhebung am Rand ihrer Terrasse jetzt vor, denn er hatte sich nicht mehr bewegt. Er war einfach weg. Wie still und friedlich alles mit einem Mal war. Jetzt konnte sie die Weihnachtsfeiertage genießen. Der Frost würde anhalten. Sie hatten Temperaturen bis minus zehn Grad angekündigt.

Bevor sie das Licht löschte sah sie, dass auch der Spaten, auf den Manfred gefallen war, durch den massiven Schneefall mit der Pergola verschmolzen war. Das Weiße machte alles gut. Nach Weihnachten würde sie ihn als vermisst melden.

# Warme Betten

In seiner Sterbesekunde erfuhr Manfred, dass selbst so eine geringe Zeitspanne unendlich lang dauern kann. Aber das nützte ihm nichts mehr. Er konnte diese Erkenntnis nicht auf sein zukünftiges Leben anwenden, denn da war nichts. Keine Gegenwart, keine Zukunft. Nur Vergangenheit. Und die hatte es in sich, vor allem die nahe.

Die letzten chemischen Prozesse, die noch wie ein Uhrwerk abliefen, bekam Manfred nicht mehr mit. Sein Genick war durch den Aufprall gebrochen, der Nerv zwischen den Halswirbeln durchtrennt. Ende.

Vielleicht hätte er seine Zukunft bewusster verlebt, wenn ihm eine geblieben wäre. Vielleicht hätte er sich auf alte Werte zurückbesonnen. Irene jedoch, die am Steuer saß, hatte diese Hoffnung nicht gehabt. Nicht, ohne eine Läuterung seiner Seele.

Eingeklemmt steckte sie zwischen Sitz und Steuer. Die Beine spürte sie nicht mehr. Um sie herum war Blut, aber sie lebte. Dass das bei Manfred nicht der Fall war, hatte sie sofort gespürt, als nach dem Unfall die große Stille eingetreten war. Sie war zu still. Sein Atmen hatte aufgehört. Einfach so, ohne ein Keuchen. Er schien bis auf eine kleine Stelle an der Stirn völlig unversehrt zu sein.

Trotzdem war er tot. Das Blut musste ihr gehören. So viel Blut, dachte sie und zitterte. Sie fröstelte nicht nur, weil der Lebenssaft unablässig aus ihr heraussickerte. Sie trauerte und fühlte sich allein. Nicht erst seit

Manfreds Hinscheiden. Die Kälte war schon länger in ihr.

Ein kleiner, frostiger Eiszapfen hatte sich damals in ihr Herz gebohrt, als sie durch Zufall feststellte, dass er ein weiteres Mobiltelefon besaß, von dem sie nichts wusste. Möglicherweise war es unrecht gewesen, dass sie es an sich genommen und darin gestöbert hatte. Zuerst vermutete sie nichts weiter und hielt es für ein Telefon, das vielleicht jemand liegen gelassen hatte oder für einen dienstlichen Apparat ihres Mannes. Doch dieser Vertrauensvorschuss schmolz dahin, als sie in die Kontakte des Gerätes schaute. In der Gruppe „Warme Betten in Schaumburg“ waren etliche Teilnehmerinnen mit Profilbildern und Nummern gespeichert. Sie stutzte und sah näher hin. Es handelte sich ausnahmslos um Damen ohne Bekleidung. Sie zählte neunzehn Aktmodelle jeglichen Alters, blond, brünett, rothaarig, von dünn bis mollig.

Angewidert legte sie das Telefon in die Aktentasche ihres Mannes zurück und setzte sich. Es gelang ihr nicht, sich die Angelegenheit schönzureden. Manfred beschlief halb Schaumburg. War es nur die Lust, oder liebte er diese Frauen? Vielleicht beides. Vor ihrem geistigen Auge wackelten die ganzen dienstlichen Termine, die er angeblich andauernd bewältigen musste, oft bis spät in die Nacht. Dabei hatte er als Kriminaloberkommissar gar keinen Schichtdienst. Sie überlegte, ob sie ihm eine Freundin verziehen hätte, wenn er reumütig zu ihr zurückgekehrt wäre. Sie wusste es nicht.

Wahrscheinlich hätte sie niemals in seine Aktentasche geschaut, wenn sie nicht zufällig Fetzen eines Gespräches mitbekommen hätte, das er auf einem Empfang des Dienststellenleiters mit einem Kollegen geführt hatte. In einem unbeobachteten Moment schwärmte er, dass er gar nicht gewusst hätte, wie viele warme Betten es doch im Landkreis Schaumburg gäbe. Zunächst hatte sie dies für einen Scherz gehalten, eine witzige Floskel, bis die Worte mehr und mehr in ihr Bewusstsein gesickert waren. Was konnte er damit gemeint haben?

Nun ahnte sie es. Ihr Manfred war einer jener Ehemänner, die sich zu Hause schön versorgen ließen, aber ihren Spaß woanders auslebten. Irene wusste nicht, wie sie damit umgehen sollte. Eine Freundin wäre schlimm gewesen, aber mehr als ein Dutzend? Das war doch nicht normal. Sie zog das Telefon nochmals aus der Tasche und schrieb sich die Nummern ab. Vielleicht konnte sie so herausfinden, wo die Liebchen ihres Mannes wohnten.

Während Manfred nach wie vor viel unterwegs war, was Irene nun besser verstand, hatte sie ausreichend Zeit, um zu recherchieren. Das nahm ihr etwas von der lähmenden Ohnmacht, die sie empfand. Acht Frauen konnte sie ausfindig machen. Sie lebten tatsächlich alle im Landkreis Schaumburg.

Die nächsten Wochen gingen dahin. Irene verbrachte die Abende damit, im herbstlichen Nieselregen und später bei Schneefall unweit der Wohnungen seiner Bekanntschaften zu lauern, ob er sich einfand. Sie hatte nicht immer Glück, doch dann und wann gelang es ihr, einen Blick auf ihn zu erhaschen, wie er hinter den Haustüren verschwand und meist wenig später wieder auftauchte. Er nahm sich selbst dafür keine Zeit, bemerkte Irene. Sein Damenpensum war zu groß, dachte sie und schlotterte vor Ekel und Kälte.

Umso mehr wunderte sie sich eines Tages, als Manfred nach Hause kam und verkündete, sie würden jetzt endlich die Kreuzfahrt machen, die sich Irene immer gewünscht hatte. Quer durchs Mittelmeer und schließlich zu den Kanaren. Wo er denn das Geld herhätte, wollte sie wissen und er gestand ihr, im Lotto gewonnen zu haben. Irene wunderte sich nicht mehr. Wer kannte schon seinen Nächsten wirklich. Ihr lag es auf der Zunge zu sagen, ob er denn nicht eine der neunzehn anderen Damen lieber würde mitnehmen wollen, aber da hätte sie sich selbst ins eigene Fleisch geschnitten.

Irene war verwirrt. Was sollte das mit der Reise, wenn er doch mit diesen vielen Frauen schlief? Hatte er ein schlechtes Gewissen? Er konnte doch einfach aufhören mit seinen Betrügereien. Sie musste irgendetwas tun, damit Manfred lernte, dass nur sie ihn wirklich liebte. Etwas, damit die anderen Frauen sich von ihm abwendeten. Sie wollte ihn nur für sich. Das war auch der Grund, warum sie es nicht schaffte, ihn zu verlassen. In ihr reifte eine Idee. Sie beschloss, diese an dem Tag in die Tat umzusetzen, als Manfred ihr vorschlug, gemeinsam ins Reisebüro zu fahren, um die Kreuzfahrt zu buchen. Nein, erklärte er ihr auf Nachfrage, er wolle die Reise nicht online buchen, er wolle bar bezahlen, dann habe er bessere Konditionen.

An jenem Samstagmorgen stiegen sie in Irenes Kleinwagen. Es hatte gefroren, aber die Straßen schienen trocken zu sein. Die B 65 lag noch verlassen da.

Von Ferne heulte sich das Martinshorn in Irenes Bewusstsein. Sie musste kurz eingenickt sein und war auch jetzt noch wahnsinnig müde. Die Kälte spürte sie nicht mehr. Auf dem Beifahrersitz lag Manfred als ob er schlief, aber er simulierte. So wie früher, wenn er so tat als ob, doch jetzt lebte er einfach nicht mehr. Ihre Augen wurden feucht. Dass er tot war, hatte sie nicht gewollt. Sie liebte ihn doch. Mit letzter Kraft streichelte sie sein Gesicht und dachte, dass sie ihn doch nur für sich hatte haben wollen, als sie gegen den Brückenpfeiler fuhr. Ein Leben im Rollstuhl hätte ihm gezeigt, wer wirklich zu ihm stand. Sie hätte ihn so gerne gepflegt. Ein wunderschönes, inniges Leben wäre das geworden. Ihre Hand glitt über seine Brust, in der das Herz zu schlagen aufgehört hatte. Seine Hemdtasche fühlte sich merkwürdig dick an. Irene zog einen Umschlag heraus, auf dem der Begriff „Umsatz" stand. In ihm befanden sich gefaltete Zettel und in jedem war ein Bündel Scheine. Neunzehn an der Zahl, sauber durchnummeriert.

In ihrem letzten Atemzug erkannte sie, dass Manfred sein mageres Gehalt mit der käuflichen Liebe jener Frauen aufgebessert hatte. Es war sein größter Wunsch gewesen, ihr denjenigen nach einer Kreuzfahrt im Mittelmeer zu erfüllen.

# „Fürstenblut“

*Ein Wort zuvor*

Wer liest, lebt in vielen Welten. Wer schreibt, erlebt viele Welten und teilt sie mit anderen. Was immer dabei wahr oder erfunden sein mag, bleibt ungewiss. Denn innere Augen vermögen zu sehen wie die äußeren und wer möchte behaupten, welchem Blick dabei mehr Gewicht zugesprochen werden darf.

Emma, Prinzessin zu Schaumburg-Lippe - dreimal viel zu früh gestorben - lebt von nun an in einer Unsterblichkeit, die aus Gedanken geboren wurde.

*Silvesternacht*

Sturm.

Peitschender Regen und Orkanböen beutelten die Häuser auf der Widdserburg. Es war zugleich die letzte und erste Nacht zweier Jahre. Soeben hatte sie ihren Scheitelpunkt überschritten.

Ein neues Jahr! Raketen zuckten wie Blitze durch den wolkenzerfetzten Himmel. In das Heulen von Wind und Feuerwerk mischte sich das Donnern der Böller. Hoffentlich würden die Dächer dem Sturm standhalten, dachte ich.

Wir hatten eben mit den Nachbarn auf der Straße angestoßen. In den Sekt mischte sich Regen. Es war zu ungemütlich und alle wollten schnell wieder ins Warme, aber ich hatte keine Ruhe. Die alten Schindeln auf dem Stallgebäude machten ihr Sorgen. Unter ihnen pfiff der Sturm sein weinendes Lied, das fast ein bisschen schluchzend klang. Ich stieg die alte Holztreppe zum Boden hinauf, steckte den großen Schlüssel in die Tür und schlüpfte in die Dachkammer, die früher einmal der Heuboden gewesen war. Hier lagerten abgefahrene Reifen, ein Kaufmannsladen, eine Wiege aus Korbgeflecht und ein antiker Hochstuhl. Das Gebälk ächzte unter der Windlast. Besonders in einer Ecke heulte es zum Steinerweichen. Bestimmt hatte sich ein Ziegel gelöst. Ich kroch über den rauen Boden, um nachzusehen, als es plötzlich laut seufzte und ich mir vor Schreck den Kopf stieß.

„Hallo?", flüsterte ich vorsichtig ins Halbdunkel, „ist da jemand?"

„Nein, hier ist niemand. Kein Niemand nicht und auch sonst keiner!", schluchzte es.

„Und wieso spricht dann jemand mit mir?", sagte ich mehr zu mir selbst, als zu der Stimme. Mensch, so müde konnte ich doch nicht sein, dass ich im Wachsein träumte, dachte ich bei mir.

„Glaubst du an Gespenster?", fragte die vom Weinen dünn gewordene Stimme.

„Nö!", log ich und fröstelte bei dem Gedanken. „Wer glaubt denn heute noch an so was?" Ich schien das lange Aufbleiben nicht vertragen zu haben. Wer sitzt schon nach Mitternacht auf dem Dachboden eines Stalls und spricht mit jemandem, der nicht da ist?

„Du schwindelst ja!", antwortete es aus der Ecke. „Wenn du nicht an Geister glauben würdest, könntest du mich nicht hören. Kannst es also ruhig zugeben."

„Aha", sagte ich und trat den Rückzug an. Die Sache war mir nicht geheuer. Ich sollte jetzt lieber schnell ins Bett gehen und mich gründlich ausschlafen.

„Bleib doch hier! Bitte! Oder komm wenigstens wieder!", rief die Stimme mir flehend nach, als ich die Holztreppe herunterpolterte. „Ich hab doch niemanden, mit dem ich sprechen kann ..."

Unglaublich. Das musste wohl irgendwann passieren. Ein bisschen verrückt war ich ja schon immer, aber dies? Stimmen hören zur Geisterstundenzeit, das war doch ein bisschen stark. Ich guckte noch mal nach oben. Es heulte noch. Aber das konnte auch der Wind sein. Nein, meine Phantasie musste mir einen Streich gespielt haben.

Normalerweise stand ich fest mit beiden Beinen im Leben. Manche hielten mich für ein bisschen skurril, was zum Beispiel meine Liebe zu Tieren und anderen Bedürftigen betraf. Aber egal, wen ging das was an?

In der Nacht hatte ich nichts zu den anderen gesagt, aber die weinende Stimme ließ mir keine Ruhe. Also stellte ich mir am folgenden Abend den Wecker auf kurz nach Mitternacht. Den legte ich unter das Kopfkissen, damit er weniger Lärm machte, ich ihn aber trotzdem hören konnte und fiel in einen unruhigen Schlaf. Gegen halb eins schlich ich mich unbemerkt von allen anderen mit einer Wolljacke und warmen Socken in die Dachkammer zurück und rief:

„Hallo du, bist du noch da?", und kam mir dabei ein bisschen doof vor.

„Ich bin's Lisa!"

Mit einem lauten Schrei fuhr etwas aus der Ecke und stieß dabei den Hochstuhl um. Ein Bündel durchscheinender Lumpen, das irgendwie an einem Nagel zu hängen schien, landete unsanft vor meinen Füßen und rappelte sich auf.

„Ach, du bist es wieder!", stöhnte es aus dem nicht ganz sauberen Stoff. „Musst du mich so erschrecken?"

„Ich dachte eigentlich, dass Gespenster die Menschen erschrecken und nicht umgekehrt", erwiderte ich kopfschüttelnd „Oder bist du nur irgendwo ausgebüxt?" Vor diesem Häufchen Elend konnte man keine Angst haben, dachte ich bei mir.

„So ein Quatsch", sagte die Gestalt und riss bei dem Wort Quatsch den Mund weit auf, weil sie gähnen musste.

„Menschenquatsch ist das, zusammengereimtes Zeug. Bestenfalls geben sich Gespenster für Auftragsarbeiten her. Wenn wir spuken sollen, dann tun wir das eben manchmal. Sehen kann uns ohnehin nur, wer an uns glaubt. Ansonsten sind wir harmlose Bewohner von Schlössern und Burgen."

„Aha", murmelte ich und setzte mich auf einen Balken, „und was machst du dann hier?"

Das Gespenst fing bei dieser Frage wieder an zu schluchzen und antwortete:

„Ich habe mich verirrt!" Die anderen Worte gingen im Weinen unter.

Es dauerte eine Weile, bis sich die kleine Gestalt soweit beruhigt hatte, dass sie wieder sprechen konnte.

„Mein Name ist Emma zu Schaumburg-Lippe. Ich bin eine Prinzessin. Dreimal bin ich im Schloss zu Bückeburg zur Welt gekommen, aber nie bin ich älter als knapp fünf Jahre geworden. Einmal habe ich nur vier Wochen gelebt. Ist das nicht tragisch? Nun bin ich als Gespenst zurückgekommen, aber ich habe mich in der Adresse geirrt."

„Und wieso bist du nun auf der Widdserburg gelandet? Dein Zuhause ist doch nur einen Kilometer Luftlinie von hier entfernt?“, fragte ich verwundert und versuchte, Emmas Gesicht in dem Knäuel Wäsche zu erkennen.

„Woher soll ich denn das wissen? Ich hab mich wohl verflogen. Schloss oder Burg. Ich dachte, hier gäb' es nur ein fürstliches Gemäuer. Außerdem war es ja dunkel“, sagte das kleine Gespenst resigniert. „Und nun siehst du, was ich davon habe. Als kein Schloss in Sicht kam, bin ich hier auf den Dachboden geschlüpft und habe vor Wut an den Latten gerüttelt, ins Holz gebissen und bin schließlich mit meinem Hemd in einem Spalt hier hängen geblieben und darum heule ich nun schon fünfzig Jahre!“, schluchzte es.

„Fünfzig Jahre? Das ist doch wohl nicht dein Ernst, Emma?“, fragte ich ungläubig.

„Ist aber so! Ich hing doch fest. Und jetzt muss ich für immer hierbleiben, weil du mich erschreckt hast. Das ist doch peinlich für ein Gespenst. Wenn sich das herumspricht. Da bleib ich lieber, wo ich bin. Außerdem ist mein Hemd schmutzig und steckt fest. Ohne alles kann ich mich nirgendwo und schon gar nicht im Schloss sehen lassen.“

„Keine Bange!“, beruhigte ich Emma, „ich werde keiner Menschenseele erzählen, dass ich dich erschreckt habe. Dein Hemd kriegen wir auch wieder hin. Wenn du hinausschlüpfst, versuche ich es aus dem Spalt zu ziehen. Dann flicke und wasche ich es.“

„Das würdest du für mich tun?“, fragte Emma und kleine Tränen perlten über die durchsichtigen Wangen wie Sprudel auf einer Glasflasche. Dann glitt sie unter dem grauen Stoff hervor, der wie ein Vorhang vom First baumelte.

Und zum ersten Mal in meinem Leben sah ich ein nackiges Gespenst. Emma hatte die Gestalt eines nicht ganz durchsichtigen Mädchens von ungefähr fünf Jahren. Ihr lockiges Haar glitzerte silbern um die schmalen Schultern. Was mochte es wohl früher für eine Farbe gehabt haben? Ich hängte Emma meine Wolljacke über, weil ich merkte, dass ihr ihre Gestalt peinlich war. Emma schämte sich. Kaum zu fassen. Ein Gespenst, das sich schämte ... Ein Gespenst, das Angst hatte. Dankbar hüllte sie sich in die Jacke und schwebte in Richtung Wiege, wobei es zwar so aussah, als ob sie ging, aber den Boden berührte sie nicht. Die alte Babywiege war ihr Ruheplatz gewesen, als sie noch mit dem Hemd im Dachstuhl festhing. Sie war nachts heimlich aus dem Kleid geschwebt und hatte sich mit dem Blümchenstoff zugedeckt. Vorsichtig befreite ich das Gewebe aus dem Spalt, ohne es allzu sehr zu zerstören. Ein kleiner Riss blieb dennoch über dem Saum.

„Morgen bringe ich dir dein Kleid wieder", versprach ich, „und dann überlegen wir, wie ich dir helfen kann, wieder nach Hause zu kommen."

„Danke!", seufzte Emma, schon nicht mehr ganz so traurig und ließ sich genüsslich nieder. Ich konnte in dieser Nacht viel besser schlafen. Es gab immer einen Weg, einem anderen zu helfen, selbst wenn es den anderen eigentlich gar nicht geben durfte, weil er kein Wesen aus Fleisch und Blut, dafür aber mit viel Gefühl war.

Als ich die Treppe hinabstieg, fragte ich mich, warum niemand Emma in den vergangenen fünfzig Jahren gehört hatte. Sie tat mir leid. All ihre Lebenstage waren kurz bemessen gewesen und selbst das Jenseits hatte ihr seine Schattenseiten gezeigt, wie ich fand. Das sollte sich jetzt ändern.

Emmas Kleid, das ich eher für ein Nachthemd hielt, war mit normalen Stoffen nicht zu vergleichen. Es fühlte sich an wie eine Mischung aus Nebelschaum und einem viel zu dünn gewebten Schleier. Als ich es noch in der Nacht per Hand im Waschbecken durchwusch, fand ich es kaum in der Lauge wieder. Fast wäre es mit durch den Abfluss fortgespült worden. Nur an der Rose konnte ich es eben noch erwischen und aus dem Wasser ziehen. Es war mir nämlich nicht gelungen, den fadenscheinigen Stoff mit Nadel und Zwirn zu nähen. Er war viel zu fein. Aber dann kam mir die Idee und ich klebte den zehn Zentimeter langen Riss am unteren Rand mit einem flüssigen Faden. Damit man die Stelle nicht so sah, drückte ich darüber die Applikation einer Rose, was ich sofort bereute, weil sie auf dem verschwindend wirkenden Kleid wie ein Leuchtzeichen hervorstach. So ein Mist, dachte ich, als das triefnasse Hemdchen auf der Leine hing. Jetzt sieht jeder eine gestickte Rose über den Boden schweben. Es blieb mir nichts anderes übrig, als das Kleid um eben jene zehn Zentimeter zu kürzen und Emma klarzumachen, dass man Röcke und Kleider sowieso nach der heutigen Mode nicht mehr so lang trug. Außerdem kämen ihre kleinen Füße viel besser zur Geltung, würde ich ihr erzählen. Auf Schuhe konnte sie bestimmt verzichten, weil ihr ohnehin nie kalt wurde.

Prinzessin Emma strahlte mit ihrem Kleid um die Wette, als ich es ihr am nächsten Abend wiederbrachte. Es war ihr auch ganz recht, dass der lästige Rüschenrand ab war. Er störte sie sowieso. Beim Schweben war er manchmal über den Boden geschliffen. Jetzt streckte sie ihre Geisterzehen unter dem neuen Saum hervor und versuchte mit dem großen Onkel ihre Nase zu berühren. Dabei geriet sie aus dem Gleichgewicht und machte einen Purzelbaum rückwärts.

„Sag mal, Emma", fragte ich den Wirbelwind, „warum hat dich in den ganzen langen Jahren nie jemand gehört?" Diese Frage ließ mir keine Ruhe.

„Du weißt wohl nicht viel über Gespenster", kicherte Emma und rollte wieder vorwärts, „uns kann nur hören, wer auch an das Unwahrscheinliche glaubt und wer glücklich ist. Ob und wann wir demjenigen dann auch erscheinen, bleibt uns überlassen."

„Hmm", grübelte ich, „und wenn jemand nur glücklich ist, aber auf keinen Fall an Dinge jenseits der Realität glaubt, kann der euch dann auch hören?"

Meine Frage hatte einen Hintersinn, den ich Emma noch nicht verraten wollte. Sie hatte mit jemandem aus ihrer Familie zu tun.

„Nein!", sagte Emma bestimmt, „das geht nicht, auch nicht, wenn ein Mensch zwar glaubt, aber unglücklich ist. Heutzutage müssen bei euch viele Menschen unglücklich sein", seufzte Emma, „oder nur an das glauben, was sie sehen. Wie kann es sonst sein, dass ich so lange rufen musste? Und wieso hast du mich jetzt erst gehört?"

„Das lässt sich leicht erklären, Emma", sagte ich und legte den Kopf schief, weil sie es sich seitlich in der Luft bequem gemacht hatte und den Kopf mit der Hand stützte, „wir wohnen erst seit Kurzem hier, mein Bruder und ich."

Emma nickte. Das klang logisch. Genüsslich ließ sie sich wieder in der Wiege nieder und zog die

Blümchendecke bis zum Kinn hoch, um sich richtig einzumummeln.

„Emma", sagte ich verwundert, „du bist frei. Du kannst schweben, wohin du willst. Hast du keine Lust, dein neues Leben zu genießen?"

„Ach, weißt du", gähnte sie scheinbar gelassen, „ich habe gar keine Eile. Jetzt habe ich hier so lange gewartet. Da kommt es auf einen Tag mehr oder weniger auch nicht an."

Dabei kam es mir vor, als ob die Angst vor dem Ungewissen in ihren Augen lauerte, denn sie schloss sie viel zu schnell, damit ich dachte, sie sei im selben Moment eingeschlafen.

Leise schlich ich die Treppe hinab.

Im Bett grübelte ich noch lange, wie ich Emma ans Heute würde gewöhnen können, bis auch ich erschöpft ins Reich der Träume hinabsank.

*Aufbruch in eine neue Zeit*

Es war ein wunderschöner Sonnentag Ende März und ich hatte mir überlegt, dass Emma nicht immer auf dem Stallboden bleiben konnte. Ich wollte ihr so gerne eine Zukunft, aber auch ein bisschen Vergangenheit schenken.

Das kleine, nicht sehr mutige Gespenst war mir ans Herz gewachsen. Wie oft hatte ich in den vergangenen Wochen bei ihr gesessen und selbst in dicken Wolldecken noch gezittert. Dabei hatte ich manchmal die winzige Geisterhand gehalten. Sie lag geschmeidig und leicht wie die Pfote einer Katze in meiner. Ab und zu war Emma ganz auf meinen Schoß gekrochen und hatte sich angeschmiegt. Sie hatte fast kein Gewicht. Das war ein komisches Gefühl, denn sie hatte durchaus die Größe eines fünfjährigen Mädchens. Ihre Haut war so weich und durchscheinend wie eine Kaugummiblase kurz vor dem Platzen, aber überhaupt nicht klebrig. Wenn das Licht günstig fiel, konnte man durch sie hindurchgucken. Es war, als sei sie innen hohl. Jedenfalls vermutete ich das. In mondklaren Nächten leuchtete ihr Haar, als wäre es aus diamantenen Fäden gesponnen.

„Komm, Emma!", lockte ich die unsichtbare Gestalt, die ich in der Ecke des Dachbodens vermutete. Sie schlief wie immer unter der geblümten Decke, damit das Tageslicht sie nicht in der Nase kitzelte, das durch die Dachritzen drang. Dass sie darunter war, war unübersehbar, weil sich der Stoff mit einem lauten Gähnen in zwei Richtungen bewegte und ein Stück nach oben schwebte. Inzwischen hatte sich ihr Rhythmus etwas verändert. Emma war jetzt mehr tagaktiv, weil ich nachts schlafen musste. Und wir hatten uns viel zu erzählen. Jetzt streckte sie sich mit einem genüsslichen Brummen und wünschte mir einen guten Morgen.

Inzwischen war es ganz normal für mich, mehrmals am Tag oder auch in der Nacht die Stiege zum alten Stall hinaufzusteigen, um Emma zu besuchen. Sie gehörte zu meinem Leben. Es faszinierte mich, mit ihr zu sprechen. Im Körper eines Kleinkindes, das nichts von der modernen Welt kannte, wohnte der Geist einer Philosophin. Warum das so war, hatte mir Emma nicht verraten. Sie würde es mir irgendwann einmal erklären, versprach sie mir, wenn wir uns besser kennen würden. Mich wunderte auch, warum sie manchmal so ängstlich war. Wann immer ich von Gespenstern gehört hatte, waren sie freundlich bis hinterhältig gewesen, aber furchtlos. Was sollte ihnen auch passieren? Sie waren ja schon tot. Emma jedoch kam mir vor, als fürchte sie, auch noch ihren letzten Anteil am Leben zu verlieren. Es gab so viele Fragen, die ich an sie hatte und ich wollte ihr so vieles zeigen. Bisher war es mir nur noch nicht gelungen, sie von der Widdserburg fortzulocken. Manche Geräusche machten ihr Angst. Sie hatte damals auch wenig Zeit gehabt, das Leben kennenzulernen und etliches war mittlerweile neu oder anders. Aber heute hatte ich eine geniale Idee. Wir würden zu Emmas Ursprüngen zurückkehren. Dorthin, wo vielleicht noch ein Hauch von ihr die Zeit überdauert hatte – ins Mausoleum nach Stadthagen.

„Komm!", sagte ich also zu Emma, die inzwischen die Decke beiseite gestrampelt hatte und an mir vorbeigeschlichen war. Das wusste ich, weil ich hinter mir einen Luftzug gespürt hatte.

„Buh!", machte sie und grummelte, weil ich nicht zusammenzuckte, sondern einfach auf den Querbalken zuging, auf dem sie gerne saß, damit sie mir direkt in die Augen schauen konnte.

„Da musst du dir schon was besseres einfallen lassen, wenn du mich erschrecken willst!", lachte ich. „Ich weiß doch, dass du da bist. Du solltest dir mal vornehmen, andere Menschen aus dem Nichts anzupusten oder so. Dazu müsstest du aber endlich vom Boden herunterkommen. Emma, du wolltest nicht tot sein. Dann musst du jetzt auch leben und erleben wollen, mit allem Drum und Dran!"

„Ach, ich weiß nicht", murmelte Emma, ließ sich langsam sichtbar werden und bohrte mit ihrer Zehenspitze in meinem Bauchnabel. Dabei guckte sie aber doch nicht so abweisend wie sie zu sein vorgab.

„Komm jetzt runter vom Balken", sagte ich zu ihr und stupste das Fliegengewicht mit dem Finger in die Seite, „du wirst staunen, was sich alles in der Welt verändert hat seit hundert Jahren."

Emma legte den Kopf schief, zuckte mit den Schultern und schwebte anschließend in Richtung Tür. Ich hatte sie durchschaut. Wie bei jedem Kind überwog die Neugier. Aber bloß nichts anmerken lassen und möglichst gleichgültig tun. In den letzten Wochen hatte ich schon oft den Eindruck gehabt, als stritten zwei Personen in ihr – die Greisin mit dem Kind. Doch heute hatte das Kind gewonnen.

„Und wo ist deine Kutsche? Ich habe hier noch nie ein Pferd wiehern hören", sagte Emma mit erhobener Nasenspitze, als wir die Treppe hinabstiegen, „du glaubst doch wohl nicht, dass ich zu Fuß nach Stadthagen schwebe?"

Ich konnte mir ein Lachen nicht verkneifen. „Emma", sagte ich, „heute haben die Kutschen keine Zugpferde mehr. Es sitzt die Kraft von vielen Pferden unter der Haube. Sieh mal, hier ist unser Luxusgefährt." Dabei präsentierte ich ihr unseren schwarzen Kombi, nicht mehr ganz neu, aber dem Komfort historischer Kutschen sicher weit überlegen.

„Hmm", staunte Emma mit ungläubigem Blick, „und das soll von alleine fahren?"

„Na ja, nicht ganz allein", gab ich mit einem Schmunzeln zu und öffnete den Motorraum, „man muss die Rösser unter der Haube schon mit Kraftstoff füttern."

„Aber ich kann keine Tiere erkennen, nur komische Rohre und Schläuche", sagte Emma.

„Dort sind auch keine Tiere, sondern ein Motor", erklärte ich. „Der Motor hat die Kraft von ganz vielen

Pferden. Manche haben fünfzig, siebzig oder weit über hundert Pferdestärken. So nennt man das heute. Es wird PS abgekürzt."

„Aha", erwiderte Emma, „und wie willst du die alle füttern? Da müsstest du doch eine Menge Heu haben. Aber wer so viel Pferdekraft unter einer Klappe besitzt, der hat auch bestimmt Spezialheu und Zauberhafer. Vielleicht trinken sie es in Form von Schnaps oder Rum? Das wird doch aus Getreide hergestellt. Mein Vater bekam immer welchen aus Österreich."

„Damit liegst du gar nicht so weit von der Wirklichkeit entfernt", lobte ich Emma, die auf dem Autodach Platz genommen hatte und mit den Füßen wippte. „Der Motor fährt mit Benzin. Darum ist hier an der Seite ein Loch zum Hineinfüllen."

Emma beugte sich rechts über die Dachreling, um nichts zu verpassen. Ich hatte den Eindruck, dass sie diesen Ausflug in die Zukunft vielleicht sehr komisch, aber auch richtig spannend fand.

„Là voilà!", sagte ich und hielt ihr die Hintertür des Wagens auf, in den sie neugierig hineinglitt und es sich auf dem Sitz bequem machte. Dabei überlegte ich, ob es einen Sinn machte, sie anzuschnallen. Sie war ein Geist, aber ich konnte sie auch berühren. Nicht so wie einen Menschen. Bestand sie aus etwas, was auch durch die Windschutzscheibe fliegen konnte, falls ein Unfall passierte? Konnte sie sich verletzen? Widersinnige Gedanken über jemanden, der tot ist, dachte ich bei mir und beschloss, sie lieber anzuschnallen. Sicher war sicher.

„Hey", schrie Emma und sträubte sich zappelnd im Gurt, „ich fahre doch freiwillig mit. Du brauchst mich nicht zu fesseln!"

Oje, war das anstrengend, alles was für uns so selbstverständlich war, musste genau erklärt werden, damit sie es verstand.

„Keine Angst, Emma“, beruhigte ich sie. „Das ist so Vorschrift in modernen Kutschen – man nennt sie übrigens Autos – und nur zu deiner Sicherheit, damit du nicht vom Sitz fällst. Du weißt doch, hier traben viel mehr Pferde unter der Haube und darum fahren wir auch viel schneller, als du dir vorstellen kannst nach Stadthagen. Wir brauchen etwa eine Viertelstunde.“

„Eine Viertelstunde?“, fragte sie ungläubig, „wir haben mit der Kutsche immer zwei Stunden gebraucht.“

Zum Glück vertraute mir Emma und blieb mit einem etwas missmutigen Gesicht sitzen. Im Rückspiegel sah ich jedoch, dass sich der Ausdruck in dem Moment änderte, als ich den Motor anließ. Jetzt blickte sie mit gespannter Erwartung auf das, was ich im Wagen machte. Sie hatte nie eine Lenkung oder eine Kupplung gesehen.

„Oh, die Autokutsche fährt rückwärts“, staunte sie mit großen Augen und drehte sich nach hinten um, als ich aus der Einfahrt fuhr. In der Ferne rauschte majestätisch der ICE vorbei.

„Guck mal, ein ganz langes, weißes Auto mit rotem Streifen!“, rief Emma.

„Nein, das ist ein moderner Hochgeschwindigkeitszug“, verbesserte ich das Gespenst.

„Ein was?“, fragte Emma verdutzt.

„Eine sehr schnelle Eisenbahn der heutigen Zeit“, verbesserte ich mich selbst, damit Emma mich verstand. Ich musste mehr darauf achten, ihr die neuen Dinge einfacher zu erklären.

„Ach“, sagte sie, „die haben damals auch ganz anders ausgesehen. Ich bin nämlich schon mal Zug gefahren. In meinem letzten Leben bin ich mit meiner Mutter und meiner Amme von Minden aus über Gießen nach Frankfurt und von dort nach Heidelberg gefahren. Ab Heidelberg mussten wir die Kutsche bis Bad Wildbad nehmen und dort bin ich dann gestorben. Aber das muss ich dir mal genauer erzählen.

Eigentlich wären wir nämlich über Kassel gefahren, weißt du", erklärte Emma ganz in Gedanken versunken. „Die erste Strecke bis dorthin hätten wir in der Kutsche zurückgelegt bis ins Schloss Wilhelmshöhe zu meinem entfernten Onkel Friedrich Wilhelm, aber der war zu dieser Zeit schon im Exil in Böhmen."

„Ach so, warum das denn?", fragte ich.

„Weil er während des deutschen Krieges nicht zu Preußen gehalten hatte, sondern zu Österreich", erklärte Emma. „Papa war auch mehr für Österreich", flüsterte sie auf einmal ganz leise, „aber er hat sich geschickter verhalten, politisch meine ich."

„Wie meinst du das?", fragte ich neugierig. Es faszinierte mich, was sie alles von damals noch wusste.

„Nun", antwortete sie, „Papa stimmte erst einmal für den Einmarsch nach Preußen und schickte ein paar Soldaten nach Mainz. Aber ruck, zuck! trat er dem Norddeutschen Bund bei und war aus dem Schneider."

„Und wieso weißt du das? Du warst doch noch viel zu klein, damals", wunderte ich mich kopfschüttelnd und versuchte mich dabei trotzdem auf die Straße zu konzentrieren.

„Das ist eine lange Geschichte!", sagte Emma abweisend, weil die Fahrt viel zu spannend war oder weil sie keine Lust hatte, mit mir darüber zu sprechen. Ich wollte nicht drängen. Es würde sich irgendwann die Gelegenheit ergeben, mit ihr über die Zeit nach ihrem Tod zu reden.

Inzwischen fuhr ich mit siebzig auf der Bundesstraße Richtung Stadthagen und Emma hatte Mühe, den Kopf dauernd hin und her zu drehen, um möglichst viele Bilder der vorbeisausenden Dinge zu behalten, über die sie mich später ausfragen wollte.

„Mein Gott, gibt es hier viele Autokutschen und so unterschiedliche“, staunte sie. „Gibt es denn heutzutage mehr Fürsten als Untertanen?

Oh je, dachte ich bei mir, was musste das für ein Kulturschock für Emma sein und wie sollte ich ihr alles jetzt auf einmal erklären. Dass Fürsten nicht mehr so viel zu sagen hatten, dass Menschen ihr Tagewerk für Geld verrichteten und dass sich heute darum fast jeder ein Auto leisten konnte. Sie hatte die gesamte Entwicklung des 20. Jahrhunderts verpasst.

„Weißt du, Emma“, sagte ich darum zu ihr, „das erkläre ich dir alles nach und nach. Jetzt fahren wir erst mal zum Stadthäger Schloss und da parken wir. Du wirst es bestimmt wiedererkennen. Es hat sich äußerlich nicht verändert.“

Ich fand es wichtig, ihr auch Gebäude, Plätze und Dinge zu zeigen, die sie schon kannte. Das würde ihr helfen, sich im Heute leichter zurechtzufinden, hoffte ich, wenn es etwas gab, was aus der früheren Zeit auch jetzt noch so aussah, als hätte Emma nur ein Nickerchen gemacht.

### *Das siebeneckige Mausoleum*

Wir fuhren durch den sonnigen Morgen und hatten eben die Schaumburger Brauerei hinter uns gelassen, als mir auffiel, dass Emma merkwürdig still geworden war.

„Emma“, sagte ich, „was ist los mit dir?“

„Du“, antwortete sie leise, „ich glaube, wir sollten hier schnell wegfahren.“

„Wieso?“, fragte ich und sah im Rückspiegel Emmas Gesicht, das selbst für ein Gespenst jetzt besonders farblos aussah.

„Es muss hier Riesen geben!“, flüsterte sie hinter vorgehaltener Hand, als käme gleich einer und würde uns platttreten.

„Wie kommst du denn darauf? Es gibt ganz bestimmt keine Riesen“, schmunzelte ich, ohne dass sie es bemerkte und war auf ihre Erklärung gespannt.

„Doch, ich glaube, du weißt es nur nicht“, erwiderte Emma im Flüsterton. „Da hinten haben sie ihre Gläser abgestellt! Mit Bier, glaube ich.“

Jetzt konnte ich mir ein schallendes Lachen nicht verkneifen und fixierte dabei Emma, die etwas unwirsch aus ihrem Sitz herausstierte, weil sie sich nicht ernst genommen fühlte.

„Emma, ach Emma“, sagte ich, um Zeit zu schinden, weil ich nicht wusste, wie ich ihr den Begriff Reklame erklären sollte und strich mir dabei die Haare hinters Ohr, „die Gläser sind nicht echt, wenigstens nicht als Trinkgefäße. Und auch das Bier ist nicht wirklich richtiges Bier. Es sind Attrappen, wie aus dem Kaufmannsladen, um Menschen zum Kauf von Bier zu verlocken. Wer hier an der Brauerei vorbeifährt, dem soll das Wasser im Mund zusammenlaufen.“

„Das ist hinterlistig“, meinte Emma entschieden und kniff die Lippen zusammen. „Sollen die Leute jetzt da läuten und Bier kaufen?“ „Nein, das Bier gibt es dort nicht zu kaufen. Sie stellen es nur her“, erklärte ich.

„Sie locken die Menschen an und geben dann nichts ab von dem, was sie haben?“, wunderte sich Emma.

„Genau“, sagte ich, „das Bier bekommt man im Supermarkt oder im Getränkehandel.“

„Was ist jetzt schon wieder ein Supermarkt?“, grübelte Emma und legte die Stirn in Falten.

„Das ist ein Laden, in dem man alles kaufen kann, was man will“, erklärte ich dem fassungslosen Gespenst, dessen nächste Frage ich förmlich schon hören konnte und rief darum als Ablenkung „So, jetzt sind wir da! Erkennst du was von früher?“

„Da – das Gericht, oh, und das Schloss. Da hab ich mal gewohnt“, rief sie und zeigte mit dem Finger auf das mit Halbkreisgiebeln verzierte Bauwerk.

„Ich weiß“, sagte ich. „Im Gerichtsgebäude, auch Amtspforte genannt, ist heute ein Heimatmuseum und das Schloss wird vom Finanzamt genutzt. Es gehört deiner Familie nicht mehr, sondern dem Land Niedersachsen.“

„Ach schade“, murmelte Emma, „dann können wir dort gar nicht hinein? Ich hätte so gerne die alten Räume gesehen.“

„Das geht leider nicht, Emma“, bedauerte ich mit einem Kopfschütteln den kleinen Geist. „Jedenfalls kann ich nicht so einfach hinein, nur nach Voranmeldung. Du kannst aber schon. Mach dich einfach unsichtbar und schlendere durch die Räume deiner Kindheit. Aber sei nicht enttäuscht. Es wird dort nichts mehr so sein wie früher ...“

„Ach nein“, erwiderte Emma bestimmt, „ich lasse dich doch jetzt hier nicht allein. Das kommt überhaupt nicht in Frage. Du bist doch extra wegen mir hergefahren. Also machen wir auch nur was zusammen.“

Ich hatte allerdings den Eindruck, dass ihr eher ein wenig mulmig war, ganz allein in dem veränderten

Schloss herumzustöbern. Das konnte sie natürlich nicht zugeben. Ein Gespenst hat eben keine Angst.

Wir parkten direkt hinter der Amtspforte an der Nordseite des Schlosses und stiegen aus. Emma wusste nicht, wie der Türgriff bedient werden sollte und mir war das auch ganz recht. Wie hätte es ausgesehen, wenn sich eine Tür von selbst öffnen und schließen würde. Ich tat also so, als würde ich meine Tasche vom Rücksitz nehmen und schnallte Emma dabei ab. Sie glitt aus dem Wagen und sah sich um.

„Die Bäume sind ganz schön groß geworden, seit ich zum letzten Mal hier war", sagte sie wehmütig, als ihr Blick in den Schlosspark fiel.

„Komm Emma", lockte ich das Gespenst aus seiner Melancholie, „wir gehen durch die Stadt. Du wirst dich wundern, was für schöne Geschäfte es dort gibt, mit Dingen, die du noch nie gesehen hast."

Aber Emma war schwermütig. Hatte ich einen Fehler gemacht, als ich sie an einen Ort gebracht hatte, an den sie sich von damals erinnerte? Mir schien, als sei ihr das Herz schwer. Sie wirkte so klein und verlassen neben mir. Selbst die bunten Auslagen in den Läden, die sonst zu tausendundeiner Frage geführt hätten, machten Emma nicht fröhlich. Mit hängenden Schultern schwebte sie neben mir her. Doch ich konnte sie nicht vor allen Leuten fragen, was sie bewegte.

Für andere hätte es so ausgesehen, als ob ich mich mit der Luft unterhalten hätte. Also ging ich mit ihr in eine Seitengasse, setzte mich auf einen Stein, zog Emma auf meinen Schoß und fragte sie:

„Was ist denn los mit dir, Emma? Bist du irgendwie traurig? War es falsch, hierherzukommen?"

„Nein", schluchzte Emma, „das ist ganz gut und ich bin auch neugierig. Ich finde es toll, dass du mir alles zeigst und erklärst. Aber wo ich vorhin mein altes Zuhause gesehen habe, da bin ich so traurig geworden. Weißt du, es gibt einfach niemanden mehr von damals, den ich lieb hatte. Alle sind tot und weg. Nicht mal als Gespenst sind sie wiedergekommen. Jedenfalls habe ich noch nie jemanden getroffen. Und auf dem Boden ist es manchmal so einsam ..."

„Du kannst doch ruhig ins Haus kommen, Emma", beteuerte ich und überlegte, wie ich es den übrigen Bewohnern erklären könnte, dass ab sofort ein Gespenst mit uns leben würde.

„Das ist lieb", antwortete Emma, „aber das ist nicht dasselbe. Ich hätte so gerne jemanden, der so ist wie ich, mit denselben Problemen und allen Möglichkeiten, die das Geistsein einem erlaubt. Verstehst du das?"

Ich drückte Emma vorsichtig an mich. Sicher verstand ich, was sie meinte. Nach jemand Ebenbürtigen sehnte sie sich, mit dem sie alles teilen konnte. Aber das lag nicht in meiner Macht. Mit dem Jenseits kannte sie sich besser aus als ich.

„Wollen wir denn noch die Martini-Kirche besuchen?", fragte ich Emma, „oder möchtest du lieber nach Hause? Hinten an die Kirche ist das Mausoleum angebaut. In der Gruft darunter liegen deine drei Särge. Eigentlich wollte ich mit dir dort deine Reise in die neue Zeit beginnen. Aber jetzt weiß ich nicht, ob das eine so gute Idee ist."

Emma blickte überrascht auf und sagte: „Meinst du, da ist noch was von mir?"

„Das weiß ich nicht", antwortete ich, „ich dachte nur, es sei vielleicht gut, dort zu beginnen, wo alles aufhörte. Ich hoffte, es könnte dir irgendwie helfen."

„Ja, lass uns ruhig dorthin gehen, wenn du glaubst, dass es uns weiterbringt. Sankt Martini kenne ich ja.

Auch das Mausoleum. Übrigens die einzige Kirche mit einer Uhr im Kirchenschiff. Sie soll den Pastor daran hindern, zu lange zu predigen. Das war Ursulas Werk."

Wieder einmal wunderte ich mich, was Emma alles wusste. Was ich ihr nicht gesagt hatte war, dass der Zutritt zur Gruft nicht erlaubt war. Aber das Mausoleum über ihr konnte man seit Neuestem besichtigen.

Wir hatten Glück, die große Kirchentür gab nach und ich zwängte mich mit Emma durch den Spalt. Wir standen im Durchgang unter dem alten Turm. Vor uns tat sich der Raum einer großen Hallenkirche auf.

„Sieh mal", flüsterte Emma in mein Ohr, „hier rechts ist eine riesengroße Figur von Onkel Otto mit seinen beiden Frauen. Aber ich glaube, die haben mal weiter hinten in der Kirche gestanden. Otto hatte eine turbulente Lebensgeschichte. Er war früher nämlich katholisch und wurde schon mit vierzehn Bischof von Hildesheim. Aber das war wohl nichts für ihn. Ein paar Jahre später schmiss er den Stab und die Bischofsmütze weg. Er nahm lieber ein Schwert in die Hand und kämpfte mit dem Kurfürsten von Brandenburg gegen die mit den roten, runden Kappen. So meinte er, könne er seinem Glauben besser dienen. Wir hatten einen von diesen lustigen Hüten in unserer Verkleidungskiste. Vielleicht hatte Otto den mitgebracht. Oben war noch ein schwarzer Wedel dran. Das sah lustig aus, wenn man mit dem Kopf wackelte.

Onkel Otto war übrigens zweimal verheiratet. Erst mit Maria, die siehst du hier links. Aber die ist ganz jung gestorben. Das hat ihn so schwer getroffen, dass er erst mal wieder in den Krieg gezogen ist, um sich abzulenken."

„Und das war ein echter Onkel von dir, Emma? Das muss doch viel länger her sein?", fragte ich neugierig.

„Nein, ich nenne ihn nur so, der Einfachheit halber", antwortete sie und lachte. „Otto der Vierte ist mein Ur-Ur-Ur-Opa. Allerdings stammt unsere Linie nicht von Prinzessin Maria ab, sondern von seiner zweiten Frau Ursula. Sie kam damals erst nach Schaumburg, nachdem Otto ihr versprochen hatte, dass er diesen ganzen katholischen Quatsch mit Beichte und Sakrament abschaffen wollte. Sehe ich den beiden eigentlich ähnlich?", fragte sie und schwebte mal neben das Gesicht von Otto und dann nach rechts neben Ursulas.

„Oh ja", beteuerte ich, „vor allem an der Nasenspitze! Die trägst du genauso elegant und vornehm mit den Löchern nach unten. Dann kann es nicht reinregnen."

Emma grinste frech. Das würde sie mir heimzahlen, meinte sie und schwebte voran. Dabei machte sie sich einen Spaß daraus, über die Kirchenbänke eine Art Hürdenlauf zu fliegen. Den unchristlichen Schabernack sah ja niemand.

Ich war froh, sie wieder ein bisschen aufgemuntert zu haben und ließ sie gewähren.

Emma zischte die Treppe zur Kanzel hinauf an Jesus, Paulus und den vier Evangelisten vorbei. Dort strich sie sich mit strenger Miene ihre Locken zurück und tat so als predige sie, wie damals Jacob Dammann, der Reformator der Grafschaft Schaumburg. Den Blick immer fest auf die alte Uhr gerichtet, rezitierte sie salbungsvoll mit großen Gesten.

Ich musste mich zusammenreißen, um nicht laut loszulachen, als sie sich plötzlich beim Gongschlag den Mund zuhielt, weil ihre Redezeit anscheinend um war.

Sie hielt sich wohl in ihrem Schauspiel an Luthers Ausspruch „Ihr könnt über alles reden, nur nicht über 40 Minuten". Mit einem Köpper sprang sie anschließend galant vom Kanzelrand und schwebte in einem Bogen am Altar vorbei, der eindrucksvoll das Leiden Christi bis zur Auferstehung darstellte, worüber Emma den Kopf schüttelte.

Ich konnte sie nicht fragen, was das nun wieder zu bedeuten hatte, denn ich hatte mich soeben der Gruppe angeschlossen, die vom Küster durch das Mausoleum geführt werden sollte.

Hinter dem Altar führte er uns durch eine Tür in das siebeneckige Gebäude. Hmm, die Sieben war für einen sakralen Bau eine etwas ungewöhnliche Zahl, fand ich. Mir fielen sofort die sieben Todsünden und die sieben Plagen ein und dass die Sieben lange Jahrhunderte als Hexenzahl angesehen war. Die Ausführung des Bauwerks aber war beeindruckend und stimmig in sich. Allein das Mosaik auf dem Boden, das sich wie Treppenstufen links um das Monument zu schrauben schienen, raubte mir den Atem. Emma hatte ihre liebe Mühe, mit ihren Geisterfüßchen ja nicht auf die schwarzen oder roten Steinplatten zu treten sondern nur auf die weißen. So etwas hatte ich früher auch in der Einfahrt meiner Großmutter gespielt.

Es fiel mir schwer, gleichzeitig den Erklärungen des Küsters zu folgen und Emma zu beobachten, die jetzt versuchte, einen der vier schlafenden Römer auf dem Grabmal wach zu kitzeln. Sie reagierten nicht, noch nicht mal, als sie sie an den kalten Zehen krabbelte, die aus den Sandalen hervorragten, weil sie aus Bronze waren. An den überlebensgroßen Christus wagte sie sich nicht heran. Das konnte ich verstehen. Er stand souverän mit seiner Siegesfahne über dem Geschehen mitten auf dem Sarkophag, in dem Graf Ernst gar nicht lag, denn der ruhte ein Stockwerk tiefer bei seinen

Ahnen und Nachfahren. Und genau da wollten wir eigentlich hin.

Das Problem war jedoch, dass niemandem der Zugang zur Gruft erlaubt war. Die Toten sollten dort ruhen und nicht von Neugierigen gestört werden. Lediglich alle fünf bis sechs Jahre kontrollierte die fürstliche Hofkammer, ob das Gewölbe noch intakt war. Der einzige Weg in die Gruft war eine Steiltreppe, die unter zwei großen Steinplatten im Durchgang zum Mausoleum verborgen lag. Mit einem Ring konnte man sie hochziehen, wenn man genug Kraft hatte. Aber selbst wenn ich die Muskeln und den Mut gehabt hätte, mich in die unterirdischen Gefilde vorzuwagen, wäre das hier vor den Augen des Küsters unmöglich gewesen.

Emma, die soeben die Löwen begutachtete, auf deren Rücken der Sarkophag ruhte, glitt herbei, als ich auf sie zuging und leise zischte.

„Emma", sagte ich, ohne die Lippen allzu sehr zu bewegen, „ich kann nicht mit dir in die Gruft kommen. Es ist verboten. Der einzige Zugang ist hier vorne unter den Steinplatten mit dem Ring in der Mitte. Du musst versuchen, ob du einen Spalt findest, durch den du hindurchgleiten kannst. Die Führung endet gleich. Wir werden in die Kirche zurückmüssen. Ich warte dort auf dich."

Emma nickte. Und noch während der Küster vom Grafen Ernst und seiner Frau Hedwig erzählte, die ihn überlebt und für die Fertigstellung des Mausoleums gesorgt hatte, sah ich Emma langsam, wie in Zeitlupe, zwischen den Steinritzen verschwinden. Ein Glück, dachte ich, sie würde es schaffen und sich selbst gegenüberstehen.

Emma war wie flüssiges Metall unter den mächtigen Sandsteinplatten hindurchgeflossen und saß jetzt auf etwas Hartem. Vorsichtig tastete sie mit den Füßen um sich. Vor ihr lagen Stufen aus Stein. Die würden sie in die Gruft führen. Aber wie lang und wie steil war die Treppe? Gab es etwas da unten, wovor sie sich fürchten sollte? Licht, dachte sie eben noch, Licht könnte ich brauchen, als sie mit dem Zeh an etwas Raschelndes stieß. Sie bückte sich und als sie danach griff, bemerkte sie, dass es Streichhölzer waren. Die musste wohl jemand hier vergessen haben.

Ein Glück, dachte sie und entzündete ein Hölzchen an der Reibefläche, denn ihr war ganz schön mulmig hier unten. Der dünne Span brannte nicht lange. Neues Dunkel umgab sie. Die Umgebung war schwer von der stehenden Luft. Sauerstoff drang nur durch wenige Ritzen, aber damit hatte Emma kein Problem. Sie atmete ja nicht. Und doch waren ihr einige Sinne als Gespenst erhalten geblieben. So fühlte sie zwar weder irdische Kälte noch Wärme, aber sehen, hören und riechen konnte sie fast so gut wie ein Mensch. Und noch etwas hatte sie mit den Lebenden gemein. – Die Angst. Sie fürchtete sich vor dem Unbekannten und vor der Dunkelheit. Darum war sie froh, diese Packung Zündhölzchen gefunden zu haben, die noch fast voll war. Vielleicht waren sie jemandem aus der Tasche gefallen.

Wieder rieb sie ein Streichholz an der rauen Fläche und leuchtete mit der Flamme ihre nahe Umgebung aus. An der Wand, drei Stufen treppab, hing eine Fackel, die sich für den Weg nach unten aus der Halterung nehmen ließ. Hilfe, irgendwas krabbelte auf ihrem Arm. Mit dem dritten Hölzchen entzündete sie das Licht am Docht und sah eben noch, wie sich eine dicke Spinne von ihrer Hand abseilte. Fast hätte sie vor Schreck alles fallen lassen, obwohl sie gar nichts gegen Spinnen hatte. Die Flamme der Fackel zischte zunächst, als sei sie entrüstet aufgeweckt zu werden, doch ihr Schein breitete sich langsam aus wie Nebel auf einem Teich.

Ui, vor ihr lag eine steile Treppe. Und weiter unten konnte sie im schwachen Schimmer bereits einige Särge erahnen.

Vorsichtig glitt sie hinab wie auf einer holprigen Rutsche. Uh. Hatte da eine Maus gequiekt? Sie meinte einen Schatten gesehen zu haben, der schnell davonhuschte. Nun, vor Mäusen hatte sie keine Angst und auch vor den Toten nicht. Sonst hätte sie Angst vor sich selbst haben müssen, kicherte sie nervös in sich hinein. Böse Geister gab es hier jedenfalls nicht. Die hätte sie sofort gewittert und schnell Reißaus genommen. Das Böse hatte seine eigene bläulich-durchsichtige Farbe und verbreitete eine Kälte, die nur ein Gespenst fühlen konnte. Hier unten war nichts Kaltes zu spüren. Emma konnte also ruhig weitergehen.

Am Fuß der Treppe öffnete sich ihr der siebeneckige Raum der Gruft. Genau in der Mitte stützte eine kräftige Säule das Kreuzgewölbe. Kein Wunder... Auf ihr steht das riesige Grabmal von Onkel Ernst, überlegte Emma und ließ das Fackellicht über den ersten Sarg kriechen. Dann schwebte sie vorbei an Hermann, Otto dem Fünften und an der kleinen Elisabeth, die noch in ihrem Geburtsjahr gestorben war. Der winzige Sarg stand auf einer Stele ganz dicht bei ihren Eltern Philipp und Sophia. Auch zwei von Elisabeths Brüdern hatten das erste Lebensjahr nicht erreicht. Komisch, dass sie nicht mit hier unten lagen, dachte Emma und glitt im Fackelschein an Ernst und seiner Hedwig vorbei. Hedwig hatte das Mausoleum nach seinem Tod fertigstellen lassen. Sie hatte viel länger gelebt als er. Die nächsten Namen sagten Emma nicht viel. Sie setzte ihre Runde fort, auf und ab schwebend wie ein Glühwürmchen, bis sie wieder an zwei kleine Särge kam, wo sie abrupt stehen blieb. Hier lag sie selbst. Nur einen Monat alt war sie geworden. Genau am Heiligen Abend 1827 war sie zur Welt gekommen. Als Christkind sozusagen, ein ganz besonderes Kind - ein Geschenk des Lebens zu Weihnachten. Ein schwaches nur, denn sie war viel zu früh geboren worden und keine Liebe der Welt konnte ihren Körper retten, der nur vier Wochen später sanft, mit einem letzten Atemhauch, wieder entschlief.

Neben ihr, ein weiterer Säuglingssarg. Das war ihr jüngerer Bruder Hermann, dessen Herz zu schwach gewesen war. Sie kannte ihn nicht.

Fünf Nischen weiter lag Emmas Mutter Ida. Arme Mama. Ob sie wohl damals oft in die Wiege geschaut und gehofft hatte, sie würde es schaffen?

Die Menschen kannten einfach zu wenig von dem, was blieb, wenn die Körper fort waren. Darum hatten sie Angst. Sie trösteten sich mit der Vorstellung von einem Leben nach dem Tod. Ein Widerspruch in sich, wie Emma fand. Beides war so unterschiedlich wie Tag und Nacht. Aber wie sollten sie es auch wissen?

Das Gespenst streichelte den Stein, der ihre Mutter bedeckte. Ida war auch ihre Großmutter gewesen in den beiden letzten Leben. Es musste unendlich traurig gewesen sein, Söhne, Töchter und Enkel verloren zu haben. Sie hatte viele überlebt. Das Sterben war vor allem für die Lebenden schmerzhaft, die zurückbleiben mussten.

Als Emma weiterflog, glaubte sie, wieder einen Schatten gesehen zu haben, der genau zwischen den beiden Säulen hindurchglitt, auf denen die Kindersärge ihrer letzten beiden Leben standen. Die Schwestern Emma zwei und drei lagen direkt nebeneinander und waren fast gleich groß. Sie zwängte sich durch den Spalt der Stelen und sah etwas Großes, Durchsichtiges nach links flüchten. Was konnte das nur sein? Mit der Fackel leuchtete sie um die Grabstätten ihrer Eltern Adolf und Hermine. Sechs der acht Kinder waren ihnen geblieben. Nur die kleinen Prinzessinnen mit dem Namen Emma waren im Alter von fünf und drei Jahren gestorben. Dazwischen lagen viele Jahre. Ein tragischer Zufall oder ein Fluch? Keine Prinzessin des Hauses Schaumburg-Lippe hatte nach ihr je wieder Emma geheißen.

Arme Mama, dachte sie und meinte diesmal Hermine, – ihr Name hatte weder Mutter noch Großmutter Glück gebracht – und genau darum war sie als Geist zurückgekommen. Das wusste sie jetzt.

Sie war eben noch in ihren traurigen Gedanken versunken, als sie wieder etwas fiepen hörte. Ganz kläglich drang es aus der finsteren Mauernische. Emma schwebte mit ihrer Fackel näher, leuchtete das Dunkel aus und erstarrte...

Über eine halbe Stunde hatte ich jetzt schon in der Stadthäger Marktkirche zugebracht. Langsam begann ich mir Sorgen zu machen, ob Emma wieder irgendwo hängen geblieben war, ob sie vielleicht unten auf einem der Särge saß und weinte oder ob sonst irgendetwas passiert war, was sie unten festhielt.

Ich schlich, die gotischen Fenster betrachtend, hinter den Altar, weil ich hoffte, ich würde etwas von Emma hören. Aber es war ganz still an der Tür zum Mausoleum. Kein Lufthauch regte sich. Kein Laut war zu hören. Unruhig ging ich ins Kirchenschiff zurück und setzte mich in eine der Bänke. Das harte Holz quälte meinen Rücken und ich dachte daran, dass diese Möbel damals für Sünder gemacht worden waren, die sich nicht unbedingt hier wohlfühlen sollten. Ich fühlte mich auch nicht wohl, machte mir schwere Vorwürfe und dachte soeben an ein Stoßgebet, dass Emma wiederbringen sollte, als ich etwas Längliches durch das große Schloss der Mausoleumstür fließen sah und auch unter der Tür quoll eine durchsichtige Masse hervor.

Himmel! War Emma entzweigerissen worden? Oder hatte sie sich nur geteilt und würde sich gleich wieder zusammensetzen? Ich rieb mir die Augen, denn was ich jetzt sah, war so unglaublich und so vollkommen unwahrscheinlich, dass ich mich selber kniff, weil ich befürchtete, trotz des unbequemen Schnittes der Kirchenbank eingeschlafen zu sein.

Vorneweg schritt siegessicher Emma mit einem breiten Grinsen und hinter ihr trottete ein riesenhafter, zotteliger Hund, der auf einmal Gas gab, Emma überholte und plötzlich vor mir stand – Auge in Auge.

„Also", stammelte ich, „das ist nicht dein Ernst, Emma, oder? Was ist das denn? Ein riesenhafter Gespensterhund?"

„Platz, Leo!", schimpfte Emma leise und das Tier schrumpfte auf den Fliesen zusammen. Es war länger als ich groß war.

„Mensch, das ist Leo! Mein irischer Wolfshund", erklärte mir Emma, als sei es die selbstverständlichste Sache der Welt. „Er lag unten vor meinem letzten Sarg und jaulte. Bestimmt liegt er schon die ganzen 139 Jahre da und niemand hat ihn bemerkt. So ähnlich wie bei mir."

„Und was machen wir jetzt mit ihm?“, fragte ich Emma und runzelte die Stirn.

„Wieso? Na mitnehmen, was sollen wir denn sonst mit ihm machen? Willst du ihn etwa hierlassen? Dann bleibe ich auch hier. Er hat sich die ganze Zeit nach mir gesehnt. Was meinst du, wie der mich abgeschleckt hat. Beinahe hat er mich umgeschmissen. Manchmal ist er sehr stürmisch.“

Leo legte den Kopf schief, als hätte er jedes Wort verstanden und sah mich mit seinen tiefgründigen Geisteraugen an. Und wer Hunde kennt, der weiß, welchen Ausdruck sie in ihren Blick legen können. Mein Herz schmolz dahin. Es war sowieso egal. Wir hatten schon zwei Hunde. Auf den einen kam es jetzt auch nicht mehr an.

„Na gut, Emma“, sagte ich. Dabei rutschte ich aus der Kirchenbank und versuchte meine Knochen wieder in die richtige Stellung zu bringen. „Wir nehmen Leo mit. Dann bist du nicht mehr so allein. Mal sehen, ob Luna und Sammy ihn bemerken.“

„Och, Leo ist ganz lieb. Der kann keiner Fliege was zuleide tun. Er ist nur manchmal etwas tollpatschig“. Nach diesen Worten schnalzte sie mit der Zunge und Leo sprang auf. Elegant schwang sie sich auf den Rücken des Zotteltiers und trabte wie ein stolzer Ritter in Richtung Ausgang.

„Komisch“, sagte sie, als ich ihr die große Kirchentür aufhielt und zeigte mit dem Finger nach links, „man sieht Onkel Otto gar nicht an, dass er an der Pest gestorben ist!“

„Das liegt daran, dass die Künstler immer alle wohlhabenden Leute nur zu ihrem Vorteil dargestellt haben. Sonst hätte niemand die Bilder und Skulpturen gekauft“, erklärte ich Emma, die sofort irgendetwas von Lug und Trug schimpfte und auf Leo unsichtbar wurde. Ich ließ die schwere Holztür hinter mir zufallen und folgte dem geisterhaften Gespann.

*Der Marktplatz der Träume*

Draußen empfing uns die Frühlingssonne mit ihren warmen Armen. Wie herrlich, dachte ich und schloss mit einem genüsslichen „Hmm" die Augen. Emma stutzte kurz und zuckte mit den Schultern, als ich ihr erklärte, dass ich mich nach dieser Kirchenkälte erst einmal etwas aufwärmen wolle. Sie hatte nur eine vage Erinnerung an Wärme.

„Leo", flüstere Emma, als wir vom Kirchplatz in Richtung Markt trotteten, „du musst jetzt auch unsichtbar werden! Es könnte sein, dass dich sonst jemand sieht."

Mit einem gelangweilten Brummen trabte der Rüde mit ihr voran, während sich seine Konturen wie Nebelschwaden in der Frühmorgensonne auflösten.

Er gehorcht ja ganz gut, dachte ich bei mir und überlegte, was es mit einem Gespensterhund wohl noch so alles auf sich haben würde. Ich war gespannt.

„Emma", sagte ich in die Luft, wo ich den kleinen Geisterreiter vermutete, „ich hatte dir doch vorhin etwas von Supermärkten erzählt. Die Geschäfte, in denen man alles kaufen kann. Willst du mal in einen hineingehen?"

„Au ja", antwortete es zwei Meter weiter vorn im Wisperton und ich näherte mich der Stimme.

„Hier an der Ecke ist Feinkost Tietz", erklärte ich leise, „ein ganz bekannter Stadthäger Supermarkt", und grübelte, ob Leo lieber draußen bleiben sollte.

„Meinst du, wir können deinen Hund mit reinnehmen? Er geht doch nicht an die Wurst oder so? Normalerweise dürfen Vierbeiner nicht mit. Siehst du, da steht ein Schild: Wir müssen draußen bleiben!"

„Nö, das finde ich blöd", meuterte Emma. „Ich will ihn doch jetzt nicht gleich schon wieder allein lassen. Ihn sieht doch niemand."

Ja, das war ein Argument, dachte ich und blieb ein bisschen in der elektrischen Schiebetür stehen, damit alle mitkamen.

„Seid ihr schon drin?", murmelte ich und tat so, als ob ich hüstelte.

„Hilfe", zischte Emma, „was ist denn das für ein Teufelswerk. Die Tür öffnet ihr Maul durch Zauberei. Sie frisst Hunde. Du musst Leo helfen. Mein armer Leo. Er ist mit dem Schwanz zwischen den Zähnen eingeklemmt. Ohh, und jetzt hat ihn das Türmonster wieder ausgespuckt - ein Glück", seufzte Emma.

„Nein, Emma, das ist kein wildes Zaubertier", raunte ich ihr in einer Nische zu, „diese Tür ist elektrisch und öffnet sich automatisch, wenn ein Käufer den Laden betritt oder verlässt."

„Na, wenn das kein Zauber ist", erwiderte Emma, „was soll denn das sonst sein? So etwas hat es zu meiner Zeit nicht gegeben."

„Das ist doch klar, Emma", erklärte ich, während sie die Tür beobachtete, die sich immer wieder wie von selbst öffnete und schloss, „die Nutzung des elektrischen Stroms begann auch erst in der zweiten Hälfte des 19. Jahrhunderts. Deswegen kannst du davon nichts wissen. Jetzt lass mich mal vorgehen", schlug ich wispernd vor, weil ich keine Lust hatte, mit meinen Erklärungen weiter ins Detail zu gehen, „damit du die Dinge sehen kannst, die es hier zu kaufen gibt."

„Ja, gut", hauchte sie aus dem Nichts und wir schlenderten im Gänsemarsch langsam durch die Gänge. Vorbei an bunten Süßigkeiten und dem Duft, der aus der Käsetheke drang.

Lecker, dachte ich eben noch, Schnecken möchte ich auch mal wieder essen, als direkt vor mir die liebevoll aufgestapelten Dosen mit Achat- und Weinbergschnecken wie von Geisterhand in sich zusammenfielen und mir vor die Füße purzelten. Geisterhand, schmunzelte ich, wohl eher Geisterpfote oder -schwanz. Leo hatte indessen einen Riesenschreck bekommen und achtete deshalb nicht so recht auf seine Unsichtbarkeit. Verschwommen sah ich ihn durch den Laden stürmen, über den Obststand schweben, haarscharf an der Auslage des Weinregals vorbeisegeln. Ich hechtete hinterher, um weiteren Schaden zu vermeiden und sah eben noch, wie er etwas unsanft von der Glastür gebremst wurde. Leider war gerade kein Käufer in der Nähe gewesen, der den Mechanismus für ihn in Gang gesetzt hätte.

„Emma", rief ich etwas atemlos und ließ Leo durch die Schiebetür entweichen, wo er sich kräftig schüttelte, „bist du noch oben drauf oder hat er dich abgeworfen?"

„Nein, ich bin noch da", lachte Emma, „ich habe mich im Fell festgehalten und bin mit ihm über die Regale geflogen. Das war vielleicht klasse. Das hat echt Spaß gemacht, fast besser als Autofahren."

Uff. Ich musste erst einmal verschnaufen. Auch Leo hing die Zunge aus dem Maul.

„Kommt, ich trinke jetzt da vorne beim Italiener einen Cappuccino. Den habe ich mir verdient", sagte ich. Was für ein Tag!

Gemächlich schlenderten wir den Marktplatz hinunter. Ich suchte mir einen Tisch in der Sonne und ließ mich in den Sitz sinken. Leo, wie konnte es anders sein, legte sich auf meine Füße. Wenigstens hatte er nicht das Gewicht eines lebendigen Wolfshundes von mehr als 50 Kilo, aber ich spürte den sanften Druck und lächelte. Er schien sich an mich zu gewöhnen.

Emma hatte keine Lust, sich mit dazuzusetzen. Sie war auf einmal abenteuerlustig und wollte den Marktplatz genau unter die Lupe nehmen. Die vielen Stände mit den unterschiedlichen Düften zogen sie magisch an. Mir war es ganz recht, wenn ich einen Moment nichts sagen musste. Emma würde mich hinterher mit reichlich Fragen bestürmen, da war ich mir sicher.

Oh, da hinten spielt Musik, dachte Emma bei sich und flog über ein Meer von Primeln, die wie ein bunter Teppich unter ihr lagen. Doch ihre Nase wurde von seltsamen Gerüchen abgelenkt. Also erst mal dem Duft nach. Mit schwebenden Hüpfern, wie eine Elfe auf dem Wasser, die mit der Zehenspitze Wellenkreise malt, sprang sie auf einen Stand zu. Hinter komischen grünen Früchten und weißen Blöcken sprach ein Mann die Passanten an. Sie konnte ihn verstehen, aber seine Stimme hatte einen fremdartigen Klang. Ob die grünen und blauen Dinger wohl Trauben waren? Vorsichtig kroch sie über den Tresen und schnupperte. Nein, das roch eher salzig und nach Gewürzen, die sie nicht kannte, aber lecker. Manchmal wünschte sie sich schon, probieren zu können. Sie nahm eine von den ölig-glitschigen Früchten zwischen zwei Finger und drückte. Trauben waren das wirklich nicht. In ihnen steckte etwas Weißes, Hartes oder Rotes, Glibberiges. Sehr komisch. Und diese weißen Klumpen sahen auch nicht nach Eis aus. Sie lagen in einer milchigen Flüssigkeit. Eben hob der Mann ein Stück heraus und wickelte es ein. Aha,

Schafskäse war das, wusste sie jetzt, weil die Frau danach verlangt hatte. Sie hatte gar nicht gewusst, dass man aus Schafen Käse machen konnte. Warum er wohl in der trüben Brühe lag? Das würde sie alles später fragen müssen. Dann war da noch so was, das wie Quark aussah, aber überhaupt nicht so roch. Als sie mit der Nase näher kam, kroch ein starker, unbekannter Duft in sie hinein. Nebenan lagen riesengroße Bohnen in einer roten Soße, die dickflüssig zu sein schien. Und was waren das für komische Flöten dort hinten? Sie glitt tiefer in die Auslage und merkte, dass es dünn gerollte Pfannkuchen waren und auch wieder nicht. Denn als sie mit dem Finger darauf tippte, fühlten sie sich ganz hart an. Merkwürdige Sachen essen die Menschen heute, dachte sie bei sich. Schade, dass ich nicht probieren kann. Am liebsten hätte sie überall mal genascht. Hier und am Kuchenstand. Auch durch den Käse hätte sie ihren Finger gebohrt und dabei noch mehr Löcher gemacht. Den Inhalt hätte sie sich auf der Zunge zergehen lassen. Während sie so nachgrübelte und ihr Geistsein wenigstens in diesem Punkt bedauerte, krochen wieder diese lieblichen Töne in ihr Ohr, die sie schon vorhin aufspüren wollte. Also schlängelte sie sich aus dem Tresen und konnte es nicht lassen, dem Mann mit den dunklen Augen einmal kräftig in den Nacken zu pusten. Er zuckte zusammen und zack! war der letzte Löffel Quark nicht im Töpfchen, sondern auf seiner Hose. Im Wegfliegen hörte Emma ihn in einer Sprache fluchen, die sie nicht verstand. Mist, das war danebengegangen. Sie wollte ihn doch nur ein bisschen necken. Die Musik klang jetzt näher. Langsam drängte sie sich zwischen Wurst- und Brotwagen durch und da stand er. Er stand da mit einer Laute und spielte lange, weiche Töne direkt in ihr Herz...

Während ich so vor mich hindöste und fast ein bisschen einnickte, drang auf einmal eine fremde Stimme an mein Ohr.

„Entschuldigung, darf ich mich setzen?"

Ich wusste gar nicht, wie viel Zeit unterdessen vergangen war und nickte dem Unbekannten zu. Ein mittelschlanker, kleiner Mann mit graumelierten Locken lächelte mich aus dem Stuhl gegenüber an und Leo knurrte leise. Irgendwie hatte ich plötzlich ein komisches Gefühl und setzte mich aufrechter hin. So konnte ich auch Leo besser sehen, der den Fremden nicht aus den Augen ließ.

„Ich wollte sowieso gerade zahlen und gehen", sagte ich und winkte dem Kellner. Wo sich Emma nur herumtrieb? Leo würde sie bestimmt finden, überlegte ich und gab noch fünfzig Cent Trinkgeld. Als ich aufstand, rückte der Unbekannte mit seinem Stuhl ungeschickt zur Seite und rempelte mich an. In dem Moment wurde Leos Knurren lauter. Er vergaß seine Tarnung, schoss auf den Mann zu und biss ihn in die Hand. Mit einem lauten Aufschrei ließ der Fremde fallen, was er festgehalten hatte und rannte davon. – Es war mein Portemonnaie...

In diesem Moment kam Emma aufgeregt hinter dem Käsewagen hervorgestürzt. Auch sie hatte ein bisschen Gestalt angenommen.

„Der Mann", flüsterte sie etwas außer Atem, „hat er dir was getan?"

„Er wollte mir meine Brieftasche stehlen", erklärte ich, „wie kommst du darauf? Hast du uns beobachtet?"

„Nein", antwortete sie direkt in mein Ohr, „ich wollte gerade zu euch zurückkommen, da sah ich den Mann und von ihm ging ein blaues Leuchten aus. Da bin ich ganz schnell angesaust gekommen. Sie leuchten alle blau, die böse sind – Menschen, Tiere und Gespenster. Weißt du das nicht? Kannst du das nicht erkennen?"

„Nein", schüttelte ich den Kopf, „das habe ich nicht bemerkt, aber Leo muss es gesehen haben, denn er knurrte schon, als der Dieb sich zu mir setzte."

„Guter Leo", sagte Emma und tätschelte ihm den Hals, „auf dich ist Verlass. Siehst du, es war gut, ihn mit aus der Gruft zu nehmen!"

„Allerdings", stimmte ich zu und kraulte verstohlen Leos Öhrchen, „denn sonst hätte ich jetzt weder Geld noch meine Karten und auch keinen Führerschein mehr."

„Spielst du um Geld?", wollte Emma wissen.

„Nö, wieso?"

„Na, weil du Karten dabei hast!"

„Ach so", schmunzelte ich, „das sind Bankkarten, mit denen man Geld vom Konto abheben kann. Aber das zeige ich dir demnächst mal, wenn ich zur Bank gehe."

„Und was ist ein Führerschein?", fragte Emma. „Wen führst du denn wohin?"

„Einen Führerschein braucht man, wenn man Auto fahren will. Das darf man nicht einfach so. Er erlaubt einem das Führen eines Fahrzeuges. Das ist ein bisschen altertümlich ausgedrückt. Es bedeutet, dass man so eine moderne Kutsche namens Auto lenken darf."

Keiner von uns hatte auf Leo geachtet, der langsam, dicht über den Boden kriechend, auf eine Retrieverhündin zurobbte. Erst als er sehnsuchtsvoll zu winseln begann, bemerkten wir sein Davonschleichen. Die Hundedame sprang auf wie von der Tarantel gestochen und drehte sich nach allen Seiten um, als Leo an ihrem Schwanz schnupperte.

„Los jetzt, Leo“, raunte ich dem Wolfshund heimlich zu und tat dabei so, als würde ich einen Stein aus meinem Schuh schütteln. „Wir müssen aufbrechen! Da hinten kommt eine schwarze Wolkenwand auf uns zu. Das Wetter wird sich nicht mehr lange halten.“

„Hopp, hopp, Leo“, lockte jetzt auch Emma ihren vierbeinigen Freund. „Ich will dir mein neues Zuhause zeigen. Es wird dir bestimmt gefallen. Wir legen uns gemeinsam auf die alte Matratze, die ich unter das Dachfenster gelegt habe, um den Mond zu sehen. Da kuscheln wir dann ganz dicht, ja?“

Das gefiel Leo. Mit zwei Freudensprüngen galoppierte er auf uns zu und riss dabei meinen Stuhl um.

„Oh“, sagte ich zu den Tischnachbarn, „wie ungeschickt von mir. Ich muss mit der Tasche hängen geblieben sein.“

Noch vor dem Wolkenbruch schafften wir es zum Auto. Als die ersten dicken Tropfen fielen, war neben Emma auch Leo in den Wagen hinter die Rücksitze geschlüpft. Er füllte den gesamten Fußraum aus. Emma gefiel das, denn sie konnte ihre Füße auf Leos Rücken stellen. Eine echte Gespensterfuhre sind wir, dachte ich bei mir und dabei kam mir das Widernatürliche der Situation fast ganz normal vor.

## *Vom Wunder des Sterbens*

Wir hatten kaum den Kreisel in Richtung Sankt Annen verlassen, als Emma, die bis dahin wohl gegrübelt hatte, mit ihrem Fragewasserfall begann.

„Sag mal, wieso verstecken die bei Tietz die ganzen Sachen hinter irgendwelchem bunten Glitzerpapier? Nur Käse, Wurst, Obst und Brot habe ich offen herumliegen sehen. Was in dem anderen Knisterkram und in den Blechbüchsen drin war, konnte man gar nicht richtig erkennen. Ist das wieder so ein Trick, dass man oben bunte Bildchen draufmalt und innen nur altes Zeug verkauft? Auf dem Markt war das viel besser. Dort konnte ich an allem herumschnüffeln."

„Sicher", sagte ich, „da hast du recht. Auf dem Markt sind die Waren frisch, aber manches Gemüse bekommt man nicht zu jeder Zeit im Jahr. Dies kann man in Konserven, so heißen die Blechdosen, lange haltbar machen oder man friert es ein."

„Wie - einfrieren? Mitten im Frühling, wo es nicht kalt ist? Wie soll das gehen? Wir haben doch keinen Winter! Wäre das Eis nicht ohnehin nur zum Kühlen gut? Jedenfalls hat man es bei uns früher in dicken Blöcken in den Felsenkeller gebracht. Dort taute es nur langsam ab und hielt die Gewölbe im Berg schön schaurig kalt", antwortete Emma.

„Heute ist das ganz anders", erwiderte ich und zwinkerte Emma durch den Rückspiegel zu, „die Elektrizität oder der Strom, der vorhin die Tür bewegt hat, kann auch genutzt werden, um Dinge gefrieren zu lassen."

„Ach ja, euer Zauberstrom", brummte Emma und machte ein unwirsches Gesicht, „mit dem geht ja wohl mittlerweile alles ..."

„Na, alles nicht und selbst wenn... Was wäre denn so schlimm daran?", wollte ich von Emma wissen. Ich verstand nicht, was sie daran störte. „Der Strom hilft uns in vielen Bereichen. Züge fahren damit. Wir können Licht am Schalter anknipsen. Wir drücken einfach auf einen Knopf und - wusch! - ist der Raum erleuchtet, ohne dass dafür eine Kerze angezündet werden muss, die weniger hell, aber gefährlich ist. Brot und

Kuchen werden in elektrischen Öfen gebacken. Viele Maschinen, die der Mensch heute braucht, funktionieren nur noch so und selbst in der Medizin wären die Ärzte heute auf manchen Gebieten ohne Strom beinahe so hilflos wie vor 150 Jahren."

„Ah so. Dann würde ich heute vielleicht noch leben?", fragte Emma neugierig. „Ich meine, wenn ich damals jetzt gelebt hätte?" Sie wackelte nachdenklich mit dem Kopf.

„Vielleicht", antwortete ich, „der Fortschritt hat dazu geführt, dass die Menschen heute viel länger leben als früher. Dafür ist einerseits der Strom verantwortlich, aber auch die Forschung. Man hat viele Einzelheiten herausgefunden, zum Beispiel was Krankheiten verursacht. Daraufhin hat man Wege und Mittel entwickelt, wie man die meisten beseitigen oder zumindest so im Zaum halten kann, dass der Mensch wieder gesund wird oder wenigstens nicht sofort stirbt. Zu deiner Zeit konnte einen eine Blinddarmentzündung oder eine schwere Erkältung mit Fieber umbringen. Das ist jetzt meist vollkommen heilbar. Eine Operation oder das passende Medikament machen den Kranken wieder ganz gesund. Diese an sich wunderbare Entwicklung hat aber leider auch ihre Schattenseiten!"

„Wie meinst du das?", wollte Emma wissen. „Es ist doch ein Segen, wenn die Ärzte einfach ein bisschen mit Strom, Messern und Mittelchen zaubern, damit der Kranke wieder lachen kann."

„Wenn es das nur wäre, ja, dann hättest du recht, dann wäre die Medizin des 21. Jahrhunderts wirklich nur ein Segen. Für manche ist es aber auch ein Fluch. Und das aus unterschiedlichen Gründen. Bei einigen Krankheiten hat es die Wissenschaft und die Forschung immer noch nicht geschafft, sie auszurotten oder den Menschen zu heilen. Eine davon müsstest sogar du kennen – das Wechselfieber, hier in Norddeutschland wurde es, als du lebtest, auch Marschenfieber genannt. Damals hat es in Ostfriesland eine Epidemie gegeben. Jedes zweite Kind war krank. In den warmen Ländern heißt das Fieber Malaria. Hier bei uns gibt es mittlerweile keins mehr. Heute haben wir eine andere, weltweit verbreitete und unheilbare Infektion mit dem Namen Aids. Viele sterben auch an wuchernden Geschwulsten. Sie zerstören den Menschen nach und nach. Man nennt sie Krebs, weil das böse Gewebe das gesunde kaputt macht, es praktisch auffrisst."

„Dann sind die Menschen krank und laufen wie halbe Leichen herum, aber sie sterben nicht mehr?", wunderte sich Emma.

„Nun, das stimmt nicht ganz", erwiderte ich, „sie sterben schon, aber nicht so schnell. Man kann ihnen ihr Leben noch eine ganze Zeit erhalten, allerdings mit einigen Nachteilen, was das Wohlbefinden angeht."

„Und was bringt ihnen das? Also habt ihr doch nicht wirklich etwas gewonnen mit eurer modernen Schlauheit", bemerkte Emma triumphierend und massierte Leos Rücken dabei mit den Füßen. „Was nutzt euch das alles, wenn die Natur neue Wege findet, euch den Tod zu bringen und diesen auch noch schön ausschweifend gestaltet? Ist das nicht schmerzhaft für den Betreffenden und seine Familie?"

„Das kann man nicht ganz von der Hand weisen. Viele weigern sich auch gegen medizinische Maßnahmen, die ihr Leben verlängern. Sie wollen nicht an Maschinen angeschlossen werden, die die Funktionen ihrer Organe übernehmen. Sie verweigern Medikamente, die ihre Krankheit aufhalten, weil das Leben mit den Nebenwirkungen, die sie verursachen, nicht mehr lebenswert ist. Im Prinzip hast du recht mit dem, was du sagst. Wir können heute manches einfach heilen, dafür haben wir jetzt diese andere Seuche, von der ich vorhin sprach. Sie ist weitaus hinterhältiger, als die Pest. Es gibt sie schon über 20 Jahre und niemand hat eine Möglichkeit gefunden, sie zu heilen. Wie viele ihr zum Opfer fallen werden, kann niemand wissen und sich wahrscheinlich auch niemand vorstellen."

„Hast du schon mal darüber nachgedacht, wie die Erde aussähe, wenn es euch gelungen wäre, den Tod zu überlisten?", fragte Emma mit grübelndem Blick.

„Tja, wir hätten mittlerweile massive Probleme mit immer mehr Hunger, vor allem in den armen Ländern. Der Müll würde sich zum Himmel stapeln. Wir hätten schon jetzt schlimme Stürme und Überschwemmungen, weil Abgase und Dreck unsere Atmosphäre zerstört hätten. Dadurch wäre der Meeresspiegel gestiegen, das Wetter hätte sich weiter verändert und, und, und..."

„Von eurem Abfall und dem Wetter weiß ich nichts", entgegnete Emma, „ich habe jetzt nur an die Menschen gedacht. Und da hast du recht. Es wären einfach zu viele da. Sie hätten nicht genug zu essen. Und es wären auch alle Kranken da, die nicht sterben könnten. Sie müssten unendliche Schmerzen erleiden. Überall würdest du Weinen hören. Die ganze Welt wäre erfüllt vom Seufzen derjenigen, die sich selbst nicht mehr ertragen könnten, weder ihr eigenes Leid noch die Bürde, die sie damit anderen auferlegen. Und in ihr Schluchzen würde sich das Wehklagen der Angehörigen und Freunde mischen. Es ist schwer zu ertragen, Menschen, die man liebt, dahinsiechen zu sehen. Ihre Liebe würde im Laufe der Zeit an ihre Grenzen kommen. Verstehst du, was ich meine? Hunger, Schmerz, das Gefühl der eigenen Unzulänglichkeit würden auf Dauer jede Liebe töten. Im besten Fall blieben Mitleid und Verantwortung. Sag mir, was wäre eine Welt ohne Liebe?"

„Willst du mir erklären, Emma, dass es eine Notwendigkeit des Sterbens gibt?", fragte ich resigniert.

„In gewisser Weise ja", antwortete sie mit einem Blick, der in die Ferne zu schweifen schien. „Sterben ist wichtig. Mir kommt es so vor, als ob du den Tod lieber abschaffen würdest. Er passt wohl nicht in deine Welt."

„Damit kommen heute viele Menschen kaum zurecht, nicht nur ich allein", stimmte ich ihr zu, „wir haben das Sterben aus unserem modernen Leben ausgeklammert, wie alles Unangenehme. Jedenfalls das offensichtlich Unangenehme. Dafür haben wir anderen Belangen ganz viel Gewicht gegeben. Zum Beispiel dem Wunsch, dass jeder so sein kann, wie er will."

„Das scheint eine komische Zeit zu sein", sagte Emma nachdenklich, „bei uns hat man schon den Kindern beigebracht, dass man nicht tun kann, was man will. Wir sind dazu erzogen worden, Rücksicht zu nehmen. Zum Beispiel, wenn Papa etwas Wichtiges zu schreiben hatte oder jemand von der Familie gestorben war, dann konnten wir nicht wie der Wirbelwind durchs Schloss toben. Auf jeden Fall wird eure Rechnung nicht aufgehen, dass ihr den Tod loswerden könnt. Und selbst wenn ihr das möglich machen könntet, würdet ihr ihn schon sehr bald wieder herbeisehnen. Nur, wer sollte dann sterben? Und wer müsste diese Entscheidung treffen?"

„Ja, da muss ich dir recht geben", nickte ich Emma durch den Rückspiegel zu und bog in die Straße „Auf der Widdserburg" ein. „Es ist besser, wenn kein Mensch die Macht hat, über Tod und Leben zu entscheiden."

„Ich glaube", sagte das grübelnde Gespenst, „dass die Menschen, was das Sterben anbelangt, einfach ein falsches Bild vor Augen haben und ich kann sie verstehen. Ich habe auch vor allem Angst, was ich nicht kenne. Außerdem habe ich auf dem Boden ein paar alte Zeitungen durchstöbert. Auf vielen Seiten war von Mord, Unfall oder Abstürzen berichtet worden. Das sind natürlich tragische Todesfälle. Von denen spreche ich aber nicht. Ich meine das Sterben, das Erlösung ist, weil Weiterleben nur Qual bedeutet."

„Kannst du mir denn ein bisschen was davon verraten, damit ich dich besser verstehen kann?", fragte ich vorsichtig, bog in die Einfahrt ein und hoffte, dass ich nicht zu weit gegangen war mit meiner Neugier.

„Ich kann es versuchen", antwortete Emma überhaupt nicht verärgert. „Du hast doch Kinder oder?"

„Ja, zwei, aber sie sind längst erwachsen", antwortete ich und verstand den Sinn ihrer Frage nicht im Geringsten.

„Erinnerst du dich noch an die Geburt der beiden?", wollte Emma wissen, als ich ihr die Tür öffnete und sie abschnallte. Ich nickte. „Dann weißt du im Prinzip, wie Sterben ist. Es ist ein Weg voller Erwartung, nicht immer ganz schmerzlos. Wenn ein Mensch ins Leben tritt oder es verlässt, fühlt er – wie du als Mutter, wenn sie das Kind zur Welt bringt – dieselbe Erleichterung der Entspannung. Weißt du, was ich meine? Es ist ein kaum zu beschreibendes Glücksgefühl von allumfassender Liebe."

„Ich glaube, ich kann mir vorstellen, wie du das meinst", sagte ich und bewunderte Emmas Weisheit.

„Es gibt vielleicht noch einen anderen Vergleich, aber der ist etwas delikat."

„Nur heraus damit", lachte Emma und wuschelte auf Leos Kopf herum, damit er aufwachte, weil er aussteigen sollte. „Ich weiß zwar nichts von euren modernen Zaubereien, aber es gibt kein Gefühl, das mir fremd ist. Alles, was man empfindet, ist ebenso zeitlos wie ewig."

„Also gut", erwiderte ich und überlegte dabei, wie ich das, was ich sagen wollte, am besten ausdrücken könnte. Leo interessierte das alles nicht. Er gähnte mich aus seinem riesigen Wolfsmaul an, dass ich alle Zähne sehen konnte und ich war froh, dass er weder roch noch mich als seinen Feind betrachtete. „Wenn Mann und Frau sich lieben und sich ganz nah sind, wenn sie sich in jeder Hinsicht verbinden meine ich, bis zu einem besonders ersehnten Moment, dann ist da ein ebensolcher Augenblick wie du ihn beschrieben hast. Das Übertreten einer Schwelle, die Erleichterung der Entspannung - das Glücksgefühl der Geborgenheit des Liebens."

„Im Lieben ist alles eins. Der Mensch wird aus ihr gezeugt und geboren, um später dorthin zurückzukehren. Sie ist allumfassend. Und was war jetzt daran so besonders delikat?", seufzte Emma ein bisschen müde und hüpfte leicht schwebend mit Leo aus dem Auto in Richtung Bodentreppe. „Ihr seid vielleicht komisch. Alles, was euch wie ein Wunder vorkommt, weil ihr es nicht anfassen könnt, scheint euch unangenehm zu berühren. Und doch erlebt ihr sie, diese Wunder, denn alle haben ihre Notwendigkeit und ihre Wichtigkeit. Ohne sie gäbe es weder Leben noch Sterben ...

... und jetzt entschuldige uns bitte", sagte Emma, „ich möchte Leo sein neues Zuhause zeigen. Außerdem bin ich schrecklich müde nach diesem anstrengenden Tag."

„Schlaft gut, Emma und Leo", rief ich den beiden mit verhaltener Stimme nach, die es sich jetzt bestimmt auf der Matratze gemütlich machen würden, und auch ich freute mich auf ein Nickerchen in der Nachmittagssonne, die sich jetzt bereits wieder in den Pfützen spiegelte.

*Stimmen in der Nacht*

Ich hatte es mir auf der Terrasse gemütlich gemacht. Im Schatten des Schirms fühlte ich eine wohlige Wärme und schlief beim Gesang der Meisen ein, die ihre Kinderstube im nahen Baum hatten. Das Zwitschern trug meine Gedanken in Bildern vor mir her wie ein Lied. Hatte Emma nicht eben noch vom Tod gesprochen oder vom Lieben? War beides überhaupt zu trennen? Was war denn vor und nach dem Leben? Wenn wir Menschen aus Liebe geboren wurden, kehrten wir dann in unserem Sterben zu der Liebe zurück? So hatte ich Emma jedenfalls verstanden.

Das Lied flog vor mir her wie ein flatterndes Band. Wellenförmig wiegte es sich im Luftstrom, doch ich konnte es nie richtig fassen. Immer wenn ich dachte, dass ich nur noch zugreifen musste, trieb es ein flüchtiger Windstoß aus meiner Reichweite. Das Ende entzog sich mir und löste sich schließlich auf in Wolkendunst, aus dem die Noten wie Tropfen zur Erde fielen. Einer davon traf mich auf der Hand. Ich schreckte hoch und starrte verwirrt in zwei Paar Hundeaugen. Luna und Sammy!

„Ach, ihr seid's!", murmelte ich erleichtert und ließ mich in den Gartenstuhl zurücksinken.

„Wer soll es denn sonst sein, der dir die Hand leckt?", schmunzelte Peter, der es sich, während ich schlief, auf der Liege nebenan bequem gemacht hatte. „Glaubst du etwa, dass ich auf den Gedanken gekommen wäre? Und mehr als zwei Hunde haben wir ja nun mal nicht."

„Wenn du wüsstest!", flüsterte ich.

„Wie bitte? Ich habe gute Ohren", betonte Peter entschieden, „jetzt sag nicht, dass du im Tierheim in Stadthagen gewesen bist. Ich habe mich sowieso schon gewundert, was du in der Kirche dort gewollt haben könntest. Na, wo hast du den Hund versteckt?", schmunzelte er und zwinkerte mir mit den Augen aufmunternd zu.

„Na ja", erwiderte ich nachdenklich, „es ist nicht ganz so, wie du denkst. Ich war in der Kirche und der Hund ist aus dem Mausoleum, aber eigentlich ist er nicht wirklich und ich konnte auch ganz bestimmt nichts dafür."

„Wie bei der zweiten Katze neulich?", wollte Peter mit einem süffisanten Grinsen wissen. „Die kam ja auch nur so zufällig mit der einen aus dem Tierheim mit. Und was heißt das, der Hund sei aus dem Mausoleum und nicht wirklich?"

„Das heißt ganz einfach gar nichts", versuchte ich abzuwiegeln. „Es war nur ein Spaß."

„Es ist ja nicht schlimm, wenn du mir nicht alles erzählst, aber für dumm halten solltest du mich nicht", entgegnete Peter und runzelte die Stirn. „Meinst du, es wäre mir entgangen, dass du nachts heimlich aufstehst? Also heraus mit der Sprache. Was machst du so dick eingemummelt im Garten oder in der Garage oder im Schuppen?"

„Ach, menno, wenn ich dir die Wahrheit sage, dann glaubst du mir sowieso nicht", antwortete ich resigniert. „Es ist so unwahrscheinlich, dass ich es fast selbst immer noch nicht glauben kann. Du wirst dir an die Stirn ticken und mich für verrückt halten."

„Das tue ich ja sowieso, aber jetzt mach es doch nicht so spannend!"

„Also gut", erwiderte ich und überlegte, wie ich es ihm am besten beibringen konnte. Bestimmt war die direkte Schockmethode am sinnvollsten. „Wir haben ein Gespenst!"

„Wir haben ein was?", fragte Peter vollkommen fassungslos.

„Wir haben ein Gespenst!", wiederholte ich mit Nachdruck und einem bestimmten Nicken. „Es lebt auf dem Dachboden über dem alten Stall und heißt Emma. Leo ist ihr Hund."

„So, so", grinste Peter und rückte sich zurecht, als ob er beobachtet würde. „Ist es wenigstens ein weibliches Gespenst? Und ist es hübsch? Wie sieht sie denn aus?"

„Siehst du, du nimmst mich nicht ernst!", ärgerte ich mich. Ich warf mein Kissen in Peters freches Gesicht. Es hatte eben noch meinen Kopf in wohligem Schlummer gebettet. Peter lachte und warf das Kissen zurück. Es landete auf dem Boden. Sammy schnappte sich die Beute und rannte die Treppen zum Garten hinab. Sofort sprang Luna hinterher, um ihm das Kissen abzujagen. Ich lief den beiden schimpfend nach und nahm mir vor, in den nächsten Stunden gar nichts mehr zu sagen. Sollte Peter doch leiern, wenn er mehr wissen wollte. Ich würde ihn zappeln lassen.

Emma hatte zum ersten Mal seit langer Zeit richtig gut geschlafen. Dicht an Leo gekuschelt kam sie auf der alten Matratze zur Ruhe. Es war wunderbar, nicht mehr allein zu sein. Als sie die Augen wieder öffnete, stand die Mondsichel genau im runden Fenster, als ob sie jemand mit dem Pinsel dorthin gemalt hätte. Die Dämmerung hatte schon fast alle Farben verwischt und rief die letzten Vögel zu ihren Ruheplätzen.

Leo lag an ihrer Seite und streckte sich. Das war eine gute Idee, fand Emma und tat es ihm nach. Was für ein Tag! In Gedanken ließ sie Onkel Otto, das Mausoleum und die Gruft noch einmal vorbeiziehen. Auch die vielen merkwürdigen neuen Dinge, die sie erlebt hatte, kamen ihr wieder in den Sinn. Und jetzt wusste sie auch, warum sie sich vor knapp fünfzig Jahren hierher verirrt hatte. Das Straßenschild „Auf der Widdserburg" hatte ihr vorgegaukelt, schon am Ziel zu sein. Hmm, vielleicht war das im Grunde gar nicht so schlecht gewesen, grübelte Emma und rieb sich das Kinn. Wer weiß, ob man sie im Schloss freundlich empfangen hätte? Sie wollte dort nicht nur als namenloser, unsichtbarer Geist durch die Säle wandern, den niemand bemerkte. Ihr größter Wunsch war es, ihrem Nachfahren ein guter Freund zu sein. Wie hieß er noch einmal? Ach ja, Alexander. Ein schöner Name ... Vielleicht könnte Lisa ihr helfen, den Fürsten kennenzulernen. Aber, oh je, was, wenn er gar nichts von ihr wissen wollte. Sie setzte sich auf und legte das Kinn auf die Knie. Leo war inzwischen aufgestanden und schnüffelte in den Ecken der Dachkammer herum. In dieser Hinsicht war er ganz Hund geblieben. Während der Mond seine blasse Wiege am Himmel weiterschob, grübelte Emma, wie Alexander wohl reagieren würde und wie sie ihm am besten begegnen sollte. Bis jetzt hatte sie sich noch nicht überwinden können, überhaupt nur in die Nähe des Schlosses zu schweben.

Es lag zwar nur einen Kilometer weiter südlich. Das wusste sie. Doch allein der Gedanke, das Schlosstor aus der Ferne zu sehen, ließ eine Wehmut, eine Sehnsucht in ihr aufsteigen, die ihren durchsichtigen Körper wie eine Flutwelle überrollte. War das Heimweh, fragte sich Emma. Und was erwartete sie von Alexander? Sie wollte die Vergangenheit und Gegenwart mit ihm teilen. Sie wollte ihm Glück bringen, ihm ihre Freundschaft schenken. Aber würde er das annehmen? Von einem Geist? Glaubte er an Gespenster oder wenigstens an Dinge jenseits des Realen?

Gedanken blitzten auf und vergingen. Manche hallten wie Donner in ihrem Kopf nach und hinterließen ein Pochen, in das sich das Knarren der Bodentreppe mischte. Jemand kam. Mit einem Zischlaut befahl sie Leo, ebenso unsichtbar zu werden wie sie selbst.

„Ich bin's nur, Emma“, flüsterte ich noch während die störrische Tür quietschend nachgab. „Ich wollte nur mal sehen, wie es euch geht.“ Irgendetwas wehte mir ins Gesicht.

„Ganz gut“, murmelte Emma wenig glaubhaft und ließ sich sichtbar werden. Auch Leo nahm Gestalt an. Ich sah eben noch die silbrig durchscheinende Zunge vor meinen Augen aufblitzen und wusste, dass das geisterhafte Wehen die Liebesbezeugungen des Rüden gewesen sein mussten. Er wedelte immer noch mit dem Schwanz und ließ sich am Kopf kraulen.

„Was heißt denn ganz gut?“, fragte ich zweifelnd und setzte mich zu Emma auf die Matratze.

„Ach, ich weiß nicht, ob ich mal zum Schloss gehen sollte“, erwiderte Emma und sah mich an. „Vielleicht mag er mich nicht oder er sieht mich erst gar nicht.“

„Wer sieht dich nicht? Meinst du Alexander?“, wollte ich von ihr wissen.

„Ja, Alexander", murmelte Emma nachdenklich.

„Hör mal", sagte ich, um das Gespenst auf andere Gedanken zu bringen. „Nun mach dir erst mal keine Sorgen wegen Alex. Da werden wir uns was überlegen. Ich wollte dir jetzt schnell mal erzählen, was ich vorhabe. Sonst wird es zu spät."

„Wofür denn?", fragte Emma und setzte sich im Schneidersitz genau gegenüber hin. Ein neuer Funken Lebensfreude glänzte aus ihren neugierigen Augen.

„Ich habe Peter zu einer nächtlichen Radtour überredet und ihr sollt mitkommen. Eigentlich ist es eine Wette", grinste ich im Halbdunkel.

„Um was hast du denn gewettet?", wollte Emma wissen. „Und was ist eine Radtour? Wo wollen wir denn hin?"

„Moment, Moment, eins nach dem anderen", bremste ich die Fragewut des Gespenstes. „Ich habe darum gewettet, dass ich es Peter beweise, dass du existierst. Aber du musst mir dabei helfen. Wie, weiß ich noch nicht. Wir wollen mit dem Fahrrad - das ist eine Erfindung aus dem 19. Jahrhundert - in den Schaumburger Wald fahren. Ein Fahrrad besteht aus zwei Rädern, einem Sitz, einer Tretmaschine und einem Lenker. Man setzt sich auf einen Sattel, so ungefähr wie beim Pferd. Dann muss man die Balance halten, weil die Füße die Kurbeln im Kreis treten müssen. Zusätzlich sollte man darauf achten, dass man dorthin lenkt, wo man hin will. Sonst liegt man im Graben."

„Das klingt aber kompliziert", sagte Emma und wackelte mit dem Kopf, dass ihre Silberlocken hin- und herflogen. „Ich schwebe lieber auf Leo nebenher."

„Gut. Das habe ich mir sowieso so vorgestellt", lachte ich und strich ihr einen besonders widerspenstigen Kringel aus der Stirn. „Wundere dich aber nicht, wenn Peter dich nicht sehen kann. Er glaubt nämlich nicht daran, dass es dich gibt. Wir können aber trotzdem ganz normal reden, auch wenn er dich nicht hört. Das wird bestimmt lustig! Du kannst gleich runterkommen, wir müssen eben nur die Fahrräder aus der Garage holen. Bis gleich."

Vorsichtig stieg ich die Holztreppe hinab. Peter hatte inzwischen schon die Drahtesel startklar gemacht. Über diesen Begriff würde Emma bestimmt lauthals lachen und nach den langen Ohren suchen. Störrisch waren die Dinger immerhin. Sie bewegten sich freiwillig und von allein keinen Meter vorwärts.

„Du hast vielleicht Ideen", brummte Peter und schwang sich in den Sattel. Ein paar Grillen zirpten noch. Ganz in der Ferne verabschiedete sich das letzte Rot des Tages mit einem Käuzchenruf. „Demnächst müssen wir noch nachts auf Friedhöfe. Alles nur wegen deines Geisterquatsches."

Emma, die gerade die Treppe hinunterglitt, hielt den Atem an. Geisterquatsch - das war aber ein starkes Stück. Na warte, dachte sie bei sich und stieg auf Leos wolligen Rücken.

„Ganz so unrecht hast du gar nicht", sagte ich und stupste Peter mit dem Finger in die Seite, dass er zuckte. Emma schmunzelte.

„Da, wo wir hinfahren, kann leicht ein gruseliges Gefühl aufkommen."

„Wieso, wo willst du denn hin?", erkundigte sich Peter. „Ich denke, wir fahren durch die Kornmasch zum Kanal und wieder zurück."

„Und noch ein bisschen weiter", lachte ich, stieg auf und begann mit den Worten „Los ihr drei!" in die Pedalen zu treten.

„Was heißt denn ihr drei“, grummelte Peter, der sich auf den Arm genommen fühlte. „Ich denke, du hast nur ein Gespenst dabei. Sind es jetzt auf einmal zwei?“

„Nur Emma und ihr Hund Leo. Der ist schließlich auch mit dabei“, erklärte ich ihm und zischte den Berg zur Brücke über die Umgehungsstraße hinauf.

Als Peter mich wieder erreicht hatte, sagte ich zu ihm: „Ach komm, Bruderherz, hör auf zu grummeln. Es gibt die beiden tatsächlich und jetzt fahren wir zu Emmas Oma, beziehungsweise Uroma. Fürstin Juliane liegt mit ihrer Mutter in einem Mausoleum direkt im Schaumburger Wald. Es ist ein bisschen versteckt, weil es nicht direkt am Weg gebaut wurde. Als Kind bin ich früher mit meinem Opa dort gewesen. Mal sehen, ob ich es wiederfinde.“

„Muss denn das in der Nacht sein? Können wir dort nicht mal tagsüber hinradeln?“, wollte Peter wissen und Emma rief gleichzeitig:

„Au ja, vielleicht ist sie auch ein Geist!“

„Es ist so eine wunderschöne, laue Spätfrühlingsnacht und es ist bestimmt viel spannender dort als am Tag. Ob sie auch ein Gespenst ist, weiß ich nicht genau.“

„Das habe ich doch gar nicht gefragt“, sagte Peter verdutzt.

„Du nicht, aber Emma!“, antwortete ich und stieg vom Fahrrad, weil wir eben die Kanalbrücke erreicht hatten. Seidig lag das Gewässer wie ein Silberfaden unter uns.

„Oh“, rief Emma, „ein Fluss. Ich habe ewig keinen mehr gesehen.“

Peter runzelte die Stirn, als ich ihr antwortete:

„Das ist auch keiner. Es ist ein Kanal. Von Menschenhand gebaut, um verschiedene Flüsse miteinander zu verbinden.“

„Treibst du es nicht ein bisschen zu weit", neckte mich Peter. „Jetzt tust du auch noch so, als müsstest du deinem Gespenst Erdkundeunterricht geben."

„Das muss ich auch, denn wie soll sie sonst etwas dazulernen. Aber jetzt erzähle ich euch ein bisschen was aus dem 18. Jahrhundert. Das ist für euch beide interessant. Es ist die Geschichte von Juliane, Fürstin Juliane. Sie wusste immer genau, was sie wollte. Sie heiratete den Wittwer Philipp Ernst zu Schaumburg-Lippe. Er war viel älter als sie. Seine Kinder aus erster Ehe waren bereits tot. Das älteste starb genau einen Monat vor der Hochzeit mit Juliane."

„Das ist ja tragisch", sagte Peter bestürzt und starrte ins Wasser. „Konnte er sich da überhaupt auf den Tag freuen?"

„Der Tod war damals der ständige Begleiter des Lebens", erklärte ich und Emma nickte dazu. „Sicher war es schmerzlich, aber die zweite Ehe versprach auch neues Leben. Juliane war jung. Sie hat Philipp Ernst ebenfalls vier Kinder geboren, von denen immerhin alle bis auf eines alt wurden."

Peter nickte. „Und warum hat Juliane ein Mausoleum im Schaumburger Wald? Liegen ihr Mann und ihre Kinder auch dort?"

Emma, die inzwischen auf meine Lenkstange geschwebt war, um alles besser mitzubekommen, bekräftigte seine Worte.

„Ja genau, warum ist sie nicht auch in Stadthagen in der Gruft bei ihrem Mann?"

Ich schmunzelte mit geheimnisvollem Blick. „Juliane und ihr Mann verstanden sich gut, aber sie hatten nur wenige gemeinsame Jahre. Dann wurde Philipp krank, während sie bei ihren Eltern war, um sich von der Geburt der jüngsten Tochter zu erholen. Noch auf dem Weg nach Hause ereilte sie die Nachricht vom Tod ihres Mannes."

„Aber wenn sie sich doch so gut verstanden haben, was macht sie dann im Wald?", erkundigte sich Peter. „Das ist doch ein bisschen merkwürdig."

„Sie hatte einen Geliebten", rief ich und schwang mich aufs Rad, während Emma vor Schreck vom Lenker floh. Sie blieb doch lieber bei Leo.

„Jetzt halt doch mal an", beschwerte sich Peter und folgte mir. „Wenn es interessant wird, hörst du einfach auf zu erzählen."

„Das finde ich auch nicht nett", meckerte Emma neben mir.

Ich verlangsamte die Fahrt. „Na gut, aber ich kann doch auch so weitererzählen. Sonst kommen wir nie an."

Der Fahrtwind blies uns die laue Nacht, die schon vom Sommer schwärmte, um die Nase und ich begann von Neuem.

„Juliane hatte ein Verhältnis mit ihrem Oberforstmeister. Ich habe keine Ahnung, wann es begann, aber sie müssen sich sehr geliebt haben. Seinerzeit war es ein Geheimnis, das nur wenigen bekannt war. Juliane war viel auf Reisen oder zur Kur in Frankreich. Dort wurden die gemeinsamen Kinder geboren. Heimlich natürlich. Was meint ihr, wenn das herausgekommen wäre. Aber auch Clemens und sie hatten nicht viel Zeit zusammen. Juliane starb einige Jahre nach ihrem fürstlichen Gemahl an den Folgen einer Erkältung, die sich auf die Lunge gelegt hatte."

Eine Weile glitten Emma und Peter still neben mir her, wie in einer Trauerminute für die Fürstin, die schon über zwei Jahrhunderte tot war.

„Wollte sie denn im Wald begraben werden?", fragte Peter etwas melancholisch. „Ich meine, weil ihr Liebster Oberforstmeister war?"

„Vielleicht konnte er nur so ihr Grab noch besuchen?", vermutete Emma. „In die Gruft kommt doch keiner rein."

„Das lässt sich historisch nicht so ganz einwandfrei entschlüsseln. Sie wird wohl damit gerechnet haben, dass man sie nicht neben ihrem Mann beerdigt hätte. Darum hat sie dieses Mausoleum im Wald errichten lassen - zunächst für ihre Mutter, aber ein weiterer Platz blieb dort frei und sie bestimmte, dass sie dort ihre letzte Ruhe finden wollte, neben Ulrike, die ihr Mutter und beste Freundin zugleich war."

Inzwischen hatten wir den asphaltierten Waldweg erreicht. Zwischen den Bäumen war es ein wenig dunkler als auf der Straße oder beim Kanal.

„Eins wollte ich dich noch fragen", rief Peter ein bisschen außer Atem. „Was ist eigentlich aus Clemens und den Kindern geworden?"

Emma schwebte ein bisschen näher, damit sie nichts verpasste.

„Clemens hat Juliane lange überlebt. Ich denke, er wird sich um die beiden Söhne gekümmert haben. Mehr weiß ich darüber leider nicht, weil ich an meinen Recherchen im Staatsarchiv noch arbeite. Das Einzige, was noch bekannt ist, ist, dass ihm ein Grabmal in der Nähe von Schloss Baum errichtet worden ist. Aus Schicklichkeit ein paar Kilometer von Juliane entfernt. Aber ich habe es noch nie gesehen und jetzt im Dunklen würden wir es auch nicht finden. So, nun lasst uns unsere Räder hier abstellen. Dort, wo der Kiesweg beginnt, ist es nicht mehr weit bis zum Mausoleum."

Wir hatten kaum ein Stück des Weges zurückgelegt, als Leo plötzlich unruhig wurde und Ohren wie Nase in die Nachtluft hielt. Peter merkte zunächst nichts. „Pst", raunte ich ihm zu. Alle lauschten. Ganz klar, da waren Stimmen, wie ein überirdischer Chor. Jemand sang. War Juliane ebenfalls zurückgekehrt? Als wir näherkamen, drang winziges Licht, wie kleine Glühwürmchen, die auf der Stelle zu schweben schienen, durch das Gestrüpp. „Siehst und hörst du auch etwas?", flüsterte ich Peter zu, der leise nickte. Dann mussten es Menschen sein, dachte ich bei mir und folgte Emma, die sich schon weiter vorgewagt hatte.

Vor dem Mausoleum saßen Gestalten mit Gesichtern wie aus weißem Marmor gemeißelt. Sie waren ganz schwarz gewandet und schienen zu summen. Unzählige, kleine Kerzenflammen betupften die unwirkliche Szene. Sie malten in der Ferne riesenhafte Schatten. Niemand schien Emma und Leo zu bemerken, die sich inmitten des Kreises niedergelassen hatten und uns zuwinkten. Ein schauriger Anblick. Menschen, die wie Tote aussahen und ein höchst lebendiger Geist. Der Mond fand einen Weg durch die Zweige über uns. Lichtflecken ließen die bemoosten Steine grünlich aufleuchten. Uns schauerte und wir wollten uns gerade abwenden, als eine junge Frau mit einem Mal im Nebel Gestalt annahm, als ob die Tür des Monuments sie ausgespieen hatte. Ihr langer Mantel umwehte sie sacht und ließ nur seltene Blicke auf ihr Gesicht zu, das sie in der Kapuze verbarg. Dieser Moment war so unheimlich und doch auch fesselnd, dass wir uns nicht bewegen konnten. Der ganze Kreis der Untoten summte in tiefem Vibrieren. Unsere Augen hingen an der bleichen Frau, die plötzlich zu singen begann ...

Franco war ein Mann ohne Zeit. Alter und Tod schienen ihn vergessen zu haben. Er lebte in einer Art Endlosschleife durch die Jahrhunderte, wie eine der guten, alten Vinylplatten, die - wenn sie einmal hakten - dieselbe Sequenz unermüdlich wiederholten, während sich die Welt um sie herum weiterdrehte und veränderte.

Wann Franco geboren war, hatte er längst vergessen. So auf unfassliche Art in Zeit und Raum konserviert, sah er, was andere nicht bemerkten.

Seine Begleiter waren Lotte und Beppo. Sie hießen immer so. Er nannte sie immer beim selben Namen. So musste er sich nicht umgewöhnen, wenn der eine oder andere von ihm ging. Lotte, der Esel, hatte die ersten zwei Jahrzehnte schon hinter sich gelassen und war inzwischen ein wenig gemütlicher geworden, aber Beppo war jung. Er strotzte vor ungestümer Lebenskraft. Manchmal kniff er Lotte aus lauter Übermut in die Fesseln. Der alte Esel nahm dies mit der Gelassenheit seiner Jahre geduldig hin. Er hatte schon drei Beppos überlebt.

Franco streichelte die Graue und dachte an ihre Vorfahren. Jeder war für ihn ein ganz besonderer Freund gewesen. Mit ihnen und all seinen Beppos lebte er hautnah und intensiv. Er brauchte kein Haus, keine Menschen, für die er verantwortlich sein wollte. Zu viele hatte er vorbeiziehen sehen. Nur seine Laute, die brauchte er und das Gefühl des warmen, treuen Holzes auf seiner Brust. Sie spielte sein Lebenslied und verband ihn mit jedem Heute, das er erlebte.

Trotz allem war Franco nicht menschenscheu. Er hatte nur gelernt, sich nicht mehr an die Vergänglichen zu binden. Es tat zu weh. In sein Herz waren zu viele Namen eingebrannt. Auch das war ein Grund, warum Esel und Hund die ihren von den Vorgängern übernahmen. Ein bisschen lebte damit weiter von allen Lottes und Beppos. Aber das neue Leben mit alten Namen milderte auf Dauer den Schmerz, den er eine Zeit lang mit diesen Silben verband und machte ihm Freude, wie nur Welpen und Fohlen sie durch ihre Unbeholfenheit schenken können.

In Sommerzeiten zog Franco von Ort zu Ort, spielte auf mittelalterlichen Märkten und Landpartien. Wenn keine Veranstaltung einen Rahmen bot, konnte man ihn auch auf Marktplätzen hören. Lotte trug seine spärliche Habe, die aus ein paar Decken, Büchern, einem Becher und drei verbeulten Töpfen bestand. Keine schwere Last für einen gestandenen Esel. Und Beppo sorgte dafür, dass weder Lotte selbst noch Francos Hab und Gut das Opfer von Dieben wurden. Dafür ernährte Franco die beiden und sich von seinem Lautenspiel. Für seinen Esel fand er im Sommer ohnehin genug. Mit dem Hund teilte er so manche Mahlzeit, denn Beppo war ein Feinschmecker, der auch Beeren und andere Früchte ebenso wenig ausschlug wie Käse und mit Butter bestrichenes Brot.

Ganz selten leistete er sich den Luxus einer warmen Mahlzeit, denn dann musste er – wenn er diese nicht im Freien zu sich nehmen konnte – Lotte und Beppo am Rand der Stadt allein lassen. Obwohl er sich auf die beiden verlassen konnte, blieb er doch gerne in ihrer Nähe, wie eine Mutter, die nur zufrieden ist, wenn sie ihre Familie um sich weiß. Darum liebte Franco die mittelalterlichen Märkte, die es inzwischen fast das ganze Jahr hindurch irgendwo gab. Dort fiel er nicht weiter auf, konnte seine Lebensweise aus alter Zeit beibehalten und seine Tiere um sich scharen, während süßer Met wohlig seine Kehle hinabrann und der Duft würzigwarmen Knoblauchbrotes seine Sinne noch vor dem ersten Bissen auf den Genuss einstimmte.

Zum Schlafen reichte ihm eine Kombination aus Holzstöcken und Decken, die er wie ein Zelt aufbaute, um sich beim Anbruch der Nacht wohlig gesättigt mit Beppo zur Ruhe zu begeben. Auch der Hund gab ein zufriedenes Brummen von sich, weil sein Magen mit Lammknochen und Wurstzipfeln gefüllt war. Lotte kaute noch ein paar verträumte Halme und merkte nicht einmal, wie der Schlummer sie in Besitz nahm.

In der Nacht träumte Franco von der Erscheinung, die er vor Kurzem in Stadthagen auf dem Marktplatz gehabt hatte.

Er war sich sicher, dass niemand außer ihm die Gestalt bemerkt hatte, die da so staunend am Rand schwebte und seinem Lautenspiel lauschte. Hatte sie ihn eben gerufen? Er ließ das Instrument neben Beppo gleiten und sah ihr nach. Wie eine Feder schwebte sie in Richtung Kirche davon. Wer war sie? Und was wollte sie von ihm, jetzt, da sie ihm zuwinkte, dass er ihr folgen solle.

Ganz leicht waren seine Beine mit einem Mal und er merkte, dass er die Füße nicht zum Laufen brauchte. Die Schwerkraft hatte nachgelassen. Mit dem Tippen seiner Fußspitze stieß er sich auf dem Boden ab und schwebte der Gestalt nach, die - noch die Kirchentür in der Hand - mit eindringlichem Blick um seine Hilfe bat. Kurz bevor sich die schwere Holztür schloss, war er hindurchgeschwebt. Sie winkte wieder. Über ihr hing ein großes Kreuz im Mittelgang. Doch sie deutete auf die Tür hinter dem Altar. Wo war sie jetzt? Im letzten Moment sah er etwas unter der Tür hindurchwabern, leise, wie Dunst über Morgenfeldern. Ob er auch hindurchkam? Vorsichtig spähte er mit einem Auge durch das Schlüsselloch und fühlte, wie ihn etwas zog. Immer länger und länger wurde er und floss in einen zweiten Raum, auf dessen Boden sich weißer, blaugrauer und roter Marmor in ein Muster reihten. Wo war die Gestalt? Er hörte ein leises Weinen und Summen unter sich. Dort musste er hin. Das war ihm auf einmal so bewusst, als hätte er niemals ein anderes Ziel gehabt. Mit dem Rest seiner Schwerkraft drang er zwischen die Sandsteinplatten, dehnte sich aus und glitt die steilen Stufen hinab. Da sah er sie im Schein einer Fackel. Durchscheinend zwar, doch eben noch sichtbar. Fast konnte er ihre Worte nicht verstehen. Wieder und wieder schwebte sie um die kleinen Särge und wimmerte: Ich bin nicht hier. Hier bin ich nicht, auch Papa nicht, nicht meine Geschwister Ida und Hermann. Wie soll ich mich finden, wenn hier nicht der Ort meines Herzens ist. Wo ist der Ort deines Herzens, wollte er dem Wesen zurufen und was ist er, doch sein Mund formte keine Worte. Sprachlos hauchte er seine Fragen in die dämmernde Luft. Hier nicht, hier nicht, hörte er sie klagen. Hilf mir, mich zu finden, bettelte die immer dünner werdende Stimme so traurig, dass er im Aufwachen ihre Tränen auf seinen Wangen spürte.

## *Verlorene Herzen*

Peter und ich saßen immer noch wie erstarrt im Halbdunkel. Wir waren gut von Sträuchern verborgen. Niemand hatte gehört, wie wir die Luft eingesogen und dann angehalten hatten, als die Unbekannte zu singen begann. Aus einem Mund drang ihr schaurig-schönes Lied, als ob es von zwei Kehlen gesungen würde. Es war ein Lied für Juliane gewesen.

Jetzt löste sich auch die Gruppe der Weißgesichter auf. Sie schienen irgendwie von Unruhe getrieben zu sein. Stellten ihre Lichter in die Laternen, die sie bei sich hatten und flohen schnellen Schrittes mit ihren schwarzwallenden Mänteln den Weg zurück, den die heimlichen Lauscher gekommen waren. Die Bleichgesichtigen sahen aus wie ein Schwarm zu groß geratener Fledermäuse, die dicht über dem Boden schwebten.

„Mein Gott, bin ich froh, dass du die Frau ebenfalls gesehen hast", flüsterte ich Peter ins Ohr, „sonst hätte ich gedacht, sie wäre ebenfalls ein Geist."

Peter zuckte zusammen, weil er nicht damit gerechnet hatte, dass ich ihm ins Ohr säuseln würde.

„Klar hab ich sie gehört, das war doch laut und deutlich, aber woher kamen auf einmal das Kind und der Wolf? Hast du die Grufties dazu angestiftet, mir ein Gespenst vorzugaukeln? War das überhaupt alles geplant, dieses nächtliche Stelldichein? Nur um mich davon zu überzeugen, dass es sie gibt? Deine Emma meine ich..."

„Du hast sie gesehen?", fragte ich ungläubig. „Siehst du sie jetzt auch noch? Da, sie kommt auf uns zu. Kannst du sie auch hören?"

„Habt ihr das gesehen?", stammelte Emma ganz außer Atem.

„Ich höre zum Glück nur dich und das ist ja auch kein Wunder, weil die mit dem Projektor fort sind", knurrte Peter mit einem leichten Schmunzeln in der Stimme. „War ein toller Spaß, aber jetzt lass uns nach Hause radeln, ich bin müde. Du kannst mir morgen wieder was von deinem Jenseitsquatsch erzählen. Aua! Du musst mich nicht zwicken!"

„Das war Emma und sie hatte vollkommen recht", lachte ich, drückte ihm einen Kuss auf, dann kämpfte ich mich zu meinem Fahrrad durch, „sie ist eben ganz schön selbstbewusst geworden in den letzten Monaten."

„Es ist zwecklos", murmelte Peter und stieg ebenfalls in den Sattel. „Sie hat sich an dieser Gespenstergeschichte festgefressen."

Emma schnaubte entrüstet. Sie schwebte mit hocherhobener Nase auf Leo vor ihm her. Die Lust zum Reden war ihr vergangen, was selten vorkam. So ein Ignorant, dachte sie bei sich. Dabei muss er doch wohl einen Moment nicht so sicher gewesen sein, dass es keine Gespenster gibt, sonst hätte er uns nicht gesehen.

Ich fand es besser, das Thema nicht allzu sehr zu strapazieren und wollte morgen wieder mit Peter über Emma sprechen. Jetzt erzählte ich ihm etwas von der klaren Nacht, von dem Duft, der durch die Felder gezogen war und weitere Sommertage verhieß und davon, dass ich glücklich war, dass er jeden Quatsch mitmachte, weil er ein toller Bruder war.

„Wir sehen uns morgen", zischte ich Emma heimlich zu, als sie wieder in der Widdserburg angekommen war.

„Ich wollte dir eigentlich noch etwas Wichtiges erzählen", raunte sie ein bisschen enttäuscht zurück, „aber es ist wohl besser, wenn wir uns heute nicht mehr treffen."

Ich nickte und nahm mir vor, ganz früh am nächsten Tag auf den Boden zu steigen, während Leo und Emma durch die kleine Tür über der Stiege verschwanden.

„Julianes Geschichte ist wirklich interessant", sagte Peter, als wir die Räder in die Garage stellten. „Tragisch auf der einen Seite, aber auch faszinierend ungewöhnlich."

„Über die Fürstin gibt es noch viel mehr zu erzählen, aber das muss bis morgen warten", gähnte ich und schloss die Haustür auf. Sammy und Luna kamen müde um die Ecke. Sie wedelten nur halbherzig zur Begrüßung.

Der nächste Tag brachte das erhoffte Sommerwetter. Leiser Dunst waberte noch über den unreifen Ähren der Wintergerste, während der rote Halbkreis schon satt über dem Horizont aufstieg. Es war ein ganz besonderer Duft, den die frühe Hitze dem Korn entlockte. Fast trügerisch, als ob es niemals mehr Winter werden würde.

Peter schlief noch, als ich leise die Stallbodentreppe hinaufschlich. Ich wollte Emma nicht erschrecken, die sicher noch mit Leo auf der Matratze schlummerte. Vorsichtig schob ich die Tür auf und näherte mich auf Zehenspitzen. Emma hatte augenscheinlich vor lauter Müdigkeit vergessen, sich unsichtbar zu machen. Das war insofern lustig, weil sie irgendetwas Großes, Unsichtbares im Arm zu halten schien. Ich setzte mich behutsam auf die Matratze und streichelte Emmas Haar. Sie brummte wohlig und drehte sich auf den Rücken. Auch Leo wurde langsam sichtbar. Er leckte zuerst ihr und dann mir die Hand.

„Ich muss dir doch dringend was erzählen", seufzte Emma und rieb sich die müden Augen.

„Na, da bin ich aber mal gespannt", erwiderte ich mit einem Schmunzeln, weil Emma es so dringend machte.

„Damals im Mausoleum und vor allem in der Gruft, da hatte ich so ein komisches Gefühl. Es lässt sich schwer beschreiben. Irgendwie leer. Dabei hatte dieser siebeneckige Bau auf der anderen Seite eine ganz geheimnisvolle Ausstrahlung – unwirklich fast. Ich habe das damals so beiseitegeschoben, vor allem, als ich Leo dann entdeckte, habe ich es vergessen, aber jetzt bei Julianes Grab hatte ich es wieder. Diese Leere, eine Kälte und Zerrissenheit im Inneren."

„Hast du eine Ahnung, was der Grund sein könnte?", fragte ich grübelnd.

„Nein, überhaupt nicht." Emma schüttelte betrübt den Kopf.

„Meinst du, es hängt mit den Verstorbenen zusammen?", überlegte ich weiter. „Wenn du es bei Juliane auch spürtest, dann kann es nicht nur mit dir zu tun haben. Etwas anderes muss der Grund sein. Ich werde mal heute ins Staatsarchiv gehen und schauen, ob deine Ahnen in der Gruft und in Julianes Mausoleum etwas gemein haben. Vielleicht kann ich etwas herausfinden, was dein Empfinden erklärt. Willst du mitkommen?"

„Auf keinen Fall", erwiderte Emma entrüstet. „Du hast doch gesagt, das Staatsarchiv sei beim Schloss. Ich bin noch nicht so weit!"

„Schon gut, Emma, kein Problem, ich gehe allein", beruhigte ich das Gespenst und stutzte plötzlich. „Sag mal, bist du gewachsen? Dein Kleid geht dir nur noch bis knapp über das Knie."

„Was weiß denn ich", grummelte Emma, immer noch entsetzt über meinen wohlgemeinten Vorschlag und rollte sich auf die andere Seite.

Oh weh, dachte ich, man könnte glauben sie käme in die Pubertät, falls es so etwas überhaupt bei Gespenstern gab. Manchmal war sie hoch kompliziert. Dann war es besser, man ließ sie in Ruhe. Vorsichtig ging ich die Bodentreppe hinab und lief genau in Peters Arme.

„Na?", grinste er bis über beide Ohren, „mal wieder das Gespenst samt Hund besucht?"

„Ach, lass mich doch in Ruhe, wenn du mir nicht glaubst", fauchte ich unwirsch.

„Was ist dir denn für eine Laus über die Leber gelaufen?", fragte er erstaunt.

„Ich bin es einfach leid, nicht ernst genommen zu werden", beschwerte ich mich. „Wir sind Geschwister, wohnen zusammen und da traust du mir zu, dass ich dich belüge?"

„Nein", schüttelte Peter entsetzt den Kopf. „Das würde ich niemals von dir denken. Du musst aber zugeben, dass deine Geschichte sehr unwahrscheinlich und darum schwer zu begreifen ist. Aber ich habe noch mal über gestern Abend nachgedacht und das Kind, das ich gesehen habe. Ich habe wohl wirklich Emma gesehen. Hat sie silbrig glänzende Locken und so ein Rüschenkleidchen an?"

„Genau", sagte ich und legte den Arm um meinen Bruder. „Mensch, bin ich froh, dass du mir endlich glaubst."

„Ich wollte es doch gestern Nacht nicht zugeben. Ehrlich gesagt war mir ganz schon gruselig zumute. Da habe ich mir die Erscheinung selber ausgeredet." Peter schüttelte sich bei dem Gedanken.

Ich nickte wissend und dachte an die ersten Tage mit Emma. Es war schwer zu begreifen, dass man mit einem Geist lebte oder dieser mit einem, wie auch immer man es nennen wollte. Aber es gab sie eben.

Emma, die Prinzessin aus dem Jenseits, die meine Vertraute geworden war.

„Ich werde heute ins Staatsarchiv gehen", erklärte ich. „Emma meint, dass irgendetwas in der Gruft und in Julianes Mausoleum nicht stimmt. Vielleicht finde ich es heraus. Also bis später dann", rief ich ihm zu, schwang mich auf's Rad und fuhr in Richtung Bahnschranke.

Das Staatsarchiv lag malerisch im Seitenflügel des Bückeburger Schlosses. Der große Fundus an alten Schriften zog mich magisch an, ich liebte Bücher. Historische Dokumente strahlten für mich zusätzlich etwas Besonderes aus. Sie waren ein Fernrohr in Zeiten, die ich selbst nicht erlebt hatte. Eine Art virtueller Zeitmaschine. Wenn ich darin versank, war ich in anderen Jahrhunderten, hörte den Klang still gewordener Glocken, ließ das Knarren der Wagenräder an mir vorbeiziehen und spürte selbst den Duft oft feucht gewordenen Leders auf Körpern, die lang vergangen waren.

Was ist Zeit? Immer ein Gebilde voller Lücken. Wir können nur wenige Eindrücke aufnehmen. Darin unterscheidet sich die Gegenwart nicht von der Vergangenheit. Es bleiben Fragmente, aus denen wir uns ein Bild zusammenstellen.

Nach eben diesen Fragmenten suchte ich und forschte in der Schaumburg-Lippischen Genealogie nach den Verstorbenen der Stadthäger Gruft. Alle Namen waren notiert, auch die der drei kleinen Emmas und weil ich von diesen besonders berührt war, las ich auch die Fußnote jeder Prinzessin, die der Autor unten aufgeführt hatte.

Nein, das konnte nicht sein. Ich war verwirrt und verstört. Warum war das geschehen? Ihre Herzen waren an einem anderen Ort begraben worden …

Franco war noch ganz betäubt von seinem Traum. Er war so greifbar gewesen wie eine zweite Realität fern der Wirklichkeit. Wie viele Ebenen des Daseins mochte es wohl geben, dachte er bei sich und kraulte Beppo, der ihn beim Gähnen fast verschluckte. Dass er selbst noch lebte, war eine dieser existierenden Unmöglichkeiten. Eine weitere Daseinsform vermutete er, seit er das Mädchen gesehen hatte, dass ihm so ergriffen auf dem Marktplatz gelauscht hatte. Sie schien von niemand anderem bemerkt worden zu sein. Dabei hatte sie auf der Schulter eines alten Mannes gesessen und sich mit dem Ellenbogen auf dessen Hut abgestützt. Er schien jedoch überhaupt nichts gespürt zu haben. Nicht einmal, als sie an ihm hinabgerutscht war und eine Pirouette um seinen Gehstock drehte. Es war Franco auch so vorgekommen, als ob sich die Gesichtsfarbe des Mädchens im weißen Flatterkleid von der der anderen Zuschauer unterschieden hatte.

Das war einer der Gründe, warum er den Traum nicht einfach abtat, sondern darüber nachdachte, ob sich darin eine besondere Bedeutung verbarg. Sie hatte ihn in eine Gruft gelockt. Ein gruseliges Unterfangen war das gewesen. Noch jetzt roch er die abgestandene Luft, die über den Sandsteinsärgen zur Ruhe gekommen war. Die Tränen des Mädchens hatten kleine Krater in den Staub der Deckel getropft. Er war gerührt gewesen und fragte sich, wen sie wohl betrauert hatte. Sie war zugleich so klein und unscheinbar, aber auch so intensiv gewesen, wie er es bei keinem Menschen zuvor jemals erlebt hatte. Wer war sie? Was verband ihn mit ihr, dass sie ihn im Traum erreichen konnte oder war es einfach nur Zufall gewesen? Hatte seine Phantasie sich etwas zusammengereimt?

Es war die Kirche in Stadthagen gewesen, zu der sie ihn geführt hatte. Er hatte sie im Traum erkannt.

Franco streckte sich, um die Feuchte der Nacht aus seinen Knochen zu vertreiben. Wenigstens hatte es nicht geregnet, wenn auch die dunkle Zeit des Tages zunehmend kühler wurde. Er musste sich bald ein Winterlager suchen. Meist fand er irgendwo eine alte Scheune, wo seine Tiere und er bleiben konnten.

Eigentlich wollte Franco in Richtung Hannover weiterziehen. Eine Zeit lang schon beobachtete er die Kutter, die den Mittellandkanal passierten. Seine Lotte hatte er den Schotterweg am Wasser entlang bis Sachsenhagen geführt. Das war auch für Beppo eine tolle Strecke gewesen. Er konnte zwischen Wasser und Land hin und her springen, ein paar Enten jagen und trinken, wann immer es ihm gefiel. Jetzt machte Franco kehrt. Das Wochenende in Sachsenhagen war eher gemütlich als einträglich gewesen. Aber er liebte auch die kleinen Mittelalterfeste. Dieses vor allem, denn der Festplatz lag unweit des Hafens und doch in der Nähe der Burg. Wasser hatte auf ihn schon immer eine große Anziehungskraft gehabt. Der Schimmer der Sonne auf den Wellen, die Muster der Oberfläche, wenn Regen darauf fiel, das Kräuseln im Wind – all das erfüllte ihn mit wohliger Ruhe. Wasser war etwas Beständiges in seinem Leben. Es war seit Jahrhunderten gleich geblieben. Er nickte den Wogen zu, die über die Ufersteine des Kanals auf ihn zuschwappten, als wollten sie einen alten Bekannten grüßen.

Sachsenhagen war immer schon eine Stadt des Wassers gewesen, sogar lange bevor die künstliche Trasse angelegt worden war. Im 13. Jahrhundert hatte Franco in der alten Wasserburg seine Laute gespielt, die Herzog Albrecht I. zu Sachsen-Lauenburg hatte errichten lassen. Dreihundert Jahre später faszinierte der Klang seines Instrumentes Ernst zu Holstein-Schaumburg und seine Hedwig, die hier residierten. Ernst war ein Schöngeist gewesen. Mit ihm verband ihn nicht nur die Liebe zur Musik, sondern auch das Interesse an Texten des Theologen Johann Valentin Andreae über die geheime Bruderschaft des Christian Rosenkreutz. Zu später Stunde hatten sie manchen Abend mit intensiven Gesprächen verbracht und dabei über Alchemie, Hermetik und Gott gestritten. Es war Franco nicht schwer gefallen, sein Exemplar der „Fama Fraternitatis“ zu verschenken. Ihm waren Ernsts leuchtende Augen im Angesicht der handgeschriebenen Seiten nicht entgangen. Als er später unter dem Baldachin keine Ruhe fand, fiel sein Blick auf das Turmfenster und lud ihn zum Schreiben ein. Worte voller Gewicht über die Kraft des Wachsens und der Beständigkeit.

Er dachte an die Rosen, die sich am Mauerwerk festhielten. Sie drangen auch in den Turm ein. Dies inspirierte ihn. Im Licht des Abends nickten sie ihm zu und erinnerten ihn an ihre Knospen, die sie vor Stunden für ihn im Morgentau geöffnet hatten. Neugierige Triebe rankten sich selbst jetzt noch nach mehreren hundert Jahren um das Fensterkreuz und suchten das Bauwerk zu erobern. Wie eine Frau, dachte Franco. Süß duftend und voller Anmut war ihr Versuch, Besitz zu ergreifen. Aber seit damals waren die dornigen Schönen für ihn auch ein verborgenes Symbol. Die Rose im Zeichen des Kreuzes. Sie verband ihn mit dem Fürsten zu Holstein-Schaumburg. Es hatte in den Jahrhunderten nicht viele Menschen gegeben, mit denen er so streiten konnte, dass die Gedanken Früchte trugen. Ernst war so ein Mensch gewesen. Und ihm hatte er die Worte gewidmet, die er immer noch bei sich trug.

*Der Duft*

rosen winden sich
im weichen stoff
der fensterranken
belebt vom hauch
der durch das weite kreuz
der flügel zieht

die taubenetzten triebe wagten sich
ins licht auf rotes haar
dass sie für morgenröte hielten
und wuchsen schnell
dem gleißend hellen körperblass
wie einem neuen tag entgegen

und jetzt öffnet sich
noch vor dem ersten lied
aus knospengrün
und sehnsucht blatt um blatt
dem duft der unberührten haut

*Die Ruine der Wasserburg*

An dieses Gedicht und die Abende mit Ernst dachte er, wann immer er hier vorbeikam. Es berührte ihn, heute an der Wand des Amtshauses zu lehnen und den mächtigen Turm zu beobachten, der einmal zu der großen Burganlage gehört hatte. Etwas Unheimliches ging von ihm aus, das früher nicht da gewesen war. Vielleicht waren es die Seelen der unfreiwillig Verblichenen, von denen es über die Jahrhunderte bestimmt einige gab. Oder es waren die nie gelebten Sehnsüchte seiner Bewohner.

Das Wasserschloss war damals vom Dülwald umgeben gewesen. Als kleiner Rest davon war nur der Schaumburger Wald übrig geblieben. Viele Bäume waren im Laufe der Zeit den Rodungen zum Opfer gefallen, einerseits für Brennholz, andererseits, um neues Ackerland zu schaffen.

Franco wollte der Burg adieu sagen und ließ seinen Blick wie einen Vogel um das Gebäude kreisen. Das Amtshaus war heute von Menschen bewohnt, die er nicht kannte, aber bestimmt hatte niemand etwas dagegen, wenn er dem altehrwürdigen Bau ein paar Takte widmete. Es rankte sich eine spannende Geschichte um die Entstehung der Burg, über die Franco damals ein Lied geschrieben hatte. Seinerzeit hatte Albrecht von Sachsen in das Gebiet zwischen Sachsenhagener Aue und Ziegenbach eine Burg gebaut. Ihn hatten die Rohstoffe der Gegend verlockt. Die Wasserburg sollte ein Stützpunkt für Rodungen werden. Das Terrain gehörte aber durch eine Schenkung des Edlen Mirabilis von Brocke bereits dem Bistum Minden. Bischof Wedekind meldete seine Rechte an, nachdem die Burg fertig gestellt worden war. Albrecht wollte dies nicht so recht einsehen und so kam es im Streit zu einem Vergleich.

Darüber hatte Franco dereinst ein Bänkellied geschrieben. Er fand es passend, die Ruine zum Abschied an ihre Vergangenheit zu erinnern und nahm seine Laute in die Hand.

*Die Wasserburg in Sachsenhagen*

Zu Fuß der Burg in Sachsenhagen
dereinst nur Wald und Bäche lagen.
Das Land war längst Bistumsbesitz
durch den Edlen Mirabilis.

Doch Albrecht, den der Flecken reizte,
weil er nicht mit Ressourcen geizte,
erbaut sich dort ein Wasserschloss,
um das das Nass der Bäche floss.

Nun meint der Bischof, fern zu Minden,
er hätt' sich damit abzufinden,
dass ihm nur blieb des Schaffens Ruhm,
die Burg jedoch fiel ans Bistum.

Gebaut auf fremdem Grunde
warst du in aller Munde
seit deiner Schaffensstunde.
Drum musste dich ereilen,
dass dein Ort war zu teilen,
wo nun zwei Herren weilen.

Der Sachsenherzog war dagegen,
die grad Erbaute abzugeben.
Er sei nicht wie ein Esel reich,
meint er, drum kam es zum Vergleich.

Schwer fällt's dem Herzog einzusehen,
dass ihm nur hälftig bleibt als Lehen,
was er bezahlt mit seinem Geld
und nunmehr an die Kirche fällt.

Gebaut auf fremdem Grunde
warst du in aller Munde
seit deiner Schaffensstunde.
Drum musste dich ereilen,
dass dein Ort war zu teilen,
wo nun zwei Herren weilen.

Die Burg verblieb in Bistumshänden,
doch Albrechts Enkelin muss verpfänden
als Mitgift ihren Sachsenteil
an Schaumburg, - Schuld war Amors Pfeil.

Und weil die Sachsen scheinbar dösten
die nie Helenes Pfand einlösten,
hielt Ernst dort später Residenz,
der Erbgraf ward durch Pestilenz.

Gebaut auf Schaumburgs Grunde
bleibst du in aller Munde
durch alter Zeiten Kunde.
Wer dich seit frühen Tagen
im Herzen hat getragen
schätzt dich Burg Sachsenhagen.

Heut hält dich längst in seinen Krallen
der Zahn der Zeit. Er ließ verfallen,
was Ernst noch schuf aus Geld und Gunst,
kurz vor dem Fraß der Feuersbrunst.

Die letzten Töne der Laute verklangen wie die Funken, die - immer schwächer werdend - im Kamin nach oben stiegen. Glutflocken und Töne gehorchten beide nicht der Schwerkraft. Sie kämpften dagegen an. Vor langer Zeit hatte er beide in der Gegenwart des Fürsten Ernst davonziehen sehen. Ja, das war lange her. Ernst hatte die Wasserburg schlossähnlich umbauen lassen, bevor er dort mit seiner Hedwig residierte. Doch bald zogen sie nach Stadthagen, denn sein Stiefbruder Adolf und dessen Sohn starben kurz nacheinander. Damit war der unwahrscheinliche Fall eingetreten, dass Ernst der regierende Landesherr der Grafschaften Holstein und Schaumburg wurde. Die Wasserburg hatte ausgedient. Und als ob ihr Schicksal damit besiegelt war, brannte ein Großteil der Anlage Jahre später und mit ihm fast ganz Sachsenhagen. Mauern und Erinnerungen schwelten dahin. Einzig der Wohnturm blieb, den Ernst mit einem Treppenhaus hatte verschönern lassen. Er wurde später zum Witwensitz der Damen von Hessen-Kassel und als Franco vor Jahren einmal hier vorbeigekommen war, gingen Jugendliche ein und aus, die ihn als Herberge genutzt hatten. Jetzt war er völlig verlassen, nur gelegentlich wurden hier klassische Konzerte gegeben, aber etwas von dem alten Flair haftete auf einmal wieder an ihm, als ob aus seinen Mauerritzen der Duft alter Töne oder Worte drang - würzig und schwer, als gäbe er aus unzähligen Poren seine Vergangenheit preis.

Als er des Nachts dämmernd am Hafen gelegen hatte, hatte es von Ferne so ausgesehen, als stünde der Turm in blauen Flammen. Sie züngelten aus den Fenstern und am Treppenhaus empor und es war ihm, als ob Beppo im Träumen leise knurrte.

Während er im Wandern sinnierte und längst den Burgturm wieder hinter sich gelassen hatte, zogen die Generationen der Vergangenheit an seinem inneren Auge vorbei und versanken in den Fluten der Wasserstraße.

Lottes gemächliches Schreiten stand in krassem Widerspruch zu Beppos Herumtollen, der manchmal auch einen Hürdenlauf zwischen ihren Beinen unternahm. Den Tieren war es egal, ob der Weg sie nun wieder zurückführte. Sie folgten Franco einfach. Sie vertrauten ihm, weil sie sich wohl bei ihm fühlten. Doch Franco spürte leises Unbehagen. Seit sie am Kanal entlanggingen hatte er ein komisches Gefühl. Es war, als säße ihm etwas im Nacken, es fühlte sich an, als ob ihn etwas verfolgte. Mehrmals sah er sich um, doch er konnte nichts und niemanden entdecken.

Lotte und Beppo schienen von alldem nichts zu bemerken. Darüber war Franco froh, denn er wollte keinen seiner beiden Freunde beunruhigen. Vielleicht bildete er sich auch nur etwas ein. Trotzdem schmiegte er sich eng an seinen Hund, als er nach einer kleinen Mahlzeit am Feuer auf das Glitzern des Wassers starrte. Irgendetwas hatte sich in seinem beschaulichen Leben verändert, seitdem er dieses blasse Mädchen gesehen hatte. Als ob plötzlich eine Tür aufgegangen war, wo keine sein sollte.

Morgen würde er über Land wieder nach Stadthagen wandern, um den Sinn seines Traums zu ergründen, falls es einen gab.

In der Nacht schlief er tief und traumlos. Erst gegen Morgen kehrten die Gedanken zu ihm zurück und bescherten ihm zwei grübelnde Wachstunden, bevor die Sonne sich regte und geneigt war, über den Horizont zu steigen. Sie selbst ließ sich nicht blicken, verbarg sich hinter einer Wolkenschicht aus hundert Grautönen, als ob sie sich schämte, dass ihre Kraft nicht mehr ausreichte für einen Spätsommertag.

Noch bevor die ersten Tropfen fielen, hatte Franco seine Decken eingepackt und auf Lotte verstaut. Wo seine Tiere sich mit Fell schützten, trug er einen dichten Wollmantel, der ähnlich wirkte, weil er Nässe und Kälte von seinem Körper fernhielt. Es war trotzdem ein ungemütliches Wandern durch die Pfützen der Feldwege, denn er hatte den Kanal jetzt hinter sich gelassen. Dicke Schlammklumpen machten seine Schuhe schwer und die Schritte anstrengender als sonst. An eine Mahlzeit im Sitzen war nicht zu denken. So kaute Franco um die Mittagszeit ein paar Zwiebackstücke nebenbei und teilte sie mit Beppo, der sich mit Luftsprüngen über die unverhoffte Leckerei freute. Für Lotte hatte er noch einen Apfel, der in seiner Tasche ein wenig schrumplig geworden war. Ihr machte das nichts aus.

Gegen Nachmittag erreichten sie den Schlosspark von Stadthagen. An einem Baum in der Nähe der Mauer, band er Lotte an und befahl Beppo, dicht bei ihr zu bleiben. Wie all seine Vorfahren hatte der Hund gelernt, auch ohne Leine dort zu bleiben, wo Franco es verlangte. Es war, als fröre er an Ort und Stelle ein. Nicht einmal seine Artgenossen konnten ihn dann zum Spiel verleiten, wobei das innere Eis sehr schnell schmelzen konnte, wenn Lotte oder das Hab und Gut seines Herrn in Gefahr gerieten.

Franco konnte sich also in aller Seelenruhe in die Stadt begeben. Wenn er nur nicht ständig das Gefühl gehabt hätte, jemand wäre ihm auf den Fersen. Er blickte sich verstohlen in der Fußgängerzone um. Doch niemand schien sich besonders für ihn zu interessieren. Ein paar abfällige Blicke erntete er immer. Dabei hatte er sich seine Schuhe auf dem Weg noch an einem Bachlauf abgewaschen. Auch seine langen Haare fielen heute kaum auf, wo die Menschen die absonderlichsten Dinge mit ihrem Kopf anstellten. Sie ließen sich auf Nacken und Wange bläulich markieren, wie mit einem Brandzeichen. Ihre Nasen, Zungen, Lippen und Brauen waren von Metallen durchbohrt, die an Folterinstrumente erinnerten. Haupthaare gab es in allen Längen und Farben - sogar in solchen, die ganz bestimmt niemals in natürlicher Weise auf Köpfen wachsen würden.

Auf dem Marktplatz setzte er sich auf die Stufen und ließ sich von der Sonne trocknen, die etwas widerwillig zwischen den Wolken hervorlugte und doch noch genug Kraft zu haben schien. Noch immer hatte er das Gefühl, nicht allein zu sein. Irgendetwas lauerte unsichtbar in der Nähe. Vielleicht war es das Mädchen, das ihn beobachtete, ob er endlich dorthin ging, wohin sie ihn im Traum zu locken versucht hatte. Wo hatte sie sich nur versteckt? Heimlich blickte er sich um und pfiff dabei das Lied, das er auch damals auf dem Marktplatz zur Laute gesungen hatte. Er hoffte, sie würde es wiedererkennen, wenn sie es hörte. Aber sie ließ sich nicht sehen. Doch während die Töne seine Lippen verließen, war es plötzlich so, als ob die Vögel anders zwitscherten und die Sonne einen wärmeren Glanz auf die alte Sandsteinmauer der Sankt Martini-Kirche malte. Was auch immer ihn verfolgt hatte, - er war sicher, dass es jetzt weg war.

*Das Wesen des Bösen*

Das Böse ist klein. Es ist unscheinbar und lebt unter uns. An jedem Tag begegnet es uns mehr oder weniger oft. Wir brauchen gar keinen Teufel oder bösen Geist, denn das Böse ist allgegenwärtig.

Manchmal haben wir das Gefühl, es schlüpft in uns hinein, obwohl es schon immer in uns war. Wir bemerken es fast nie. Es betäubt uns gleichermaßen und sucht sich seinen Weg in unser Gehirn. Dort flüstert es uns zu.

Bei Liebenden sät es den Zweifel, die Egoisten bestärkt es in ihrer Selbstliebe, der Mutige erinnert sich seiner Ängste und wer vertraut fragt sich plötzlich, warum.

Doch in allem liegt der Ursprung des Bösen, seine Quelle und endlos sprudelnde Macht, die sich Vergessen nennt. Denn wo das Böse sich einnistet und genährt wird, braucht es Raum, in dem es sich ausbreiten kann. Dann löscht es Erinnerungen fort… Erinnerungen, die wir liebten, Erinnerungen, die wir brauchten und die, die uns zu denen gemacht hatten, die wir geworden waren.

*Sprachlos*

Ich war beim Verlassen des Staatsarchivs immer noch vollkommen sprachlos. Doch das störte niemanden, weil ich sowieso allein auf dem Rad nach Hause fuhr. Die kühle Luft tat mir gut und als ich an der Bahnschranke warten musste, war ich ganz froh, weil mir noch ein Moment des Überlegens blieb. Wie konnte ich Emma erklären, was ich herausgefunden hatte. Wie konnte ich ihr sagen, dass ihre drei Körper zwar in der Stadthäger Gruft lagen, – jedoch ohne Herzen. Allein die Vorstellung war gruselig.

Die Organe, die zu schlagen aufgehört hatten, waren den Leibern entnommen worden. Man hatte sie in metallenen Schreinen unter den Bodenplatten der Schlosskapelle begraben und den Marmor mit Kreuzen gekennzeichnet.

Julianes Herz war damals im November 1799 – kurz vor der Jahrhundertwende – das erste von vielen gewesen. Neun Kreuze markierten heute jene Marmorplatten, unter denen große und kleine Herzen der Fürstenfamilie ihre letzte Ruhestätte gefunden hatten. Doch man munkelte, es seien viel mehr gewesen.

Sie lagen dort, um näher bei Gott zu sein, hatte man mir erzählt. Das Herz sei für die Menschen jahrhundertlang als der Sitz der Seele angesehen worden. Dabei hatte das Konzil von Vienne schon 1311 entschieden, dass die Seele des Menschen im gesamten Körper beheimatet sei.

Ich vermutete, dass noch andere Gründe zu den Herzbestattungen geführt hatten. Gewiss war es einerseits eine Erscheinung jener Zeit gewesen, eine bizarre Sitte, deren Höhepunkt im 17. Jahrhundert erreicht worden war. Eine Art Mode, die nun auch das Schaumburger Fürstenhaus erfasst hatte. Große Herrscher und Persönlichkeiten wie Richard Löwenherz, Napoléon, Maria Theresia, ja selbst der Dichter und Philosoph Dante Alighieri hatten ihre Herzen getrennt von den Körpern zur letzten Ruhe betten lassen.

Aber auch rein praktische Gründe hatten zur separaten Bestattung der Organe geführt. Es lag oftmals eine längere Zeit zwischen dem Eintreten des Todes und der Bestattung. Juliane, die bestimmt hatte, dass sie im Mausoleum neben ihrer Mutter Ulrike beigesetzt werden wollte, starb Anfang November 1799. Doch erst drei Jahre später kam man ihrem Wunsch nach und brachte ihren Leichnam in den Schaumburger Wald.

Mit ohrenbetäubendem Lärm hatten die letzten Waggons des Güterzuges die Schranke passiert. Sie surrte nach oben und ließ die Wartenden ziehen. Nur wenige Minuten später stellte ich mein Fahrrad in die Garage und stieg die Stufen zum Boden hoch. Auf meinen Schultern lagen Gedanken aus Blei.

„Und, hast du etwas herausgefunden?", stürmte Emma auf mich los, die zuvor auf ihrem Lieblingsbalken gesessen hatte.

„In der Tat", seufzte ich und ließ mich auf die Matratze fallen.

„Nun los, raus mit der Sprache! Ich kann doch nicht ewig warten!"

„Du bist ein sehr ungeduldiger Geist. Dabei bist du die Einzige von uns beiden, die bis zur Ewigkeit warten kann."

Emma drehte sich um und schwebte zum Fenster. Sie schmollte. In diesem Augenblick knarrten die Stufen und Peter steckte seinen Kopf durch die Tür.

„Ist ja toll, dass du mir Bescheid gesagt hast, dass du wieder da bist."

„Tut mir leid, aber ich bin ein bisschen durcheinander. Es dreht sich alles in meinem Kopf und nun seid ihr auch noch beide böse auf mich."

„Selbst schuld", zischte Emma und starrte weiter auf den Birnbaum, der schon viel weniger Früchte trug.

„Du warst gemein zu mir. Hast mich mit meiner Unsterblichkeit aufgezogen."

„Das habe ich nicht gewollt, Emma. In meinem Kopf ist alles wirr. Ich weiß nicht, wie ich dir sagen soll, was ich im Staatsarchiv herausgefunden habe."

„Na, so schlimm wird es doch nicht sein?", versuchte Peter mit ruhigen Worten Frieden zu stiften.

„Es ist schlimmer!"

„Wie schlimmer, was schlimmer, immer diese Andeutungen und kein klares Wort. Jetzt sag es doch ganz einfach frei heraus und überlass uns, ob es uns genauso betrifft wie dich!", beschwerte sich Emma und fixierte mich mit ihren Gespensteraugen.

„Na gut", seufzte ich und schüttelte mich. „Deine Körper sind in der Stadthäger Gruft bestattet worden, aber deine Herzen liegen unter dem Marmorboden der Bückeburger Schlosskapelle. Auch die von Juliane, deinem Vater und einigen Geschwistern liegen dort."

„Uhhhh... das ist ja gruselig", stöhnte Peter. „Die eine Emma war doch höchstens einen Monat alt. Die anderen waren Kleinkinder."

Emma stand sprachlos da, was wirklich selten vorkam. Aber mit so etwas hatte sie nicht gerechnet. Sie blickte an sich hinab, als könne sie dort entdecken, dass sie kein Herz hatte.

„Emma", sagte ich sanft. „Du brauchst doch gar kein Herz mehr. Und damals, als du tot warst, hast du auch nichts gespürt."

„Du musst sie verstehen, Lisa", versuchte Peter zu vermitteln. „Wenn jemand unsere Körper nach dem Tod verstümmelt hätte - mal gesetzt den Fall, wir würden es wissen - dann wären wir auch entsetzt."

Emma hatte sich wieder zum Fenster umgedreht, aber ich wusste genau, dass sie leise weinte. Darum machte ich Peter ein paar heimliche Zeichen und er verschwand auf Zehenspitzen durch die Stallbodentür.

Ich wusste nicht, ob Emma jetzt lieber allein sein wollte und ging langsam zu ihr.

„Wein ruhig", sagte ich mit sanfter Stimme und legte meinen Arm um die fast durchsichtigen Schultern. „Ich wäre auch erschüttert."

„Ich verstehe es einfach nicht", schniefte Emma und zog dabei undamenhaft die Nase hoch. „Wieso haben sie das getan?"

„Vielleicht wollten dich deine Eltern auf irgendeine Art lieber in der Nähe haben. Stell dir mal vor, sie hätten immer nach Stadthagen reisen müssen, um dein Grab zu besuchen. Außerdem ist die Gruft doch so gar nicht zugänglich. Sie hatten keinen Ort, an dem sie dich hier in Bückeburg betrauern konnten."

„Du meinst, es wäre aus Liebe zu mir geschehen?"

„Ich kann mir keinen anderen Grund für so eine Entscheidung vorstellen. Es ist mir zwar gesagt worden, dass die Menschen damals dachten, dass das Herz der Sitz der Seele sei. Sie meinten wohl, dass diese durch die Herzen in der Kapelle näher bei Gott wäre. Das mag stimmen, aber wenn du meine Meinung hören möchtest, so wollten dich deine Eltern einfach bei sich haben. Immer wenn sie dir nah sein wollten, konnten sie über den Schlosshof gehen - bei Wind und Wetter, am Tag und in der Nacht."

„Hmm", meinte Emma gerührt, „ja, das wäre wirklich eine mögliche Erklärung, aber du sagtest eben auch, dass Julianes Herz dort liegt und das verstehe ich nicht."

„Wie meinst du das? Wieso verstehst du das nicht?"

„Sie wollte doch dort im Mausoleum bei ihrer Mutter bestattet werden. Das hat sie selbst verfügt.

Und wenn ich all das bedenke, was du mir über sie erzählt hast, dann glaube ich, sie hätte niemals zugestimmt, dass man ihr Herz im Schloss begräbt. Sie wollte doch im Wald liegen. Komplett, meine ich und vor allem das Herz, denn so konnte sie Clemens dort nahe sein, wo beide viel Zeit miteinander verbracht hatten.“

„Meinst du, dass jemand ihre Pläne durchkreuzen wollte? Dass jemand ihren Wunsch auf diese Art untergraben hat? Könnte es nicht vielleicht auch in diesem Fall so sein, dass ihre Kinder sie einfach im Schloss behalten wollten - wenigstens einen Teil von ihr? Georg war noch keine 15 Jahre alt, die Mädchen nur geringfügig älter und jünger als er. Drei Waisen im Alter von 11 bis 16 Jahren…“

„Wer weiß“, sagte Emma nachdenklich, „wir werden es wohl nie erfahren, aber nun verstehe ich, warum ich an beiden Orten so ein komisches Gefühl hatte. Es zog mich etwas von dort fort.“

„Vielleicht wäre es gut, wenn wir doch bald einmal gemeinsam in die Schlosskapelle gingen. Es kann dich ja niemand sehen, wenn du nicht willst.“

„Ich werde es mir überlegen, aber jetzt möchte ich ein bisschen allein sein. Kannst du das verstehen? Ich muss über einiges nachdenken…“

Ich nickte und strich Emma über ihr Gespensterhaar. Es war so seidig wie immer. Es beruhigte mich, dass die Prinzessin die Nachricht einigermaßen gut verdaut hatte und es war verständlich, dass sie nun darüber nachgrübeln wollte. Nach dem Tätscheln von Leos Hinterteil, verließ ich den Boden. Es gab wahrlich genug, über dass auch ich noch nachdenken musste.

Franco hatte in der Sankt Martini-Kirche in Stadthagen nicht viel ausrichten können. Während der Führung war er zwar in das Mausoleum gelangt, aber nicht in die Gruft darunter. Sie sei verschlossen, hatte ihm der Küster erklärt. Nur die fürstliche Hofkammer kontrolliere die Statik alle fünf, sechs Jahre.

Das war unbefriedigend. Er war keinen Schritt weitergekommen. Alles, was er erfahren hatte war, dass auch einige Kinder dort unten in der Gruft lagen. Wenn er mehr wissen wollte, müsse er sich an das Staatsarchiv in Bückeburg wenden, hatte man ihm gesagt. Es läge in einem Flügel des Schlosses.

Vielleicht war das Mädchen eine verstorbene Prinzessin aus dem Hause Schaumburg-Lippe, die er von früher kannte, überlegte er. Das war gut möglich. Warum hatte sie ihn sonst in die Gruft gelockt? Ernst hatte keine Kinder gehabt. Phillip Ernsts Tochter aus erster Ehe war nicht so jung gestorben. Und Eleonore Luise, seine erste Tochter aus der Ehe mit Juliane, war nur ein Jahr alt geworden. Der Geist war eindeutig älter gewesen. Er erinnerte sich noch an die Geburt von Eleonore am Heiligen Abend. Das war ein Freudentag gewesen. Phillip hatte bereits alle vier Kinder aus der Ehe mit Ernestine verloren. Mit Juliane war das Glück zu ihm zurückgekehrt. Sie war so klug, so anmutig und schenkte ihm schon ein Jahr nach der Hochzeit das schönste Weihnachtsgeschenk der Welt. Ein fünf Pfund schweres, munter krähendes Bündel Leben. Es war auch nicht schlimm für ihn, dass es nur ein Mädchen war. Weitere Kinder würden kommen. Erst später hatte Franco gehört, dass die Kleine nur schwerlich ihr erstes Lebensjahr überstanden hatte und schon nicht mehr lebte, als Juliane mit Wilhelmine schwanger ging. Wilhelmine und ihre Schwester Karoline, die drei Jahre später zur Welt kam, starben als erwachsene Frauen. Die Erstere hatte den Grafen von Münster geheiratet, Karoline war - soweit er sich erinnern konnte - ledig geblieben.

Wenn er an Juliane dachte, überkam Franco auch heute noch eine schmerzliche Wehmut. Sie hatten gemeinsam musiziert, aber auch viele gute Gespräche miteinander geführt. Damals hatte er sich gewünscht, ein Fürst zu sein, bis er erkannte, dass es nicht der gesellschaftliche Stand war, der sie trennte. Sie liebte längst einen anderen.

Gemächlich war er die Fußgängerzone zurückgeschlendert. Jetzt ließ er die Amtspforte hinter sich und kehrte zu seinen Freunden zurück. Schon von Ferne krächzte Lotte ihr unvergleichliches Freudengeheul aus zwei Vokalen und auch Beppo taute in Sichtweite seines Herrn aus der Erstarrung auf, um auf ihn zuzuspringen. Franco streichelte die beiden, die sich nur allmählich wieder beruhigten und lobte sie, weil sie so lange allein geblieben waren. Mit den Gedanken war er jedoch weit fort in anderen Jahrhunderten. Es hatte da noch andere kleine Mädchen gegeben, Enkelkinder von Juliane, die ganz früh gestorben waren. Er erinnerte sich, dass sogar drei denselben Namen gehabt hatten. Wie war er noch gleich?

Nachdenklich suchte er in seinem Gepäck nach dem Bündel alter Bütten, die er vorsichtig mit einem Lederriemen zusammengeschnürt hatte. Ein besonderes Kleinod trug er da seit über zweihundert Jahren bei sich. Es waren Briefe von Juliane. Worte ihrer letzten Lebenstage, Worte, die den Adressaten niemals erreicht hatten. Pastor Lavater war verstorben, noch bevor Franco ihn in der Schweiz aufsuchen konnte.

Von Zeit zu Zeit öffnete er das Bündel und war wieder ganz bei ihr, so wie damals, als er versucht hatte, ihren Tod durch sein Lautenspiel aufzuhalten. Die Wirkung der magischen Töne hatte nichts ausrichten können. Das war einer der wenigen Augenblicke gewesen, als in ihm der Wunsch Gestalt angenommen hatte, er hätte noch etwas von jener besonderen Flüssigkeit gehabt. Er seufzte und las wie unzählige Male zuvor ihre Tagebuchbriefe. Manchmal war es ihm, als könne er ihren sanften Duft aus dem Papier erahnen.

### *Wenn der Mond weint*

Die Nachricht von Julianes Tod erreichte Clemens damals bei Anbruch der Dunkelheit und ließ ihn wieder auf den Schemel sinken. Er hatte soeben an einem kleinen Briefchen geschrieben, das er ihr mitnehmen wollte, wenn er - wie so oft - nach dem zehnten Glockenschlag ins Schloss ging.

In den Nachmittagsstunden sei es passiert, berichtete man ihm. Die Familie sei bei ihr gewesen...

Die Familie ... sinnierte er. Nicht alle, dachte er bei sich. Die Jungen und ich, wir waren hier. Wieso war es auf einmal so schnell gegangen? Er hatte so gehofft, dass sie für einen Moment das Bewusstsein wiedererlangen würde. Einmal noch ein Blick aus ihren sanftmütigen Augen fühlen, die voll von der Liebe waren, die sie für ihn empfand. Einmal noch ihre Hand spüren, die eher für das Pianoforte und die schöne Künste geschaffen war als für seine raue Haut.

Das Forsthaus lag längst versteckt im Dunkel des Waldes, als sich Clemens und August von ihrem Vater zur Nacht verabschiedeten. Er sagte ihnen nichts von ihrer „Tante" Juliane. Zu frisch war die Wunde bei ihm selbst. Er wollte den Schmerz nicht teilen. Auch ein Rest Hoffnung war in ihm. Vielleicht ein Versehen? Eine falsche Auskunft? Er würde es nie glauben können, wenn er sie nicht sehen würde, ohne Atem, ohne Lächeln, ohne eigenen Willen.

Als die Kutsche den Wald verließ, weinte der Regen mit ihm.

Die Zofe ließ ihn ein wie immer, nur ihr Gesicht war vom Weinen gerötet und dies traf ihn wie ein Schlag ins Gesicht. Wenn er es auch bis jetzt nicht wirklich geglaubt hatte. Lenes Traurigkeit ergriff ihn mit der Kraft eines Sturmwindes und ließ die seine wieder aufflackern, als hätte jemand in die Glut geblasen.

Nur zaghaft näherte er sich um die elfte Stunde der Liegestatt, auf der blass und klein die Frau gebettet lag, die sein Leben war. Sein Leben war tot, er war tot. Benommen sank er in sich zusammen und legte seine Hand auf die ihre, die schon kalt war. Für einen Moment schreckte er zurück und hielt sie dann umso bewusster fest, als könne er ihr etwas von der Wärme zurückgeben, die ihr einmal innegewohnt hatte.

Juliane war auch jetzt noch schön. Sie wirkte viel jünger als ihre 38 Lenze. Wie eine Puppe aus Porzellan lag sie zerbrechlich in den Laken. Vollkommen unerreichbar war sie jetzt, wie früher bisweilen, wenn sie zu offiziellen Anlässen so ganz Fürstin gewesen war und er ihr Untergebener.

Sie hatte ihn verlassen. Sie hatte ihn zurückgelassen mit den Kindern, die glaubten, ihre Mutter sei im Kindbett gestorben. Die Realität wusch die Notlüge davon wie Muster im Sand. Alles, was ersonnen war, war unwichtig geworden. Irgendwann würden sie die Wahrheit erfahren.

Ein letztes Mal streichelte er das kleine Gesicht, das jetzt so wächsern wirkte, als sei niemals ein Gefühl darin zu lesen gewesen. Er wusste es besser.

Langsam stand er auf, als ob jede Energie ihn verlassen hatte. Er war wie gelähmt. Konnte nicht sprechen, nicht weinen und schleppte sich mit einem kurzen Nicken aus dem Zimmer. Erst der kühle Wind, in dem die Tropfen mehr waagerecht flogen, weckte ihn aus dem Schock der Unerträglichkeit. Hinter ihm lag das Schloss hell erleuchtet. Da saßen sie und beratschlagten. Wallmoden-Gimborn, Georg, und die Mädchen. Vielleicht waren auch schon weitere Honoratioren da. Und sicher standen Horstig, Catel und Dr. Faust ihnen bei.

Er fühlte, wie sich die Verkrampfung in seinem Inneren löste, als er endlich allein war mit seinem Schmerz. Jetzt ließ er ihn zu. Nach und nach füllte ihn die Traurigkeit ganz aus, drängte sich in Arme und Beine, stieg zum Kopf hinauf und flutete die Quelle, aus der die Tränen entspringen.

Auf der Schlossbrücke blieb er stehen. Die Kutsche konnte noch warten. Er lehnte sich über die Brüstung und sah ins Wasser. Wasser hatte immer eine große Rolle in ihrer beider Leben gespielt. Er dachte an den schönen See, den Juliane in der Nähe ihrer Sommerresidenz hatte anlegen lassen. Wie oft hatten sie gemeinsam von der Brücke ins Wasser gesehen, die die beiden Inseln verband. Oder die kleine Staustufe des Baches im Schaumburger Wald… Ein heimlicher Ort, der bei heißem Wetter zum Bad einlud.

Jetzt war es kalt. Der Schlossgraben unter ihm lag schwarz und satt in seinem Bett. Wo eben noch der Regen die Oberfläche beunruhigt hatte, spiegelte sich nun der Mond, der fast voll war. Allein sein Gesicht war heiß und nass, denn die Tränen rannen immer noch aus seinen Augen und fielen ins Wasser, auch wenn das Schluchzen der stummen Erkenntnis gewichen war.

So weinte der Mond mit Clemens. Doch der wieder einsetzende Regen verwischte das Spiegelbild ebenso, wie er die Tränen auf den Wangen unkenntlich werden ließ und wurde so zum stillen Verbündeten seiner Traurigkeit.

## *Flammen auf Marmorgrund*

Emma saß auf ihrem Lieblingsbalken unter dem Dachfirst und starrte in den Mond. Der alte Baum konnte ihn nicht mehr verdecken. Seine Blätter hatte er fallen lassen und stand jetzt fast kahl. Es war November geworden. Mit dem Finger konnte sie ein kleines A in den Himmel schreiben. Bald würde die Sichel nicht mehr zu sehen sein. Dann waren die Nächte dunkel und leer.

Sie dachte - wie so oft in letzter Zeit - an Juliane, deren Herz man genauso bestattet hatte wie ihre eigenen. Und sie war zu einem Entschluss gekommen. Sie würde sich ins Schloss wagen, um ihre Körper wenigstens in Gedanken mit den Herzen zusammenzuführen, allerdings wollte sie nur in die Kapelle gehen und keinen Schritt weiter. Das war sie sich und ihrer Großmutter Juliane schuldig. Sie wollte wissen, ob sie dort ebenfalls etwas fühlte.

Leise und unsichtbar schwebte sie vom Dachboden des Stalls herab. Ihrem Leo hatte sie erklärt, dass er heute daheim bleiben müsse. Beleidigt hatte er sich geschüttelt und wieder auf der Matratze zusammengerollt.

Dass die Nacht kühl war, entging Emma, weil sie irdische Kälte nicht fühlen konnte. Sie ließ den Wind durch sich hindurchwehen, als sie über das Feld in Richtung Bahnhof flog. Von dort sei es genau ein Kilometer bis zum Schlosstor, hatte Lisa ihr einmal gesagt. Auf dem Bahnhofsvorplatz setzte sie sich auf den Kopf des Denkmals und blickte nach vorn. Ganz in der Ferne konnte sie tatsächlich schon das Schlosstor erkennen. Sein Bogen stand in einem Lichtschein und hob sich so von der Umgebung ab. Mit der nächsten Böe ließ sie sich in südlicher Richtung treiben. Manche Häuser hatten Namen. Was sich wohl hinter dem „Haus des Kindes" verbarg? Lebten dort Kinder, die keine Eltern mehr hatten? Aber dann hätte es „Haus der Kinder" geheißen. Vielleicht war es eine moderne Kirche und es war das Haus des Christkindes gemeint… Ein Stück weiter vorn las sie „Destille". Ob dies ein Ort der Stille war? Schöne alte Häuser standen hier, teilweise mit ganz neuen Farbanstrichen. Dort an der Ecke links war wohl ein Haus abgerissen worden. Emma flog am Zaun entlang, der – von Kinderhand bemalt – allerlei lustige Flugobjekte zeigte, die sie auch auf der Widdserburg durch ihr Fenster gesehen hatte.

Vor ihr lag nun der Marktplatz, dessen Brunnen sie ganz anders in Erinnerung hatte. Vielleicht war er einmal zerstört worden. Das Schlosstor war noch fast genauso, wie sie es in Erinnerung hatte. Ein wenig mulmig wurde ihr beim Anblick der Drachen und der schrecklichen Steinfigur immer noch. Jetzt konnte sie

sie sogar aus der Luft betrachten und der Fratze die Zunge herausstrecken.

Aus dem Marstall drang noch wie früher der Duft der dampfenden Pferdeleiber. Er trug sie bis zur Schlossbrücke. Damals, als sie noch lebte, hätte sie nicht auf dem Geländer sitzen dürfen. Jetzt konnte ihr niemand etwas verbieten. Sie ließ die Beine über den Schlossgraben baumeln, in dem sich ein paar schläfrige Enten in der Bewegung des Wassers wiegten. Linker Hand lag es jetzt, das Schloss, doch sie musste sich noch einen Moment sammeln, bevor sie sich dorthin begab, wo einmal ihr Zuhause gewesen war.

Auf einmal fasste sie sich ein Herz, drehte eine Runde um die bronzenen Figuren und schwebte in Richtung Schloss. Sie war jetzt für niemanden sichtbar. Am Brunnen hielt sie nochmals inne und betrachtete den prächtigen Residenzbau. Ihr wurde warm ums Herz und wehmütig zugleich. Das Schloss der mächtigen Eingangstür war so groß, dass sie mühelos hindurchgleiten konnte. Bis in den Schlossinnenhof gelangte sie ohne Probleme. Doch dort holte die Erinnerung sie ein, denn er war noch immer so, wie sie ihn kannte. Sie blieb ein bisschen auf den Stufen sitzen, bevor sie sich der altehrwürdigen Kapellentür näherte. Sie hatte immer noch den komplizierten Schließmechanismus und darum drehte sich Emma ein paar Mal um sich selbst entlang der Metallverbindungen, bevor sie ins Innere glitt und verwirrt war.

Dies war der Andachtsraum, den sie kannte und auch wieder nicht. Sie rieb sich die Augen, doch all das Üppige und Bunte wollte nicht weichen. Die Fülle der Ornamente und Verzierungen lag wie eine dichte Wolkendecke über ihr. Zu ihrer Lebenszeit war die Decke weiß gestrichen gewesen und der ganze geschnitzte Plunder musste wohl später hinzugefügt worden sein.

Mit einem Mal merkte sie, wie eine schleichende Kälte in ihr hochstieg und endlich erkannte sie auch, warum sie die Wände der Kapelle und deren Decke überhaupt erkennen konnte. Über den Boden züngelten blaue Flammen. Sie tauchten den Raum in ein unheimliches Licht. Erschrocken wich sie zurück, stieß dabei mit lautem Poltern einen Kelch um und rettete sich auf die Kanzel über den Orgelpfeifen. Von dort sah sie, dass der gesamte Marmorboden vor dem Altar Feuer gefangen hatte.

### *Das Versteck in der Kapelle*

Franco war inzwischen von Stadthagen nach Bückeburg gewandert. Irgendetwas trieb ihn dorthin auf der Suche nach der Aufklärung seines Traumes. Es war ein ganz starker, innerer Drang, der erst nachließ, als er plötzlich spürte, dass er wieder verfolgt wurde.

Wie zuvor konnte er niemanden entdecken. Es war mehr ein Gefühl, eine Art Beklemmung. Als ob das, was hinter ihm her war, bereits begonnen hatte, in ihn einzudringen. Seine Schritte wurden langsamer. So eilig hatte er es gar nicht. Er konnte ruhig ein paar Minuten am Denkmal in Vehlen ausharren und das belegte Brötchen essen, das er in Stadthagen gekauft hatte. Lotte freute sich über die Pause, doch Beppo war mehr an dem Käse interessiert, der lecker zwischen den Hälften hing.

War der Traum denn wirklich so wichtig? Und was ging ihn überhaupt das Schicksal des Mädchens an? Er summte leise vor sich hin. Wie so oft fiel ihm diese besondere Melodie ein, wenn er an sie dachte. Und mit den Tönen wurde er plötzlich unbeschwert. Er fühlte sich befreit. Der Verfolger war weg.

„Auf geht's!", rief er seinen Freunden zu. „Wir haben schon viel zu viel Zeit hier vertrödelt."

Wie hatte er nur daran zweifeln können, dass sein Weg nach Bückeburg wichtig war?

Am frühen Nachmittag hatte Franco endlich das Schloss vor Augen. Er würde im Stall nachfragen, ob er eine Box für Beppo und Lotte mieten konnte. Und wenn er kein Zimmer fand, konnte er sich notfalls dazulegen. Als er die beiden gut untergebracht hatte, ging er ins Staatsarchiv, um nach den Toten der Gruft zu forschen. In der Schaumburg-Lippischen Genealogie von Helge bei der Wieden fand er eine Übersicht der Verstorbenen, die dort im Stadthäger Mausoleum lagen. Er blätterte zurück und las die Angaben, die der Autor zu jeder einzelnen Person vermerkt hatte. Nur durch Zufall entdeckte er, was in der Fußnote von Juliane vermerkt stand, die er immer noch verehrte. Ihr Herz war in der Bückeburger Schlosskapelle begraben worden. Was wäre, wenn das auch anderen Mitgliedern der Fürstenfamilie widerfahren war? Vielleicht auch dem kleinen Mädchen?

Gespannt las er die Fußnoten der anderen Verstorbenen und entdeckte, dass acht weitere Herzen nicht in den Körpern geblieben waren, die in Stadthagen bestattet lagen. Er kannte die Praktik der Organentfernung aus früheren Jahrhunderten. Sie schockierte ihn nicht, aber er war noch nie ein Freund davon gewesen.

Wenn er darüber nachdachte, dass Julianes Herz, das er damals nicht retten konnte, ganz in der Nähe lag, fühlte er wieder den alten Schmerz und die Sehnsucht. Er hatte immer an die gute Kraft seiner Töne geglaubt. Doch bei ihr hatten sie versagt.

Weil Franco Juliane noch einmal nahe sein wollte, reihte er sich in das Knäuel der Menschen ein, die an einer Schlossführung interessiert waren. Schon gleich zu Beginn gelangten sie in die Kapelle. Franco setzte sich ganz nach hinten in die letzte Bank und rutschte während der Erklärungen immer in sich zusammen, bis er gänzlich zwischen den Holzbänken zum Liegen kam. Niemand beachtete ihn. Als die Gruppe weiterzog und die Tür schwer ins Schloss fiel, atmete Franco erleichtert auf. Er wollte allein sein mit Juliane. Nur, wo lag ihr Herz? Es blieb wenig Zeit bis zum Eintritt der Dunkelheit. Auf Licht wollte er lieber verzichten.

Die Marmorplatten vor dem Altar waren teilweise mit Kreuzen gezeichnet. Es gab rote und schwarze Steine, in die ein großes, goldenes Kreuz eingelassen war. Franco vermutete, dass unter jedem ein Herz vergraben lag. Doch sie trugen keine Namen... Mit einem Mal war das Gefühl wieder da. Etwas kroch in ihn ein und fragte ihn, ob es denn wirklich so wichtig sei, welcher der längst zu Staub zerfallenen Blutklumpen der von Juliane gewesen sei. Das stimmte eigentlich, dachte Franco bei sich. Es war über zweihundert Jahre her. Was kümmerten ihn diese Herzen. Sollte doch das Mädchen in der Gruft heulen, wenn der Grund diese altertümliche Bestattungsart war. Wollte sie etwa den Staub von dort mit dem aus der Kapelle vermischen, damit alles wieder eins war? Tot war tot. Der, der im ewigen Schlaf lag, brauchte kein Herz mehr. Schlaf war ein gutes Stichwort, dachte Franco, denn eine bleierne Müdigkeit breitete sich leise aus seinem Inneren über den ganzen Körper aus. Er schleppte sich zu seiner Bank zurück. Während er langsam zusammensank entging ihm, wie sich ein blauer Flammenteppich über den Grabplatten aus Marmor ausbreitete, dessen Knistern einem Kichern gleichkam.

*Klage der Herzen*

Inzwischen war die Nacht durch die Fenster der Kapelle gesickert. Samtenes Schwarz wollte sich wie immer, wenn der Mond nicht zu sehen war, auf Altar und Bänke legen. Doch heute wich es zurück und blieb in den oberen Gefilden des sakralen Baus hängen. Da war Licht, wo keins sein sollte.

Franco lag wie betäubt in der Kirchenbank. Sein Schlaf war kein natürlicher wie zum Beispiel ein langer Tag ihn schenkte. Es war der Schlaf des Vergessens. Ein Zustand, der beinahe dem Tod gleichkam. Vielleicht wäre er noch lange nicht aufgewacht, wenn nicht ein lautes Scheppern ihn jäh aus dem traumlosen Schlummer gerissen hätte.

Er schreckte hoch, setzte sich auf und sah eben noch, wie das Mädchen, das ihn hierher gelockt hatte, hinter der Kanzel entschwand.

Emma stieß einen spitzen Schrei aus, als sie den Mann erblickte, der ihr plötzlich aus der Kirchenbank entgegenstarrte. Er zuckte ebenfalls zusammen und schien seinen Augen nicht zu trauen. Beide fixierten sich über den blauen Flammenteppich hinweg. Und als ob der Schrei etwas in Franco wachgerüttelt hatte, fiel ihm auf einmal wieder die Melodie ein, die er auf dem Marktplatz in Stadthagen zur Laute gesummt hatte. Ob er wollte oder nicht, die Musik war stärker. Töne formten sich in seinem Mund und drängten ins Freie. Er begann wieder zu singen. Es war diese alte

Melodie, betörend und wissend zugleich, die ihn rein und verletzlich machte. Alles Vergessen fiel von ihm ab und flutete das Feuer auf dem Marmor. Die Flammen erstarben mit bösem Zischen.

Emma, die das Schauspiel beobachtet hatte und sich an Franco erinnerte, schwebte langsam von der Kanzel herab.

„Bleib hier!", rief Franco und entzündete ein Streichholz. „Ich bin nur deinetwegen hier!"

„Wieso?", wunderte sich Emma. „Wir kennen uns doch nicht! Und wieso kannst du mich sehen? Ich bin doch unsichtbar."

„Ich habe dich schon auf dem Marktplatz in Stadthagen gesehen und einmal im Traum. Dort riefst du mich."

„Davon weiß ich nichts", erwiderte Emma und ließ sich neben ihm auf der Bank nieder. „Ich bin wegen der Herzen hier."

„Das denke ich mir", antwortete Franco, der ein weiteres Zündholz dazu verwendet hatte, um den Docht der Altarkerze zu entfachen. „Liegen denn deine auch hier?"

„Ja, dreimal!"

„Wieso dreimal?"

„Weil ich Emma zu Schaumburg-Lippe heiße und dreimal zu früh gestorben bin. Vielleicht verstehst du es besser, wenn ich sage: Hier liegen zwei Schwestern und deren Tante, alle mit dem Namen Emma. Dreimal ein gescheiterter Versuch zu leben. Wir starben als Kleinkinder."

„Heißt das, du bist in jedem der Körper wiedergeboren, der deinen Namen trug und bist jetzt als deren Geist zurückgekehrt?"

Emma antwortete nicht. Sie sah Franco tief in die Augen und fragte ihn: „Hast du den blauen Flammenteppich auch gesehen? Ich meine den, der sich wie ein Leichentuch auf den Ort der Herzen gelegt hatte. Sieh her, die Zeichen sind fast ausgelöscht. Ich glaube, irgendetwas Böses will sie unkenntlich machen."

„So ein blaues Feuer habe ich auch am Wohnturm der Wasserburg Sachsenhagen gesehen. Er brannte lichterloh. Ich dachte, ich hätte mich geirrt."

„Vielleicht wollen die Flammen Erinnerungen vernichten?", überlegte Emma.

„Das könnte sein", erwiderte Franco, „denn der Burgturm liegt dort in Sachsenhagen ganz verlassen und vergessen. Niemand scheint seine Geschichte mehr zu kennen."

„Wir müssen es aufhalten, das Vergessen meine ich", sagte Emma. „Wer weiß, wo seine blaue Flamme noch überall brennt. Vielleicht an jedem Ort, wo die Vergangenheit keine Rolle mehr spielt? Vielleicht ernährt es sich von Erinnerungen?"

„Da könntest du recht haben. Mir war schon mehrfach so, als ob ich verfolgt werden würde. Denn aus den vielen Jahren habe ich einiges behalten", schmunzelte Franco verschmitzt, weil Emma nicht wissen konnte, wie alt er schon war. „Ich wäre ein geniales Opfer, wenn deine Theorie stimmt. Und immer, wenn ich dieses Gefühl hatte, dass etwas hinter mir her war und mich durchdringen wollte, war mir manches plötzlich nicht mehr so wichtig. Aber eben habe ich den Eindruck gehabt, dass meine Musik es aufzuhalten scheint."

„Dann müssen wir gemeinsam versuchen, diese Feuer aufzuspüren!", flüsterte Emma. „Mir können sie nichts anhaben und du kannst sie vertreiben."

Während die beiden miteinander sprachen, drang auf einmal ein fernes Pochen aus der Erde. Rhythmisch und unheimlich zugleich. Und in dieses Klopfen mischten sich weitere Schläge von unterschiedlicher Schnelligkeit.

„Horch“, stammelte Emma, „es sind die Herzen. Sie sprechen zu uns.“

Wie eine Feder schwebte sie zu Boden und legte sich ausgestreckt auf den Marmor, der die Herzen beherbergte. Jetzt konnte sie sie nicht nur hören, sondern auch fühlen. Kleine und große Herzen schlugen ihren eigenen Takt und sie raunten: „Wir wollen nicht vergessen werden! Hilf uns, dass man sich an uns erinnert!“

Und aus den Wänden wisperten die Trauernden – nun längst selbst dem Leben entrissen – ihre wehe Klage: „Lass ihre Namen nicht vergessen sein!“

Emmas Körper bebte. Er wurde eins mit ihren Herzen und denen ihres Blutes. Leise tat sie einen Schwur.

„Bitte“, sagte sie zu Franco, als sie sich vom Marmor erhob, „du musst mir helfen, meinen Schwur zu halten. Erschaffe auch ein Lied für die Herzen. Sie dürfen nie vergessen werden.“

„Emma“, sagte Franco gerührt und half Emma hoch. Wie klein und zart sie war, ganz wie ihre Großmutter Juliane und ebenso schön. „Ich werde gerne ein Lied für eure Herzen schreiben. Und wir werden sehen, was wir noch unternehmen können, um das Vergessen aufzuhalten.“

Er wusste, dass sich ihre Wege ohnehin auf eine mysteriöse Art verbunden hatten. Er brauchte sie. In ihr lebte diese besondere Melodie, an die er sich erinnerte, wann immer er sie sah. Es war dieselbe, die ihn schon zweimal vor den kalten, blauen Flammen gerettet hatte.

Die Herzen im Marmor waren wieder zur Ruhe gekommen.

*Niemals vergessen*

Auf einmal sahen die Kreuzzeichen auf den Marmorplatten wieder aus, als hätte niemals ein Feuer auf ihnen gewütet.

„Sieh nur", sagte Emma und zeigte auf die Intarsien in den Steinen.

Franco lächelte.

„Kannst du versuchen, das Türschloss zu öffnen?", fragte er. „Du bist doch auch hindurchgekommen. Sonst sitze ich hier bis zum nächsten Morgen fest."

„Keine Ahnung", erwiderte Emma nachdenklich, „aber ich kann es probieren."

Franco staunte, als sie länger und länger wurde und sich in das Schlüsselloch einfädelte. Er hörte es ächzen und knarren, bis es mit einem Mal satt klickte. Da ergriff er die Klinke und schob die schwere Tür langsam auf. Die Nachtluft war wie eine Befreiung.

Emma rollte sich zunächst zu einem Schneckenhaus auf, um dann wieder ihre richtige Gestalt anzunehmen.

„Wo ist denn dein Zuhause?", fragte Emma.

„Ich habe kein richtiges Zuhause. Ich wandere mit meinen Tieren schon seit Jahrhunderten von Ort zu Ort."

„Dann geht es dir ein bisschen so wie mir", stellte Emma fest und zeichnete mit ihrer Zehe einige Fugen des Bodens im Schlossinnenhof nach. „Seit dem letzten Winter habe ich aber Freunde gefunden. Bei ihnen wohne ich auch ganz gemütlich auf dem Stallboden.

Das Haus liegt hinter dem Bahnhof. Willst du mitkommen?"

„Hmm, für eine Zeit lang ist das keine schlechte Idee", antwortete Franco, „aber wenn du die Geschichte hier und anderswo vor dem Vergessen retten willst, dann müssen wir die Stellen aufspüren, wo bereits blaue Flammen brennen. Dort gilt es, die Menschen an die Vergangenheit zu erinnern - mit Geschichten und Liedern vielleicht, so wie ein Bänkelsänger."

„Du hast recht, aber dann werde ich Peter und Lisa verlassen müssen!", erwiderte Emma mit Wehmut in der Stimme.

„Ich kann dich zu vielen Orten führen, wo die Mauern schwer vom Gewicht längst vergangener Zeiten sind, wo Verborgenes in den Ritzen schlummert. Doch sesshaft werden kann ich nicht. Mit Hund und Esel muss ich immer weiterziehen, solange meine Füße mich tragen."

„Weißt du, ich glaube, du hattest vorhin recht", sagte Emma mehr zu sich selbst. „Ich denke, dass du selbst in Gefahr bist. Du weißt aus den vielen hundert Jahren so viel, dass du ein gefundenes Fressen für das Vergessen bist. Vielleicht hattest du auch darum das Gefühl, dass jemand hinter dir her war. Mir kann es nichts anhaben. Ich bin ja tot", sagte sie und schmunzelte. „Du brauchst mich sozusagen. Nur ich kann dich retten, weil ich die Flammen sehen und dich an die Melodie erinnern kann, die sie aufhält."

„Dann komm doch mit mir, Emma!"

„Auf die Wanderschaft durch Ort und Zeit? Das ist bestimmt spannend, aber ich muss es erst meinen Freunden erklären. Sie werden sich sonst Sorgen um mich machen."

Leise verließen Emma und Franco den Schlossinnenhof. Das große Schloss der vorderen Tür war im Vergleich zur Kapelle ein Kinderspiel für die unsichtbare Prinzessin, die einmal hier gelebt hatte. Beppo wedelte vor Freude, als sie in den Marstall kamen und er Franco endlich wiedersah. Die alte Lotte rieb ihren Kopf an ihm. So zeigte sie ihre Zuneigung.

„Ich habe auch einen Hund", sagte Emma, „ er ist ein bisschen größer und heißt Leo. Vielleicht können die beiden zusammen spielen."

„Das glaube ich kaum, falls er so tot ist wie du", antwortete Franco mit einem Lächeln, „aber wir werden sehen."

Die kalte Winternacht wehte ihm um die Nase, als er mit seinen Tieren und einem Geist das Schlosstor durchschritt. Langsam folgten sie der Bahnhofstraße in Richtung Widdserburg.

Franco fand zunächst Unterkunft bei Peter und Lisa. Zur Weihnachtszeit war es gut, ein warmes Bett und intensive Gespräche bei Kerzenschein zu haben. Doch kurz vor der Jahreswende erfasste ihn eine unerklärliche Unruhe.

„Es ist wieder hinter mir her, Emma!", sagte er ihr, als sie am Silvestermorgen die Gespensteraugen aufschlug. Schon eine Weile saß er auf ihrer Matratze und streichelte den großen Wolfshund, der ihm den Bauch entgegenstreckte. „Ich muss fort!"

„Ich weiß", erwiderte sie, „ich habe die züngelnden, blauen Feuer am Kaiser-Wilhelm-Denkmal auch gesehen. Das wirkte richtig gespenstisch im Mondlicht. Dann lass uns heute aufbrechen und dem alten Herrn an der Weser ein Liedchen spielen, wenn wir angekommen sind. Meinen Freunden habe ich längst alles erklärt. Sie wissen, dass ich dich begleiten will. Und vielleicht ist es heute ein guter Zeitpunkt, denn in dieser Nacht vor genau einem Jahr habe ich sie kennengelernt."

„Und, werden sie dich nicht vermissen?"

„Doch, aber stell dir vor, sie ziehen auch fort. Das Haus hier soll verkauft werden. Aber ich weiß, wo ich sie wiederfinden kann. Es wird dort immer ein Platz für mich sein – und für Leo natürlich und ganz bestimmt auch für euch."

„Dann lass uns zur Mittagsstunde losgehen, wenn ich mein Bündel geschnürt habe und alle versorgt sind", sagte Franco. Emmas wehmütiger Blick machte ihm selbst das Herz schwer.

*Spuren*

Ich stand am Fenster des Stallbodens. Obwohl es noch nicht dämmerte, hatte der Tag wenig Helligkeit. Schwere Schneewolken hingen über der Kornmasch und nach und nach begannen immer mehr kleine Flocken zu schneien. Sie tanzten vor der Scheibe und verwischten das Bild, das mich traurig und doch auch voller Hoffnung machte. Es war ein Wanderer mit Esel und Hund, der im frisch gefallenen Schnee noch zwei weitere Spuren hinterließ.

Mein herzlicher Dank geht an Dr. Brage bei der Wieden, Leiter des Staatsarchivs Wolfenbüttel, der mich beim Projekt „Fürstenblut“ unterstützte. Ihm sei die Kurzgeschichte „Hinnerk, der Moorbold“ gewidmet.

Auch Herrn Hartwig Struckmeyer (Vorsitzender des Förderkreises deutscher Schriftsteller in Niedersachsen und Bremen) möchte ich einen lieben Dank aussprechen, da er mich bei der Preisverleihung zur Kurzgeschichte „Helmut“ zum Weiterschreiben ermunterte. Er habe selten ein so dichtes Werk gelesen, sagte er mir.

Meiner Freundin Sabine möchte ich von Herzen danken, dass sie mich unter den widrigsten Umständen zur Leipziger Buchmesse begleitete. Wir hörten gerade noch die letzten Worte meiner Geschichte „Gesicht zeigen“, die dort von über 100 Einsendungen einen Platz unter den ersten zehn erhielt.

Die Züge hatten uns leider nicht rechtzeitig dort hingebracht.

Nicht vergessen möchte ich das Team der CW Niemeyer Buchverlage, Hameln, die mir immer hilfreich zur Seite stehen. Ich fühle mich hervorragend aufgehoben und wunderbar begleitet. Verlagsleiter Carsten Holzendorff sage ich darum meinen herzlichsten Dank.

Bei der Covergestaltung hat Carsten Riethmüller wieder genau meinen Geschmack getroffen.

Allen Krimifreunden danke ich, dass sie sich mit diesem Buch auch in andere spannende Genres entführen lassen.

Einen ganz lieben Dank zwinkere ich meiner Familie zu, die mittlerweile viele andere Menschen mit ihrer Begeisterung für meine Bücher angesteckt hat.

Dem Mann an meiner Seite danke ich aus tiefstem Herzen, dass er mich in jeder Sekunde so liebevoll unterstützt und mich zu all meinen Lesungen begleitet.

Auf den nächsten Seiten
wird es noch mal spannend!

Bitte blättern Sie um ...

Als Pfarrer Josef Fraas am Weserufer in Rinteln angespült wird, ahnt noch niemand, warum er sterben musste. Dass sein Körper nicht mehr ganz vollständig ist, gibt Kommissar Wolf Hetzer ein weiteres Rätsel auf. Dann verschwindet der stadtbekannte Politiker Benno Kuhlmann spurlos. Ein mysteriöser Täter spinnt seine Fäden unerkannt im Hintergrund. Hetzer hat das Gefühl, den Schatten des Mörders immer dichter zu spüren. Ein spannendes Duell beginnt.

Nané Lénard. SchattenHaut
352 Seiten. Paperback. ISBN 978-3-8271-9403-9
E-Book 978-3-8271-9603-3 (Pdf)
978-3-8271-9803-7 (Epub)

Wer ist die mysteriöse Tote auf dem Gelände der alten Frankenburg? Und warum findet die Rechtsmedizin merkwürdige Flecke auf ihrem Rücken? Und was hat es mit den Kindern des Mondes auf sich? Das bekannte Ermittlerduo Wolf Hetzer und Peter Kruse tappt noch völlig im Dunklen, während im Wald das Grauen lauert. Spät, viel zu spät hat Hetzer eine Ahnung des Bösen, das sich nicht greifen lässt. Es führt ihn an den Abgrund seines Verstandes.

Nané Lénard. SchattenWolf
368 Seiten. Paperback. ISBN 978-3-8271-9407-7
E-Book 978-3-8271-9608-8 (Pdf)
978-3-8271-9808-2 (Epub)

Eine Frau verschwindet. Von ihr werden blutverklebte Haarbüschel und ein Fetzen ihrer Kleidung gefunden. Ist sie ermordet worden oder gibt es noch Hoffnung? Die bekannten Kommissare Wolf Hetzer und Peter Kruse ziehen alle Register ihres kriminalistischen Könnens, um die Frau lebend finden zu können. Stundenlange Ermittlungen im Umfeld des Opfers bringen nach und nach grausame Details ans Licht.

Nané Lénard. SchattenGift
352 Seiten. Paperback. ISBN 978-3-8271-9412-1
E-Book 978-3-8271-9612-5 (Pdf)
978-3-8271-9812-9 (Epub)
Hörbuch 978-3-8271-9700-9

**Weitere Spannung pur...**

Eine Frau hängt am Pranger der Petzer Kirche. Ihr wurde die Kehle durchgeschnitten, aber es findet sich kein Blut. Es zeigt den Kommissaren Wolf Hetzer und Peter Kruse, dass sie es mit einem brutalen Mörder zu tun haben. Dass eine Frau zeitgleich Drohbotschaften erhält, erfahren sie zu spät. Aber wer kann wissen, ob es sich um denselben Täter handelt, oder ob jemand die Gelegenheit nutzt, sich einen unliebsamen Menschen vom Hals zu schaffen.

Nané Lénard. SchattenTod
320 Seiten. Paperback. ISBN 978-3-8271-9415-2
E-Book 978-3-8271-9618-7 (Pdf)
978-3-8271-9818-1 (Epub)

Lukas Kowalski, Top-Manager einer großen Versicherungsgruppe in Hannover, wird nach einem schweren Verlust zwangsversetzt. Die Routine endet mit einer kuriosen Anfrage: Kowalski soll eine versteinerte Saurierspur in Obernkirchen versichern. Kaum ist die Police unterzeichnet, verschwindet die Sandsteinplatte über Nacht und es gibt das erste Todesopfer. Kowalski nimmt die gefährliche Spur auf, die ihn in eine bizarre Welt der Glückskekse und chinesischer Gangsterkartelle führt.

Jan Beinßen. Steinzeichen
216 Seiten. Paperback. ISBN 978-3-8271-9417-6
E-Book 978-3-8271-9627-9 (Pdf)
978-3-8271-9827-3 (Epub)

Mit seinem unschlagbaren Charme überwältigte er jeden, ob Mann oder Frau. Nun liegt der überaus schöne Sven Kruse auf der Rückbank seines Porsche tot im Mittellandkanal. Ist der Tote Opfer einer Autoschieberbande, sind seine unzähligen Frauengeschichten ein Motiv oder hat er sich bei Bestechungen Feinde gemacht? Ein neuer Fall für Kommissar Alexander Rosenbaum aus Berlin, der aufgrund seines problematischen Familienlebens weiterhin im westfälischen Minden ermittelt.

Andrea Gerecke. Der Tote im Mittellandkanal
312 Seiten. Paperback. ISBN 978-3-8271-9416-9
E-Book 978-3-8271-9619-4 (Pdf)
978-3-8271-9819-8 (Epub)

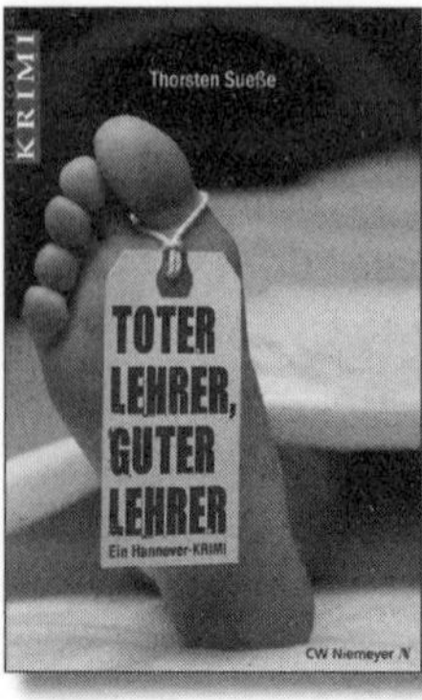


Ein 18-jähriger Schüler des Hermann-Hesse-Gymnasiums wird ermordet in seiner Wohnung aufgefunden. Sein Tod gleicht einer Hinrichtung. Die polizeiliche Rekonstruktion der Geschehnisse am Tatort verweist auf einen Serienmörder. Dr. Mark Seifert, Psychiater mit kriminalistischem Spürsinn, hat einen guten Grund, sich zunehmend mit der geheimnisvollen Mordserie zu beschäftigen. Er ahnt nicht, in welch tödliche Gefahr er sich dadurch begibt ...

Thorsten Sueße. Toter Lehrer, guter Lehrer
448 Seiten. Paperback. ISBN 978-3-8271-9454-1
E-Book 978-3-8271-9622-4 (Pdf)
978-3-8271-9822-8 (Epub)

Parallel zur Auffindung grausam entstellter Leichen kämpfen zwei verfeindete Motorradclubs um die Vorherrschaft der Organisierten Kriminalität Hannovers. Ihr Einfluss reicht bis weit in die Behördenspitzen hinein und Tarek Neumann kann nicht jedem seiner Kollegen über den Weg trauen. Dieses hochkomplexe Handlungsgeflecht gerät zu einem lebensgefährlichen Ermittlungsjob für Tarek Neumann, dessen Lösung all seine Talente und Fähigkeiten bis aufs Äußerste fordert.

Björn Brocks. Grob
520 Seiten. Paperback. ISBN 978-3-8271-9453-4
E-Book 978-3-8271-9621-7 (Pdf)
978-3-8271-9821-1 (Epub)

Brandstiftung in einer Herforder Realschule und eine verkohlte Leiche auf dem Stuhl des Schulleiters – Frank Sommer, der neue Leiter des 11. Kommissariats in Bielefeld, wird gleich am Tage seines Dienstantritts mit einem Fall konfrontiert, der ihn und sein Team an die Belastungsgrenze führt. Die Mordkommission ermittelt auf Hochtouren. Die Ermittlungsgruppe selbst gerät, ohne es zu ahnen, in eine gefährliche Nähe zum Täter . . .

Rolf Düfelmeyer. Septemberwut
280 Seiten. Paperback. ISBN 978-3-8271-9561-6
E-Book 978-3-8271-9624-8 (Pdf)
978-3-8271-9824-2 (Epub)

**Weitere Spannung pur...**

**www.niemeyer-buch.de**